운명의 업

Karma of Fate

운명의 업 5

김해수 판타지 장편 소설

초판 1쇄 찍은 날 § 2003년 2월 10일
초판 1쇄 펴낸 날 § 2003년 2월 20일

지은이 § 김해수
펴낸이 § 서경석

편집장 § 문혜영
편집책임 § 김희정
편집 § 장상수 · 권민정 · 이종민 · 유경화
마케팅 § 정필 · 강양원 · 이선구 · 김규진 · 홍현경

펴낸곳 § 도서출판 청어람
등록번호 § 제1081-1-89호
등록일자 § 1999. 5. 31
어람번호 § 제1-0349호

주소 § 경기도 부천시 원미구 심곡1동 350-1 남성B/D 3F (우) 420-011
전화 § 032-656-4452 팩스 § 032-656-4453
http://www.chungeoram.com
E-mail § eoram99@chollian.net

ⓒ 김해수, 2002

값 7,500원

ISBN 89-5505-516-1 (SET)
ISBN 89-5505-607-9 04810

운명의 업

목

차

인물 소개

라니오스 : 이 글의 주인공. 얼마 전까지 본인마저 자신을 보통의 엘프라고 생각하고 있었으나 사실은 극히 적은 수만이 존재하는 하이 엘프 중 하나이다. 이번 권에서는 티니의 일을 위해 돌아다니다 그만 변을 당하고 마는데…….

아힌세르린 : 애칭 세린. 레아시아의 진정한 모습으로 2만 년을 넘게 산 윕급의 그린 드래곤이다. 하지만 온순하고 얌전한 보통의 그린 드래곤과는 달리 상당히 난폭한 성격인데다 한편으로는 매우 빠바박(업계 용어)한 성격마저…….

티니 : 어쌔신 엘프 소녀. 최근 청년 모습이 된 라니오스에게 연심을 품고 있다. 이번 권에서 결국 엘프에서 뱀파이어로 변하는데…….

란슬로 : 엘프로서는 드물게 클레이모어를 사용하며 검술만으로는 라니오스를 능가하지만 마법을 쓰지 못하는 것이 큰 문제.

쟈밀 : 라니오스의 삼촌이라는 것 외에 아무것도 밝혀지지 않은 정체 불명의 인물. 그의 동료들과 함께 어떤 일을 진행시키고 있는 듯하다. 모르는 이들에게는 매우 차갑지만 친한 인물에게는 매우 다정하게 대한다. 라니오스의 문제만 불거지면 지나치게 흥분하는 점이 문제라면 문제.

레미엘 : 프로튼 왕국의 국왕. 젊은 나이에도 불구하고 상당한 수완을 가지고 있으며 여자를 밝히는 점이 문제인 인물. 3권에서의 추태를 만회하기 위해 노력 중… 이었으나 이번 권에서도 상당히 심각한 모습을 연출하고 마는데…….

이드 : 쟈밀과 모종의 계약을 맺고 있는 인물로 이계에서 온 듯하다. 신계와 마계의 우두머리를 이길 정도인 것으로 보아 결코 만만치 않은 실력을 가진 인물로 보인다.

레노 : 이드의 동료였던 듯한 엘프. 이드를 사랑하고 있으나 정작 당사자인 이드는 그런 그녀의 마음을 받아주지 않는다. 이드를 도와 그의 뒤를 따른다.

애거트 : 이드의 부하 또는 동료로 추측되는 인물. 지름이 2기터에 달하는 거대한 챠크람, 인피니티를 사용한다. 그 실력은 현재의 란슬로 이상. 운명을 볼 수 있는 눈을 가졌다. 더불어 아아크의 친형이기도 하다

리히터 : 이드의 부하로 보이는 인물. 애거트와도 동료로 보이는 관계이며 그의 실력 역시 보통은 아닌 듯.

헤라즈 : 이드의 부하이며 암살 길드 '라트라' 의 현 길드 마스터. 티니를 좋아하는 듯한 모습을 보이지만 정작 티니는 별 관심이 없는 듯.

레이너드 : 현 리네크의 국왕인 리치(Rich). 두개골에 광택 처리를 했다(그래서 어쩌라고?).

기르테론트 : 빠바박(업계 용어)에서는 아힌세르린의 '스승' 이라고 할 수 있을 희대의 변X 드래곤. 여성의 모습을 한 라니오스에게 그 검은 마수를 뻗친다.

마그루라 : 식용 드래곤. 애거트가 맛있게 시식했다.

제르카테스 : 온천 드래곤. 피눈물을 흘렸다.

리크라테스 : 유행에 민감한 드래곤. 사극—이제는 꽤 지난 사극이지만…— 마니아. 드워프를 부려먹는 중이다.

새로 얻은 죽음, 새로 얻은 생명

“차가워…….”

“…싫은… 가요?”

“그럴 리가. 차갑든 따뜻하든 내가 너를 사랑한다는 점에는 변함없어.”

“란 오빠…….”

“사랑해, 티니.”

“저도요.”

“그런데… 티니.”

“네? 왜요?”

“…제발 그렇게 너무 심하게 움직이진 마. 아파.”

“죄, 죄송해요!”

“으아악! 갑자기 비틀면서 조이지 마!”

—라니오스와 티니의 대화

운명은 혼돈 속으로…

　　라니오스가 리히터와 싸우고 있을 무렵, 쟈밀은 그 사실을 모른 채 자신의 업무에 충실하고 있었다.
　　"으홍~ 호홍~"
　　그는 즐거운 듯 연신 콧노래를 부르며 빠른 속도로 자신의 책상에 쌓인 서류들을 검토하여 서명하고 있었다. 게다가 그 양은 평소에 그가 처리하던 업무량에 비해 상당히 적어 보였다. 어디까지나 '비교적'이라는 수식어가 붙기는 하지만.
　　"룰루루~ 레이만 빼고~ 모두 모여~ 즐겁게~"
　　콰광!
　　하지만 그의 즐거움도 한순간에 박살나고 말았다. 누군가 그의 집무실 문을 박살 내며 안으로 들어온 것이었다.
　　"누구냐?! 어떤 녀석이 감히… 어헉!!"
　　쟈밀은 본 적도 없을, 그리고 겁대가리를 상실했을 흉악범(…)들을 연상하며 당당히 외쳤지만 그런 그의 상상은 단숨에 깨져 버렸다. 그의 방문을 부수며 들어온 '무뢰한'들은 자신이 너무나도 잘 알고 있는 인물들이었다.

"데잘… 테올? 왜 너희들이……?"

그 둘은 분명 데잘, 그리고 테올이었다. 게다가 둘은 무슨 이유에서인지 완전 무장을 하고 있는 상태였다. 하지만 그런 완전 무장도 데잘의 경우는 잘 어울릴 정도였지만 테올의 경우에는 오히려 그의 가냘픈 이미지를 더욱 부각시키고 있었다.

쟈밀이 사태를 제대로 이해하지 못해 얼떨떨해하며 자리에서 반쯤 일어난 어정쩡한 모습으로 굳어버렸다.

"쟈밀, 미안해요. 하지만 어쩔 수 없어요."

테올의 눈가에 눈물이 고였다. 그리고 이내 눈물은 그의 고운 뺨을 타고 흘러내렸다.

"미안해요, 미안해요. 전 언제나 당신에게 방해만 되는군요……."

바닥에 주저앉은 채 흐느끼고 있는 그의 모습은 도저히 그가 남자라는 생각이 들지 않을 정도로 애처로웠고, 가냘픈 인상을 주었다. 같은 남자라도 보호 본능이 일어날 정도로.

"테, 테올, 무슨 일이야? 울지 말고 일단 설명을……."

"내가 설명해 주지."

데잘은 손을 앞으로 내밀며 쟈밀의 말을 끊었고 쟈밀은 곧 테올에게서부터 데잘 쪽으로 시선을 바꾸었다. 데잘을 바라보는 쟈밀의 얼굴에는 한가득 '빨리 설명해 봐!'라는 뜻이 담겨 있었다.

"간단히 말하지. 규칙 위반이다."

"규칙 위반?! 내가 무슨 잘못을……!"

쟈밀은 난데없는 트집에 어이가 없다는 듯 인상을 구기며 데잘을 향해 무언가 항의를 하려고 하였으나 데잘은 다시금 손바닥을 펴 보이며 그의 말을 저지했다.

"가만히 있어. 다 설명하려면 너무 복잡하고 오래 걸리는 이야기니까."

"얼마든지 오래 걸려도 상관없으니까 내가 이런 험악한 짓을 당해야 할 이유를 들어보자!"

데잘은 더 이상 말로는 안 되겠다고 생각하고는 무력 행사에 들어가기로 결심했다. 그가 허공에 손가락을 한번 튕기자 그의 앞에 한 자루의 검이 나타났다. 그것은 대략 1.5미터 정도의 검날에 1미터 정도의 손잡이를 한 기묘한 검이었다.

"말로 안 되면 매가 약이지."

자신에게 검을 겨누는 모습에 쟈밀은 어처구니없음을 느껴야 했다. 그는 속으로 '이 녀석이 드디어 미쳤나?'라는 생각을 하면서도 착실히 그의 공격에 대비하는 모습을 갖추었다.

"네가 원한다면 내 쪽에서도 반항을 해주지. 로넬 휨."

쟈밀은 허공에 작은 손짓을 하였고 곧 그의 앞에 두 자루의 검이 나타났다. 그것은 분명 이드가 평소에 사용하던 그 검이었으나 쟈밀의 앞에 나타나는 순간 그것의 모습이 바뀌기 시작했다. 그것은 약 30센티미터의 손잡이를 가진 양쪽으로 1.2미터의 날이 솟은 검이었다.

"지금의 행동, 후회하게 해주겠다."

"아아, 너나 후회할 준비를 하라고."

쿠구구구구—

둘은 각자 자신의 힘을 끌어 모았고 그에 따라 그들 주변의 공간이 흔들리기 시작하는가 싶더니 이내 크게 요동 치기 시작했다.

"둘 다 그만둬요!"

사태가 심각하게 돌아갈 모습을 보이자 결국 참지 못한 테올이 크게 소리쳤으나 이미 둘의 귀에 그의 목소리가 들릴 리가 만무했다.

“난 안 그래도 네가 마음에 안 들었어.”

“그거 반갑군. 그런 점에 있어서는 나도 마찬가지였는데.”

“오늘 확실히 죽기 전까지만 흠씬 두들겨 패주지.”

“네가? 어디 할 수 있으면 해보시지.”

그리고 둘의 힘이 어느 수준을 넘어서자 결국 그들이 존재하던 공간이 깨지기 시작했다. 공간은 마치 깨지는 유리창처럼 부서지기도, 찢어지는 종이처럼 찢겨져 나가기도 하였다.

“그만 해라!”

쩌억—

치이익—

공간이 모조리 무너지고 쟈밀과 데잘이 격돌하려는 순간 어디선가 나타난 또 다른 이의 목소리가 그들이 존재하는 곳을 울렸고 그와 동시에 그들이 존재하던 공간은 마치 거짓말같이 원상태로 돌아왔다.

“이게 무슨 짓이냐?!”

그들 사이에 끼어든 존재는 여성이었다. 여성이라고 하기에는 상당히 몸매의 볼륨이 부족한 데다가 체구도 작긴 했지만 그녀의 얼굴에는 위엄과 기품이 가득했고 몸 동작 하나하나에 위압감이 실려 나왔다. 무엇보다 계속해서 색이 바뀌는 그녀의 머리카락은 매우 특징적이었다. 보통의 존재라면 충분히 그 위압감만으로도 압사당할 듯한 거대한 존재감을 가진 그 존재는 어느새 쟈밀과 데잘의 사이에 나타나 그들의 무기를 움켜잡고 있었다.

푸앙—

쩌엉—

“크악!”

“으아악!”

그녀가 양손에 힘을 주자 그들의 무기는 마치 장난감처럼 맥없이 부서져 나갔고 그 무기를 쥐고 있던 쟈밀과 데잘은 맥없이 나가떨어졌다. 그런 둘의 모습을 보며 테올은 안타까움과 두려움, 그리고 난처함에 안절부절못했다.

"이게 무슨 추태란 말이냐?! 데잘, 나는 분명히 조용히 데려오라고 했었다. 그리고 쟈밀, 너는 정녕 '감찰관' 인 그의 말을 믿지 못하겠다는 것이냐? 정녕 그들을 신뢰하지 못하는 것이냐? 테올, 너는 어찌하여 가만히 보고만 있느냐? 너는 그 정도로 어리석은 자였느냐?"

그녀에게서 뿜어져 나왔던 중압감이 그 강도를 더했고 더불어 강한 공포가 셋을 엄습했다. 쟈밀과 데잘, 테올은 그녀가 분노하고 있다는 사실 하나만으로 공포에 사로잡힌 채 동시에 그녀의 앞에 무릎을 꿇고 바닥에 엎드렸다.

"무, 무례를 용서하시옵소서. 모든 것이 저의 불찰입니다."

언제나 시큼털털(⋯)한 평소 같지 않게 쟈밀은 온몸을 떨고 있었으나 상대 여자는 그런 쟈밀의 모습이 오히려 당연하다는 듯 단족의 웃음을 지었다. 그런 모습은 그녀의 어린아이적인 외모와 전혀 어울리지 않았지만 오히려 그것이 또 다른 느낌의 분위기를 형성하고 있었다.

"그래야지. 너희는 나를 위해 있는 존재들이니까."

순간 그녀에게서 뿜어 나오던 위압감이 순식간에 사라졌다. 쟈밀과 데잘, 그리고 테올은 그제야 막힌 숨이 트인 듯 얼굴색이 밝아지기 시작했다. 하지만 쟈밀은 곧바로 또 다른 수난을 겪어야 했다.

"오랜만이야, 쟈밀. 나 보고 싶었지?"

이내 그녀는 애교 섞인 목소리와 함께 쟈밀에게 안겨들었다. 그런 그녀의 모습은 조금 전까지의 위압감 넘치던 그녀의 모습과는 너무나도 대조적이었다. 다만 문제가 있다면 그녀는 쟈밀의 허리에서 '우두둑' 하는 소리가 날 정도로 강하게 그의 허리를 끌어안고 있다는 점이지만 그 정도는—어이, '그 정도'로 표현할 만한 게 아냐…—넘어가도록 하자.

"아… 저기, 포츈님. 이건 좀……."

"아앙, 몰라몰라. 쟈밀은 내가 없는 동안 내 생각 한 번도 안 한 거야?"

순간 포츈의 두 눈에 강렬한 섬광이 맺힌다 싶더니 곧 그녀의 눈가에 시커먼 그림자가 드리우면서 인상이 험악하게 일그러졌다. 그리고 쟈밀의 허리를 껴안은 그녀의 양팔에 엄청난 힘이 들어갔다.

콰드드득—

"꾸아아아악!!"

뼈 부서지는 소리와 함께 쟈밀의 괴성에 가까운 비명이 방 전체를 울렸다. 그야말로 이중인격이라 할 만한 장면이 연출되었으나 쟈밀도, 데잘도, 테올도 익숙한 듯 별다른 당황한 모습을 보이지 않은 채 그저 옆머리로 굵직한 땀방울을 흘릴 뿐이었다. 오히려 지금 그들의 머리 속으로는,

'설마 했는데 전혀 변한 게 없어!!'

라는 생각으로 인해 한편으로는 안도감, 그리고 다른 한편으로는 절망감이 스쳐 지나가고 있었다. 그런 그들의 속마음을 아는지 모르는지 포츈은 그저 열심히 쟈밀의 가슴에 자신의 얼굴을 부비부비할 뿐이었다.

"쟈밀아~ 쟈밀아~ 이렇게 다시 보니까 너~무너무 반가워. 그러니까아 재회의 기념으로 오늘도 그때처럼 재미있게 놀자. 알았지?"

포츈은 벌써부터 쟈밀과 재미있게 '놀' 생각을 하며 기분이 들뜨기 시작하였고 그에 비례해서 쟈밀의 얼굴에서는 갈수록 생기가 빠져나가기 시작했다. 그는 벌써부터 이 포츈이라는 인물과 '놀' 생각을 하면 할수록 삶의 의욕이 사라져 가는 것을 느꼈다.

"저기… 그런데… 규칙 위반이라는 게 무슨……?"

쟈밀은 더듬거리면서도 결국 자신의 의문점을 물어보는 데에 성공했다. 그제야 포츈도 자신의 용건이 생각났는지 손바닥을 치며 쟈밀의 품

에서 빠져나왔다. 물론 그녀가 쟈밀의 품에서 빠져나오는 순간 이미 그의 부러졌던 허리는 완벽하게 복구되어 있었다.

"아, 맞다. 쟈밀 너!"

그녀는 자신의 손가락으로 쟈밀을 가리키며 엄한 표정을 지었으나 아까 전의 위압감은 전혀 느껴지지 않았다. 오히려 '귀엽다' 내지 '깜찍하다' 라는 인상이 더욱 강하게 느껴질 정도였다. 물론 그것도 이 포츈이라는 인물을 처음 접하는 자들이나 느낄 만한 감상이겠지만 말이다.

"너 말야, 규칙 위반이야. 어쩌려고 영혼을……."

"하, 하지만 그것은 이미 허락을… 크악!"

따악—

쟈밀은 무언가 항의를 하려고 하였으나 그것은 자신의 정수리를 내려치는 강렬한 충격에 의해 본론도 거론하지 못한 채 무산되고 말았다.

"내가 말할 때 중간에서 끊고 들어오지 말라고 전에도 이야기했지? 너는 다른 건 다 예쁜데 그게 문제야. 빨리 고쳐."

"예……."

무언가 대꾸를 하고 싶어도 어쩌겠는가? 그럴 힘도, 바짱도 없는데. 그냥 때리는 대로 맞을 수밖에.

"설명해 주도록 할게. 분명 테올이 내가 깨어나자마자 전하더군. '작은 사정이 있어서 타 차원의 영혼을 끌어오겠습니다' 라는 말을 했다고. 그런데 문제는 여기서 생기는 거야."

자신을 올려다보며 검지손가락을 좌우로 까닥거리는 포츈의 모습에 쟈밀은 순간적으로 '귀엽다……!' 라는 생각을 하였다. 물론 그 다음에 바로 '내가 미쳤나?' 라는 생각을 하며 고개를 저으려다 눈앞에 있는 포츈을 생각하고는 간신히 참았지만.

"너는 같은 영혼을 여러 개 가져왔어. 그게 문제라는 거야."

“네에?”

빠악—

“아후후우우……!”

얼떨결에 나온, 거의 의성어에 가까운 말이었지만 포츈은 용서가 없었다. 그녀는 가차없이 아까 전보다 더욱 강한 힘으로 쟈밀의 머리에 주먹을 꽂아버린 것이다. 물론 정수리에 강렬한 일격을 받은 쟈밀은 찍소리는커녕 아무 말도 하지 못한 채 머리를 부여잡을 뿐이었다.

“아파?”

너무 오래 쟈밀이 ‘엄살’ 을 떨고 있다고 생각한 포츈은 마치 진짜 어린아이와도 같은 ‘천.진.난.만.’ 한 표정을 지으며 쟈밀의 얼굴을 바라보았고 그런 그녀의 모습이 무엇을 의미하는지 아주 잘 알고 있는 쟈밀은 당장 자신의 머리 위에서 손을 치우며 꼿꼿이 섰다.

“아, 아닙니다. 이제 괜찮습니다—ㅅ!”

“그래? 그럼 다행이고.”

분명 포츈은 쟈밀을 바라보며 밝게 웃음 지었지만 정작 당사자인 쟈밀의 눈에는 전혀 웃는 것으로 보이지 않았다. 오히려 그녀의 웃음은 더욱 심각한 지옥을 예고하는 것 같아 두렵기만 했다.

‘이럴 수가… 레이 하나만으로도 충분히 지옥이거늘… 차라리 레이 녀석한테나 가버리지 왜 하필 나야?!’

어디에 있는 누구의 노래였을까? ‘울고 싶어라’ . 그의 현 속마음은 딱 그것이었다.

“설명 계속할게. 아, 또 중간에 끊으면 알지(생글생글)? 아까 말했다시피 너는 같은 영혼을 여러 개 가져오는 일을 저질렀어. 그 죄가 얼마나 큰지는 너도 알지?”

“…….”

“아알~지이~?”

“……(식은땀 흘리며 *끄덕끄덕*).”

포츈은 잔뜩 겁에 질려 온몸으로 땀을 흘리는 쟈밀의 모습에 멀뚱히 그를 바라보면서 입가에 손가락을 가져갔다.

“쟈밀아, 내가 조금 심했어?”

“아, 아닙니다. 그럴 리가요…….”

쟈밀은 비록 그것이 진실일지언정 결코 입 밖으로 내서는 안 된다는 생각에 필사적으로 고개를 저으며 부인했다. 하지만 오히려 그런 그의 행동이 포츈의 마음을 움직였다. 그녀는 두 손을 뻗어 쟈밀의 머리를 끌어안으며 그의 머리를 쓰다듬어 주었다.

“미안해. 내가 너무 심했나 봐.”

“포, 포츈님…….”

한참 동안 쟈밀은 허리를 반쯤 숙인 채 어정쩡한 자세로 포츈의 가슴에 머리를 묻고 있었다. 그리고 자신의 머리가 그녀의 품에서 빠져나온다고 생각한 순간 그는 자신의 입술에 무언가 따뜻한 것이 닿는 것을 느꼈다.

“……?!”

“으음…….”

쟈밀은 놀라서 얼굴색이 변할 정도였지만 포츈은 그런 쟈밀의 상태를 모른 채 더욱 진하게 쟈밀에게 키스 공격을 하였다. 그리고 그녀가 쟈밀의 입술에서 자신의 입술을 뗀 것은 한참 시간이 지나서였다.

“포츈님…….”

“에헤헤.”

포츈도 부끄러운 듯 얼굴을 붉히며 웃음 지었고 쟈밀은 아직도 전의 사건이 현실적으로 인식되지 않는 듯 입가에 손을 가져갔다

“나… 이 정도면 어른이 된 걸까?”

“…….”

쟈밀은 잠시 아무 말도 할 수 없었다. 그녀는 일전에 자신에게 한 말을 지킨 것이었다. 비록 아직 완전히 지킨 건지는 확실히 모르지만.

쟈밀은 생각했다. 적어도 지금 이 순간에 짓고 있는 포츈의 미소는 정말로 사랑스러운 미소라고.

“물론입니다. 당신은 애초에 이미 훌륭한 어른이셨으니까요.”

“정말? 고마워!”

그녀는 다시금 쟈밀의 머리를 가슴으로 끌어안았다. 그리고는 연신 기분이 좋은지 ‘에헤헤, 에헷’ 하는 웃음을 흘리며 쟈밀의 머리를 쓰다듬었다.

“고마워, 쟈밀. 내가 그 상으로 쟈밀의 죄를 많이많이 경감해 줄게.”

그녀는 기뻐하고 있었다. 그것도 매우 많이. 하지만 그녀는 곧 쑥스러움을 느꼈는지 금방 쟈밀의 머리를 놓아주고는 옆의 소파로 가서는 일부러라는 티가 너무나도 눈에 띌 정도로 거만하게 앉으며 쟈밀에게 손짓을 했다.

“자, 기왕 이렇게 된 거 천천히 놀다 갈래. 쟈밀아, 차라도 한잔씩 내와. 데잘, 테올도 같이 놀다 가자.”

“예이.”

“감사합니다, 포츈님.”

데잘은 연신 죽을상을 하는 쟈밀을 보며 쌤통이라는 듯 그야말로 ‘갈구는’ 미소를, 그리고 테올은 난처해하는 쟈밀을 보며 안쓰럽지만 다르게는 그날따라 유난히 쟈밀과 오래 있을 수 있다는 사실과 그럴 수 있게 해준 포츈에게 감사하는 미소를 지으며 소파에 앉았다. 물론 쟈밀은 차를 끓이기 위해 주전자와 찻잎이 든 주머니를 집어 들고 있었다. 아무도 모르게 작은 한숨을 쉬며.

‘에휴. 그럼 그렇지…….’

그는 앞으로 자신에게 열릴 지옥을 상상하며 공포에 휩싸일 수밖에 없었다.

이미 밤이 새고 해가 떠오르려 하고 있었지만 아직도 헤라즈와 그의 목숨을 노리는 티니 부친 간의 싸움은 끝나지 않고 있었다.

"하악, 하악."

"허억, 허억."

그야말로 '밤새도록', 그것도 전력을 다해 자신들의 숨겨둔 수까지 다 써가며 싸운 터라 그들은 이미 지칠 대로 지친 상태였다.

"제법… 질기군."

"그건… 내가 할 소리다."

하지만 전세는 겉으로만 보아도 헤라즈의 열세였다. 상대의 경우에는 이렇다 할 상처가 거의 없는 것에 반해 헤라즈는 큰 상처가 없을 뿐 몸 곳곳에 작은 상처들이 나 있는 것이었다.

"'전' 길드 마스터라는 점을 감안해서 마지막 한마디 정도는 남길 기회를 주지. 할 말이 있나?"

다시금 티니 부친의 손에 하얀 기운들이 생겨났고 헤라즈도 지지 않겠다는 듯 자신의 손에 검은 기운들을 생성시켰다.

"유언이라니, 이 나에게 감히 그런 걸 물어보는 거냐?"

"이 한 번의 공격으로 너는 끝이다."

다시 둘 사이에 정적이 흘렀다. 그리고 막 둘의 마지막 공격을 주고받기 전에 헤라즈는 다시 한 번 상대를 향해 입을 열었다.

"마지막으로 하나 묻지. 왜 '너희들'은 이 정도의 실력이 있었으면서도 우리들에게 양보를 했던 것이지?"

또다시 흐르는 정적. 한참 후에야 상대는 미간을 좁히며 헤라즈를 노려보았다.

“이런 일이 생길 줄 알았다면 너희들 따위에게 양보하는 일은 없었을 것이다. 길드를 팔아넘기는 일도, 그리고… 내 딸 티니에 관한 일도!”

그 말이 끝남과 동시에 팔에만 맺혀 있던 하얀 기운들이 그의 온몸으로 확산되었다. 그의 몸 전체가 가느다란 하얀 실에 휘감겼고 그를 휘감은 실들은 허공에 넘실대며 당장이라도 헤라즈를 노릴 듯한 기세를 보였다. 헤라즈도 자신의 힘을 있는 대로 모두 끌어 모았지만 역시 상대보다는 능력에서 모자란 듯 상반신만이 검은 기운에 휩싸였다.

“으아아아아아!!”

“우오오오오옷!!”

둘은 그야말로 마지막 한 방울의 힘까지 쥐어짜며 상대를 공격하기 위해 달려갔다.

그 둘이 서로를 향해 마지막 공격을 하려는 순간 누군가가 그 둘을 방해하였다. ‘그것’ 은 사람인 듯 인간의 형체를 하고 있었다. 그의 덩치는 상당히 컸으며 상반신에 아무것도 걸치지 않아 맨살이 드러난 그의 온몸은 당장이라도 터질 것 같은 근육들이 자리하고 있었다. 짧게 자른 머리와는 다르게 제대로 다듬지 않은 그의 턱수염과 함께 호쾌하게 생긴 외모는 그의 덩치와 잘 어울렸다.

“폭포 뚫기!”

푸캉—

무언가가 허공을 가르며 둘 사이에 떨어졌고 지면에 박혔던 ‘그것’ 은 금방 자세를 회복하며 티니의 부친을 공격하였다. 헤라즈 역시 의외의 아군에 조금은 당황하면서도 곧 그와 함께 티니의 부친을 공격하였다.

“폭포 가르기!”

슈르륵—

하지만 티니의 부친 역시 순순히 당하지는 않겠다는 듯 몸에 맺혀 있던 하얀 기운의 실들로 자신의 목을 노리던 그의 손날을 잡아 흘리며 동시에 옆으로 몸을 틀어 헤라즈의 공격권에서 빠져나갔다.

슈가가각―

하얀 실낱같은 기운들이 헤라즈의 팔을 스치는 순간 거칠게 종이를 베는 듯한 소리가 났으나 그에게는 아무 상처를 줄 수 없었다. 그리고 티니의 부친은 그 공격을 끝으로 바로 빠르게 둘에게서 멀어졌다. 상대가 헤라즈 하나라면 모르지만 저 정도의 사내가 가세한다면 자신의 패배가 거의 확정적이기 때문이다.

파파파팟―

순식간에 그의 모습은 사라져 갔고 헤라즈는 그가 다시 돌아올 리가 없다는 것을 알고는 자신의 힘을 거두었다. 그리고는 고개를 돌려 자신을 도와준 거한사내를 바라보며 미소 지었다.

"고맙다, 켄. 마침 필요할 때 나타나 주다니……."

자신에게 감사의 의사를 표시하는 헤라즈의 모습에 켄은 호탕하게 웃으며 고개를 저었다.

"하하하하! 뭐 고마울 것까지야. 그래도 명색이 동료인데 서로 돕고 사는 게 당연하지."

헤라즈는 크게 웃으며 자신의 어깨를 세게 두드리는 켄에게 씨익 웃어 보였고 켄 역시 지지 않겠다는 듯 입이 귀밑에 닿을 정도로 웃음을 지었다.

"그런데 생각보다 빨리 끝났나 보네? 그래, 소브런은 어땠어?"

갑자기 긴장이 풀리며 온몸의 힘이 빠지는 것을 느낀 헤라즈는 그대로 땅바닥에 주저앉아 버렸고 켄은 주저앉는 헤라즈를 보며 자신도 바닥에 앉았다.

"뭐, 별로 특이하다고 할 만한 것은 없더군. 하지만 전체적으로 무언가 분위기가 이상하기는 했어."

“분위기?”

“그래, 그것은 단순히 전쟁을 준비하려는 정도가 아니라 마치 무언가 중대한 결정을 앞두고 있는 그런 분위기랄까?”

“중대한 결정이라. 흐음······.”

“으으음······.”

헤라즈와 켄은 잠시 동안 서로 머리를 맞대고 고민하였으나 그런다고 마땅히 생각나는 것이 있는 것은 아니었다. 결국 둘은 지끈거리는 머리를 부여잡으며 결론 내는 것을 포기할 수밖에 없었다.

“에라, 모르겠다. 너무 단서가 부족해.”

“그러게 말이다.”

결국 이야기가 흐지부지 끝나 버리자 어색한 분위기가 이어지려고 하자 켄은 그것을 무마하려는 듯 화제를 다른 곳으로 돌렸다.

“이봐, 그런데 아까 너와 싸우던 그 엘프는 누구야?”

“그는······.”

순식간에 헤라즈의 얼굴이 어두워졌고 그 모습에 켄은 아차 싶었지만 이미 뱉은 말을 어찌할 수도 없는 노릇이었다.

“야야, 알았어. 안 말해도 돼.”

“···고맙다.”

그래도 되는 데까지는 주워 담아보자는 생각에 한마디 건넨 켄이었고 헤라즈는 고개를 끄덕였다.

“······.”

“······.”

잠시 둘 사이에 어색한 침묵이 흘렀으나 그것 역시 켄에 의해 깨지게 되었다.

“자자, 무슨 고백하려는 연인 사이도 아니고 이게 뭐냐. 일단은 이드한테 가보자고."

"그래."

간신히 어색함을 마무리하며 다시금 발걸음을 옮기는 두 사람이었다.

머리가 아프다. 너무 오랫동안 잠들어 있었던 것인가?

"으음……."

눈을 뜨자 밝은 빛이 내 망막을 괴롭혔다. 하지만 그것도 어느 정도 시간이 지나자 금방 익숙해졌다.

"아, 오빠. 깨어나셨네요."

내가 정신을 차리며 일어나자마자 가장 먼저 나를 반겨준 것은 세린의 목소리였다. 나는 언제 옮겨졌는지 침대 위에 누워 있었고 세린은 내가 누워 있는 침대 옆에 앉아 있었다.

"세린."

"네?"

나는 일어나자마자 어느 한 가지에 생각이 미쳤고 곧 근심이 나를 엄습하였다. 세린도 내가 무엇에 대해 생각하고 있는지 알고 있는 듯 고개를 끄덕이며 내가 궁금한 것에 대한 답을 해주었다.

"티니… 말인가요?"

"그래."

그녀는 고개를 끄덕이는 나를 보며 안타까운 표정을 지었다. 설마… 티니가?!

"티니는 조금 특별한 곳에 있어요. 오빠, 지금 움직일 수 있나요?"

"응."

"그럼 지금 가볼래요? 티니가 있는 곳에."

무언가 안 좋은 생각이 들었다.

"…그렇습니까? 제가 그런 실수를 할 줄이야……."

경직된 표정으로 고개를 숙이는 쟈밀의 모습에 포츈은 고개를 저었다.

"으으응, 아냐아냐. 꼭 네 잘못은 아니니까 그렇게 상심하지 마."

이내 그녀는 데잘과 테올을 바라보았다. 갑작스럽게 그녀의 시선이 자신들 쪽으로 옮겨지자 데잘과 테올은 흠칫하며 슬며시 뒤로 물러났다.

"너희들, 분명 내가 자고 있는 동안에는 너희들에게 권한을 위임했을 텐데. 왜 쟈밀이 이런 실수 하는 것을 보고만 있었던 거야?"

그녀의 말에 데잘은 우물쭈물하면서도 결국 천천히 입을 열었다.

"하, 하지만 그 영혼은… 쿠엑!"

빠악—

하지만 데잘은 정수리에 닿는 강렬한 충격으로 인해 하던 말을 다 맺을 수 없었다.

"말대꾸하지 말랬지?"

"흐으으으……!"

데잘은 강한 충격으로 인해 머리 위에서 하얀 연기가 나는 듯도 하였지만, 그렇다고 따질 수도 없는 노릇이라 가만히 찌그러져 있을 뿐이었다.

"뭐, 좋아. 아까 분명히 죄를 경감해 준다고 했으니까 별말하지는 않겠어. 하지만, 쟈밀!"

"네, 넷!"

쟈밀은 평소와는 다르게 잔뜩 군기가 들어간 모습을 보였고 포츈은 그런 그의 모습을 보며 배시시 웃었다.

"우후훗, 쟈밀, 그렇게 행동하니까 너무너무 귀엽다."

"아… 예."

왠지 모르게 힘이 빠지는 것을 느끼는 쟈밀이었고 포츈은 오히려 그럴수록 쟈밀이 좋아지는지 더욱 진한 웃음을 지으며 그의 머리를 쓰다듬었다.

"괜찮아, 괜찮아. 다 용서해 줄게. 자아, 착하다."

그렇게 한참 쟈밀을 어린아이 취급하며 머리를 쓰다듬던 포츈은 상당한 시간이 흐른 뒤에야 그의 머리에서 손을 떼며 자리에서 일어났다.

"처음에는 있잖아? 나 너무너무 화났어. 쟈밀이 말 안 듣고 규칙을 위반해서 말야. 그런데에 쟈밀을 이렇게 다시 보니까 그런 마음도 다 눈 녹듯이 사라지는 거 있지? 우훗, 역시 쟈밀과 있을 때가 좋아. 너무너무 좋아서 다 용서해 줄 거야."

그녀는 천천히 걸음을 옮겨 나가는 문으로 향했다. 그녀는 그러면서도 아직 많은 미련이 남았는지 계속해서 쟈밀을 돌아보았다.

"다음에 또 올게. 그리고 쟈밀도 나 있는 곳에 자주 오고. 알았지?"

어리광 부리며 헤어짐을 아쉬워하는 포츈의 모습은 너무나도 순수했다. 쟈밀은 그녀를 보며 부드럽게 미소를 지었다.

"물론입니다. 당신은 저의 소중한 분이니까요."

"아이이잉~ 그런 말투 쓰지 말고오~ 너랑 나랑 처음 만났을 때처럼 대해줘. 이제 너에게 할 공적인 말은 다 했다구우~"

쟈밀은 마치 어린아이처럼 떼를 쓰는 포츈의 모습에 결국 너털웃음을 짓고 말았다.

"하핫, 그래. 꼭 놀러 갈게, 포츈."

"에헤헤, 약속한 거다?"

"물론."

그 말을 끝으로 포츈의 모습은 문밖으로 사라졌고 데찰과 테올 역시 그녀의 뒤를 따랐다.

"그럼 다음에 보자고."

"쟈밀, 오늘은 즐거웠어요. 다음에 봐요."

탁—

모두가 방을 나갔고 방에는 다시 쟈밀 혼자만이 남게 되었다.

"후우, 살았다."

쟈밀은 그제야 안도의 한숨을 쉬며 소파에 주저앉았다. 그는 탁자 위에 올려진 자신의 찻잔을 들어 마시다 말았던 찻물을 단숨에 들이켰다.

"이걸 다행이라고 해야 하나, 아니면 큰일이라고 해야 하나?"

그는 다시 깨어난 뒤에도 여전 변함없는 포츈의 모습에 안도감과 불안감을 동시에 느끼고 있었다. 하지만 그런다고 해서 그가 별달리 할 수 있는 일은 없었다. 그저 가만히 지켜보는 수밖에.

"모든 것은 운명의 흐름에 따라, 그리고 당신의 의지에 따라……."

쟈밀은 문득 생각했다. 요즘 들어 여운을 남기는 모습이 너무 많은 자신이라고.

"이, 이게 뭐야?"

"……."

세린은 아무 말도 없었다. 하지만 나는 계속해서 질문했다. 그 질문의 대상은 정해지지 않았다. 하지만 이렇게 아무 데나 대고 크게 외치듯이 질문하거나 하지 않으면 내가 미칠 거 같았다.

티니는 커다란 유리관 안에 갇혀 있었다. 유리관 안의 그녀는 잠을 자고 있듯 고요한 표정이었지만 한쪽 다리가 통째로 절단되어 있는 그녀의 모습만을 보아도 울분이 터지는 상황에 이렇게 유리관 안에 갇혀 있다니. 대체 무슨 이유인가?

"세린, 설명해 줘. 왜 티니가 이런 데 갇혀 있는 거지?"

"란 오빠……."

하지만 여전 세린은 나에게 아무 설명을 해주지 않았다. 결국 흥분해

버린 나는 거칠게 세린의 양 어깨를 잡고 흔들었다.

"대답해 줘, 세린! 왜 티니가 저렇게 있는 거지?!"

"그것은……."

"그것은 제가 설명해 드리지요."

그때 내 귀로 세린 이외의 익숙한 목소리가 들려왔다. 그 목소리의 주인인 레미엘은 어디서 나타났는지 옆에서 내 어깨를 잡고 있었다.

"형, 흥분이 지나치신 것 같습니다. 일단 진정하시고 제 말을 들어주세요."

"……."

내가 생각해도 꽤 흥분하고 있었다고 생각했기에 나는 슬며시 세린의 양 어깨에 올렸던 손을 치우며 속을 진정시켰다.

그리고 잠시 후 내 속이 어느 정도 진정되었다 싶을 때가 되어서야 레미엘의 입이 열렸다.

"티니 양의 모습을 보고 적잖이 놀라셨으리라 생각됩니다. 처음 그녀를 본 레아시아… 아니, 아힌세르린님이라고 해야 하나요?"

"그냥 레아시아로 불러주세요."

"네, 그러죠. 어쨌든 처음 이 모습을 보신 레아시아 공주께서도 란 형과 비슷한 반응을 보이셨으니까요."

"……."

나는 별말없이 레미엘의 설명을 경청했다. 그는 나와 세린을 보며 허리를 숙이더니 미안하다는 표정을 지어 보였다.

"면목없습니다. 제 성에서 이런 일이 벌어질 줄은……."

나는 그에게 고개를 끄덕임으로 그의 사과를 받아들였고 그는 내 반응에 작은 웃음을 지어 보인 뒤 설명을 계속했다.

"란 형도 짐작하셨겠지만 어제의 그 '침입자' 는 뱀파이어인 듯싶습니다. 그것도 굉장히 고위의, 그리고 매우 싸움에 능숙한……."

"응."

어제의 그 뱀파이어, 자신의 이름을 리히터라고 소개한 그자는 내 생각에도 결코 보통의 뱀파이어가 아니었다. 무엇보다도 그 자유로운 변형 능력과 그 검술 실력, 그리고 마력과 그 활용법은 그의 전투 경험 역시 굉장히 많다는 것을 의미했다.

"그리고 란 형은 그자와 싸우셨죠. 제 생각이 맞다면 아마 란 형이 간신히 그자를 격퇴한 것으로 생각되는데, 맞습니까? 그리고 그 빛, 란 형이 일으키신 것 맞나요?"

"그랜드 크로스라는 마법이야."

레미엘은 잠시 설명을 멈추고는 나에게 그 '그랜드 크로스'에 대한 관심을 보였고 나는 그에게 짧게나마 그 마법에 대해 설명을 해주었다.

"호오, 흥미로운 마법이군요. 아차, 내 정신 좀 봐. 일단 설명을 계속하자면 그로 인해 성의 모든 이들이 잠에서 깨버렸죠. 그 정도는 짐작하실 수 있을 것입니다."

"그러니까 빨리 설명해 봐, 티니가 왜 저렇게 유리관 안에 갇혀 있는지."

내 모습에 레미엘은 두 손을 저으며 눈웃음을 지었다.

"아아, 그렇게 급하게 구시지 않아도 이제 말씀드릴 순서라고요. 덕분에 저희들은 모두 그 빛의 중심지에 모이게 되었죠. 그곳에는 정신을 잃고 바닥에 쓰러진 란 형과 그 뱀파이어로 추측되는 '침입자'가 만신창이가 된 채 서 있었죠."

레미엘의 말에 나는 크게 놀라야 했다. 그랜드 크로스를 그렇게 맞고도 살아 있을 수가 있다니… 대체 그자는 얼마나 강하단 것인가?

"하지만 아쉽게도 그자는 잡을 수 없었습니다. 저희들이 그를 잡으려고 공격을 시도하기도 전에 도망을 쳐버렸거든요. 아마도 탈출용 마법

아이템이 있었던 듯싶습니다."

무서운 상대다. 그런 자가 죽지 않고 달아나 버리다니. 벌써부터 그와 다시 싸워야 할 생각을 하면 온몸에 소름이 돋았다.

"그런데 문제는 여기부터인 겁니다. 그랜드 크로스… 였나요? 그걸로 이 이야기가 맞아떨어지는군요."

"무슨 소리야?"

계속 알아들을 수 없는 소리만 해대는 레미엘의 모습에 나는 그만 큰 소리를 질러 버렸고 그런 내 모습에 레미엘은 피식 웃으며 대답했다.

"티니 양이 발견되었을 당시 그 뱀파이어 사내와 같이, 하지만 몸의 일부분이 검게 타 들어가고 있었습니다."

쿠웅―

머리 속이 크게 울렸다. 그랜드 크로스는 순수한 신성력간을 내는 마법, 그리고 그것이 노리는 대상은 언데드 또는 마물…….

"그리고 티니 양의 목덜미에 두 개의 이빨 자국이 있었습니다. 그건 지금 보셔도 되겠군요. 이제 이해하셨습니까?"

그의 말대로 저 유리관에 들어 있는 티니의 목에는 작은 구멍 두 개가 나 있었다. 지금은 어느 정도 아물어 있었지만.

"저희가 당장 할 수 있는 일이라고는 티니 양을 이곳에 넣어 상처를 회복시키고 그녀를 이렇게 만든 녀석에게 속박되지 않게 등결시키는 것뿐이었습니다."

티니가… 티니가… 뱀파이어? 게다가 그 리히터라는 녀석의?

"아냐……."

두 손이 크게 떨리고 있었다. 떨림을 진정시킬 수가 없었다. 나는 최대한 떨리는 손을 움직여 그녀가 들어 있는 유리관을 더듬었다.

"그… 래서 티니를 원래대로 되돌릴 방법은?"

"없습니다."

간단명료한 레미엘의 대답. 결국 내 고개는 아래로 떨구어지고 말았다. 미안해, 티니. 미안해, 미안해, 나 때문에…….

"하지만 방법이 없는 것은 아닙니다."

그의 한마디는 나의 고개를 순식간에 들어 올리게 하였다. 내 모습의 변화에 레미엘은 씨익 웃으며 검지손가락을 들어 올렸다.

"하지만 그쪽은 제 전공이 아닌 관계로 전문가를 모셔왔습니다."

그는 곧 자신이 들어왔던 것으로 보이는 문을 열었다. 문이 열리자 제법 큰 키의 사람이 들어왔다. 그는 무언가 숨길 것이 있는 듯 얼굴을 후드로 가리고 있었다.

"리네크 공국의 현 공왕이신 레이너드 제아노더 그렐제이든 즘 리네크님이십니다."

"반갑네, 레이너드 제아노더 그렐제이든 즘 리네크라고 한다네. 그냥 이름만 불러주면 되네."

그가 자신을 소개하자 나와 세린도 고개를 끄덕여 목례를 하며 각자 자신소개를 하였다.

"라니오스입니다. 현재 엘프의 첫 번째 검입니다."

"레아시아 벨자크 소브런입니다."

그도 고개를 끄덕였고 우리는 레미엘의 손짓에 따라 자리에 앉았다.

"유감이다만 저 소녀를 원래의 상태로 되돌리는 것은 현재의 기술로는 불가능하다네. 하지만 그녀를 저렇게 만든 자로부터의 속박을 풀어주는 것은 가능하지."

그는 잠시 말을 멈추었다. 짧게나마 무거운 정적이 주위를 휩싸며 공기를 굳혔고 제법 시간이 지나고 나서야 그의 입이 다시 열렸다.

"하지만 이 방법은 많은 재료를 필요로 하는 데다가 이 방법으로 제련된 뱀파이어는 엄청난 힘을 가지게 되지. 자칫 통제 불능이 될 수도 있다네.”

“어느 정도로 말입니까?”

내 질문에 그는 잠시 깊이 생각하는 듯 한 손을 턱으로 가져가며 고개를 숙였다. 그런데 이상한 것은 이런 실내에서까지 얼굴을 후드로 깊게 눌러써서 가리고, 손에는 장갑을 끼고, 소매가 길게 늘어지는 옷을 입는 등 맨살을 보이지 않는다는 것이다.

‘리네크는 언데드가 합법적으로 살 수 있는 현재로서는 유일한 국가이지.’
‘현 공왕은 리치라고 하던데?’

갑자기 머리 속으로 스쳐 가는 대화의 기억들, 그렇다면 저자는 리치?

이런 생각이 떠오를 때 즈음 영원히 안 열릴 것 같았던 레이너드의 말문이 열렸다.

“재료의 질에 따라 달라지겠지만 아마도 현 뱀파이어 로드인 리히터에 비교해도 손색없을 정도의 힘을 가지게 될 걸세. 그리고 만약 잘못될 경우에는 그야말로 ‘피에 미친 마녀’가 될지도 모르네. 정상적인 ‘이성’은 기대도 하지 못할 수준이 되겠지. 아니, 아예 사라진다고 하는 것이 옳겠군.”

쿠웅—

“방금… 뭐라고… 하셨나요?”

티니가 강대한 힘을 가진다는 것도, 자칫하면 미치게 된다는 것도 귀에 들어오지 않았다. 무엇보다도 지금의 나의 귀에는 ‘현 뱀파이어 로드인 리히터’라는 단어가 가장 강렬하게 와 닿았던 것이다.

“응? 하긴 걱정이 되겠지. 확률은 대략 50:50이라네. 하지만 이것도 역시 재료와 피술자의 질과 상태에 따라…….”

“그거 말고요! 현 뱀파이어 로드가 누구라고요?!”

탕—

　나는 흥분한 나머지 탁자를 치며 자리에서 벌떡 일어섰다. 그런 내 모습에 세린과 레미엘은 놀란 듯 두 눈을 크게 뜨고 있었고 레이너드도 나를 의외라는 시선으로 바라보았다.

　"리히터 사렐테온 제이드론스. 자네 혹시 그를 알고 있는 건가?"

　나는 고개를 끄덕였고 그런 내 모습에 레미엘과 세린은 어제의 그 뱀파이어가 리히터라는 것을 눈치 챈 듯 표정을 굳혔다.

　모를 리가 없지. 어제의 그 사건은 똑똑하게 기억하고 있는 데다가 그자가 티니에게 저지른 만행을 생각한다면…….

　"알고 있다니 의외로군. 하지만 그자는 지금 고립된 로드라네."

　"고립되다니요?"

　"그는 스스로 자신이 다스리던 뱀파이어들을 떠났다네."

　레이너드는 몸을 소파에 파묻으며 팔짱을 끼었다. 그의 모습은 이제 설명할 그 리히터라는 자에 대한 이야기가 제법 중대한 이야기일 것 같다는 분위기를 만들어내었다.

　"그리 오래된 이야기는 아니라네. 리히터, 그는 사실 훌륭한 자이지. 아니, 이제는 과거형으로 말해야 할까? 어찌 되었든 그는 훌륭한 뱀파이어 로드였지."

　"더불어 훌륭한 귀족이었죠."

　레미엘도 그를 잘 알고 있었는 듯 레이너드의 말에 한마디 덧붙였다.

　"레미엘, 너도 알고 있었어?"

　"물론이죠. 그는 프로튼의 귀족이었으니까요."

　레미엘과 레이너드의 말을 종합해 보면 이렇게 된다.

　약 50여 년 전, 소르바스와 프로튼은 언데드 귀족들로 인해 대단히 시끄러운 상황이었고 덕분에 프로튼은 그전까지는 말만 공국이었지 거의 언데드들의 거주지 겸 마법사들의 연구 단지였던 리네크 공국으로 자국의 언데드 귀족들을 망명시키기로 결심했다. 그 당시 리네크 공국은 신생한 지 100여 년도 되지 않았었고 덕분에 리네크 내에는 귀족이 거의 없었다. 그것 외에도 여러 가지 이유로 인해 대부분의 언데드 계열 귀족들이 리네크로 옮겨가고 있었다. 언데드 귀족이라고 해봐야 대부분이 리치 또는 뱀파이어인 데다가―가끔 라이칸스롭 계열의 귀족들도 있었다―그들은 영지나 정치에는 별 욕심이 없고 마법의 연구 자금―그들이 영지를 통치하는 이유는 대부분이 연구 자금을 벌기 위해서라고 한다. 게다가 그들은 조용한 것을 좋아하기 때문에 큰 소란을 일으키지도 않는다고…―과 식량(리치와 뱀파이어의 경우. 이 경우 뱀파이어들은 식량으로 쓸 인간들을 따로 사육―가축을 기르는 것과 비슷하게 생각하면 된다―하거나 사형이 선고된 죄수들만을 잡아먹는다(…)고 한다) 등만 있으면 별 불평을 하지 않는 이들인데다가 리네크 공국 자체가 원체 프로튼의 속국 비슷한 관계인지라 프로튼의 귀족들은 별 어려움 없이 리네크 쪽으로 넘어가고 있었고 직위도 그대로 유지하며 망명이 되었다. 하지만 당시 프로튼의 귀족이었던 리히터는 무슨 이유에서인지 자신의 영지를 고집하였다. 그렇다고 해서 그의 영지가 특별히 광대하다든가, 아니면 무슨 특별한 비밀이 있다든가 한 것도 아니었다. 오히려 구석에 위치한 작고 초라한 영지였다.

　좌우지간 무슨 이유인지는 모르겠지만 그는 계속 자신의 영지를 고집하였고 결국 그의 작위는 박탈당하고 영지는 고립되었다(물론 영지도 압류한 것으로 되어 있지만 어디까지나 기록상이고 실제로는 그렇진 않았다). 프로튼과 리네크는 하나같이 지금이라도 망명을 하면 작위를 되돌려준다고 하였으나 그는 끝내 자신의 영지에 남는 것을 고집하였다. 때문에 프로튼은 골치 아파하면서도 소르바스 몰래 뒤쪽으로 여러 가지 지원을 해주기도 하였다. 리히터 역시 훌륭한 영주였던 데에다 뱀파이어 로드로서도 훌륭한 수완을 보여 뱀파이어들을 잘 제어했기 때문에 결국 소르바스도 적당히 넘어가고 말았다.

그러던 중 그의 영지에 작은 사건이 하나 일어났었고—그 '사건'에 대해서는 레미엘도, 레이너드도 자세히 설명해 주지 않았다—그 사건이 일어난 뒤 몇 달 지나지 않아 돌연 그가 종적을 감추었다. 여기까지가 그들의 이야기였다.

"그런 그가 돌연 어제 다시 나타났다라… 그것도 이렇게 요란하게……."

"으음… 무슨 사연일까요?"

레미엘과 레이너드는 잠시 그가 이렇게 갑자기 나타난 이유와 이런 소란을 일으킨 이유에 대해 고민하기 시작했다.

"역시 이번 전쟁과 관련된 것이겠죠?"

"나 역시 그럴 것이라고 생각되네."

"하지만 왜 그가 갑자기 신족과 마족들의 편에 선 것일까요? 게다가 그가 사라진 것 때문에 뱀파이어들 사이에서 그리 크지는 않았지만 꽤나 소란스러운 일들도 있을 정도였는데."

"글쎄… 그것은 그의 사정이겠지. 그것까지 알 수는 없지 않은가?"

"하긴 그렇군요."

그렇게 한바탕 리히터에 대해 이야기하고 나서야 간신히 이야기의 주제가 다시 티니로 옮겨왔다.

"다시 이야기의 화제를 되돌려서, 이 소녀는 결국 앞으로도 뱀파이어인 채로 살아가야 하겠지만 지나친 선입견은 가지지 말라고 미리 말해두고 싶군. 뱀파이어가 된다고 해서 크게 달라지는 것은 없을 걸세."

그 점은 나도 이미 인지하고 있던 터라 순순히 고개를 끄덕였다. 다만 그가 말한 '피에 미치게 되는' 상황이 걱정되는 것이었다. 티니가 지금까지 내가 알고 있는 티니가 아니게 되는 것이 걱정되고 무서웠기 때문에.

"그래서 그 '재료' 는 무엇이 필요한 것이지요?"

"이제부터 설명해 줄 참이었네. 역시 젊어서 그런지, 아니면 소중한 이라서 그런지 급하게 구는구먼. 좋을 때야. 허허허."

중간에 긴장을 풀어주려는 듯 가볍게 농담을 건네는 레이너드의 한마디에 나는 얼굴에 조금 열이 나는 것을 느꼈다.

"쓰, 쓸데없는 말씀은 하지 마시고 빨리 방법이나 말씀해 주세요."

"허허허, 역시 젊은 것은 좋은 거구먼. 설명해 주겠네. 그것은……."

모든 이야기가 끝난 뒤 티니가 들어 있는 유리관이 있는 방에는 레미엘과 레이너드만이 남았다. 그들은 잠시 아무 말 없이 서로를 바라보았다.

"레이너드님, 한 가지 질문을 해도 괜찮겠습니까?"

레미엘은 접시 위에 놓인 찻잔을 이리저리 돌리며 레이너드에게 질문을 던졌고 레이너드는 고개를 끄덕여 허락의 의사를 표시했다.

"정말로 리히터… 전 후작으로부터 티니 양의 속박을 풀어줄 수 있는 방법이 존재하는 것입니까?"

레미엘의 얼굴은 굳어 있었다. 하지만 다른 한편으로는 자신이 모르던 지식에 관한 호기심도 있었다.

"게다가 막 뱀파이어가 된 이가 로드 급의 능력을 가진다니. 그런 비술이 있다는 이야기는 금시초문입니다."

레이너드도 그런 레미엘의 심정을 이해한다는 듯 고개를 끄덕였다. 그리고 그의 행동을 본 레미엘은 더욱 이해할 수 없다는 표정을 지었다.

"물론 자네로서는 이해할 수가 없겠지. 하다못해 나도 믿을 수 없는데 자네라고……."

"네에?"

레미엘의 눈이 커졌다. 자신은 적어도 레이너드 본인은 그 '비술'에 관해 잘 알고 있다고 생각하고 있었다. 그렇지 않고서야 어떻게 그 '비술'에 필요한 재료들에, 심지어는 방법까지 하나하나 다 불러주었겠는가? 게다가 이 레이너드란 인물은 자신이 알기로 확실한 검증이 되지 않은 실험이나 주술, 비술 등은 결코 타인에게 시전하지 않는 완벽주의의 인물이었던 것이다.

그런데 자신도 그 '비술'을 믿지 못한다니?

"무슨 말씀이십니까? 그렇다면 대체 무슨 근거로……."

"자네는 모르는 채로 있는 것이 좋을 걸세."

순간 레이너드 주위의 공기가 가라앉았다. 그는 머리에 걸치고 있던 후드를 뒤로 젖혔다. 그러자 살 한 점 남아 있지 않은 앙상한 두개골이 드러났다. 하지만 그의 두개골은 상당히 깨끗하게 정돈되어 있어 그가 얼마나 청결을 좋아하는지 알 수 있을 정도였다. 오죽하면 광택 처리까지 했겠는가(광나는 해골이라… 허미…)?

"자신이 이해하거나 감당할 수 없을 정도로 거대한 존재를… 난 만나버렸다네. 그리고 그 비술은 그들이 전해준 것이었지."

"……."

레미엘은 잠시 아무 말도 하지 않았다. 대체 어떤 존재이기에 레이너드가 이렇게 경외하고 있단 말인가?

"대체 그들이 누구기에 그러는 겁니까? 그들이 신이나 악마라도 되는 겁니까?"

레미엘로서는 그저 순간적으로 욱하는 감정에 한, 거의 농담이나 다름없는 말이었으나 레이너드에게는 그게 아니었다.

"신 또는… 악마라……."

그는 묵묵히 고개를 숙였다. 그의 분위기는 자못 심각했다. 더불어 레미엘 역시 그의 말을 애써 부인하면서도 한편으로는 놀라워하고 있었다.

"그럴지도……."

"이힛힛힛힛!!"

라오는 자신의 방에 틀어박혀서는 연신 뭐가 그리 즐거운지 끝도 없이 웃고 있었다. 그리고 그녀의 옆에서는 반대로 뭐가 그리 결받는지 쟈밀이 얼굴 가득 인상을 쓰고 두 눈을 부릅뜬 채 그녀를 노려코고 있었다.

"이힛힛힛힛힛, 꺄하하하하하!"

라오는 옆에서 도끼눈을 뜬 채 계속 자신을 째려보는 쟈길의 시선에도 아랑곳하지 않고 계속 웃고 있었다.

그렇게 계속 웃기만 하기를 약 세 시간여, 결국 너무 웃다가 온몸의 힘이 다 빠져 버린 라오는 탈진한 채 자신의 침대 위에 대(大)자로 드러누워 버렸다(세 시간이나 계속해서 웃을 수 있다는 것부터 이미 괴물이야!)!

"작작 좀 웃어라! 그렇게 남 놀리는 게 재미있냐?!"

결국 보다 못한 쟈밀이 그녀를 향해 윽박질렀으나 그래도 라오는 여전 헤죽헤죽 웃고 있었다.

"으히히, 으히, 으히히히."

너무 웃어 힘이 다 빠진 상황에도 라오는 계속해서 웃었다. 쟈밀이 옆에서 소리를 지르든 춤을 추든 상관하지 않고.

"후우, 아무리 그래도 그렇지… 이번 장난은 조금 도가 지나친 거 아냐? 명색이 란이의 여자 구하는 일인데 말야……."

쟈밀은 이마에 손을 짚으며 이 일을 라오에게 맡긴 것을 후회하고 있었지만, 어쩌랴? 이미 엎질러진 물이요, 쏘아버린 살인 것을.

"대체 그런 기괴한 재료들이 필요한 이유가 뭐야? 기껏 해야 드래곤의 피와 드래곤 하트, 그리고 만드라고라와 천년초, 소울 쥬웰 정도면 다 되겠구먼……."

　그쯤 되어서야 라오도 간신히 폭소를 멈추고는 쟈밀을 바라보며 생긋 웃음을 지었다. 하지만 아무리 보아도 악동 이상의 웃음이 아니었다.

　"하지만 재미있잖아요."

　"떽!"

　'너마저 내 속을 뒤집는 거냐?!' 라고 생각하며 쟈밀은 가슴을 쳤다.

　"호이구… 이러니 내가 늙는다, 늙어!"

　"이미 늙을 만큼 늙었으면서 조금 더 늙는다고 무슨 큰일 나겠어요?"

　"……."

　결국 이번 말싸움도 쟈밀의 판정패로 끝나 버렸다. 그는 속으로 '날 괴롭히는 건 레이 하나만으로도 충분하단 말야~!!' 라고 외치며 절규하고 피눈물을 흘리고 있었다.

　"괜~찮아요. 걱정 전~혀 안 해도 된다고요. 어차피 그 세린이라는 아이가 다 알아서 해줄 텐데요 뭘."

　"그래도……."

　이미 더 이상 말로는 이길 수 없는 상황에 쟈밀은 그래도 한마디라도 더 해보겠다는 듯 다 죽어가는 목소리로 한마디 날렸지만 역시 깨끗하게 박살나고 말았다.

　"뭐가 그렇게 걱정이에요? 하여튼 쟈밀은 너무 걱정이 많아서 탈이라니깐."

　찌지지직—

　털썩—

　결국 쟈밀은 밀려오는 분노, 괴리감, 그리고 스트레스 등을 이겨내지 못하고 미라가 된 채 그대로 쓰러져 버렸다.

　"자자, 쓰레기는 쓰레기통에~ 시체는 소각로에~ ♬"

우리의 매정한 라오는 미라가 된 쟈밀을 그대로 방구석에 자리한 소각
로에 집어넣어 버렸고—대체 방에 그런 게 왜 있어야 하는데~!—바로 가차
없이 뚜껑을 덮어버렸다. 그 뚜껑에는 '아바돈 표 인페르노 소각로 프리
미엄' 이라는 상표가 찍혀 있었다. 그리고는 바로 옆에 달린 온도 조절기
의 레버를 끝까지 올려 버렸다.

화르르르르—

"우아아아아아악!!"

곧 뚜껑 밖으로까지 새어 나올 정도로 강렬한 열기가 발산되었다. 물
론 그 뒤로 끔찍한 비명 소리가 들려왔음은 두말할 나위도 없었다.

불타는(?) 첫날밤

"하아… 여기가 세린 레어야?"

"네. 오빠는 처음 와보는 거죠?"

세린의 레어라… 이곳에 대한 첫 감상은 일단 참 넓다는 것이었다. 물론 그때 본 세린의 덩치를 보면 이 정도는 되어야 어느 정도 넉넉하게 살겠지만.

그리고 두 번째 느낌은…

"참 썰렁하다……."

내 한마디에 세린은 옆머리로 커다란 땀방울을 흘리며 어색한 미소를 지었다.

"아버지 일행들이 오셨을 때 다 털어갔으니까요."

한때는 수많은 무기들과 마법 실험 재료들, 그리고 보물들이 들어 있었… 을지도 모르는 저장고와 창고들은 정작 지금에 와서는 먼지밖에 쌓인 게 없는 공터로 변해 버린 상태였다. 아마 그 넓이로 미루어보았을 때

쌓여 있던 그 보물들의 양도 가히 장난이 아니었으리라.

"아, 이쪽이다. 오빠, 이리 와봐요."

한참 동안 레어 안을 두리번거리던 세린은 무언가 찾았는지 레어 구석으로 나를 불렀다. 그녀는 곧 그곳 벽에 손을 올리고는 나지막하게 무언가 중얼거렸다. 그러자 이내 그녀의 손바닥과 그녀가 손을 올려놓은 벽에서 제법 강한 빛이 나오더니 그 옆의 벽이 열리는 것이었다.

"이곳은 제가 아니면 누구도 문을 열 수 없는 곳이에요. 아버지들께서도 여기만은 들어오지 못하셨겠죠."

곧 그녀는 내 손을 잡아끌고 안으로 들어갔다. 그 안에는 제법 아담하고 깔끔한 방이 있었다.

"정말 중요한 것들은 이곳에 보관하죠. 제 기억이 맞다던 레이너드님이 말하신 재료들도 대부분 여기 있을 거예요."

그녀는 곧 한쪽에 몰려 있는 벽장들을 뒤지기 시작했고 곧 이어 방 안의 여기저기에 있는 문들을 열어 그 안을 조사하기 시작했다.

"아, 오빠는 거기 있는 침대에 앉아서 쉬고 계세요. 꽤 으래 걸릴지도 모르니까요."

그녀가 손가락으로 가리킨 곳에는 제법 큼직한 더블 침대가 자리하고 있었다. 그것은 상당히 고급품인 듯 굉장히 푹신했고 감촉도 좋았다.

"흐음… 이건 여기 있고… 아, 찾았다. 그리고 이것은……."

세린은 창고를 뒤적거리며 계속해서 한참 동안 레이너드가 말했던 재료들을 찾았고 곧 처음에는 아무것도 없던 책상 위에 많은 마법 재료들과 시약들이 쌓이게 되었다.

물론 레이너드에게 목록을 듣기는 했지만 막상 이렇게 즈접 그 실물을 보니 놀라울 따름이었다. 흔히들 '용의 눈물' 이라고 하는 '티폴' 이라는 시약과 그 외 나로서도 책에서만 접한 재료들이 눈앞을 가득 메우고 있었던 것이다.

"후우, 일단 저한테 있는 건 이 정도인 거 같네요. 이걸로 일단 대부분 준비된 거고… 모자라는 건 내일부터 제가 아는 분들께 부탁해 봐야겠네요."

어쩌면 이때 미리 주의하고 달아나야 했을지도 몰랐다. 순간 그녀의 눈에서 광채가 난다 싶더니 이내 수상한(?) 웃음을 지으며 내가 앉아 있는 침대로 다가오는 것이었다.

"우후훗."

"세, 세린… 왜 그렇게……?"

이때 또 한 번 실수를 했다. 내 딴에는 슬금슬금 뒤로 도망친다는 것이 그만 침대 위로 올라가 버린 것이었다.

"우훗, 이런 외진 곳에 남녀 단둘이 있으면 어떤 일이 벌어질까요?♡"

"그, 그 하트는 뭐야? 서, 설마……?!"

그만 해, 세린. 난 아직 마음의 준비가…….

하지만 그녀는 내 속이 어떻든 상관하지 않는다는 듯 잽싸게 내 얼굴을 붙잡고는 내 입을 봉인해 버렸다. 물론 내 입을 봉인한 수단은 그녀의 입술이었다. 물론 지금 상황이 상황인만큼 혀를 사용하기까지 하는 강력함(…)을 보이는 그녀였다.

"으읍, 으읍……!"

나는 그녀의 마수(…)에서 풀려나기 위해 필사적으로 발악을 하였지만 나를 누르고 있는 그녀의 힘은 의외로 셌다. 드래곤이니 당연한 건가? 그래도 지금은 엘프로 폴리모프한 상태일 텐데 그럼에도 나보다 힘이 센 것은… 게다가 나는 남자고 세린은 여자란 말야(드래곤이 원체 중성이라고는 하지만 지금은…)!

이리저리 발버둥 쳐봐야 고작 약간의 시간을 버는 것 외에 아무 효과도 없었다. 그렇게 내 옷은 한 꺼풀씩 벗겨지거나 찢겨져(!!) 나가고 있었고 어느 정도 내 옷을 벗기자 세린도 자신의 옷을 벗기 시작했다. 게다가 중간중간 내 몸을 쓰다듬는 그녀의 손길로 인해 달아오른 내 몸은 이미 나 자신조차 제어할 수가 없게 되어가고 있었다.

"으, 으으으으……."

"오빠, 제 마음 알죠?"

뭐… 뭐야?! 그런 이상야릇한 분위기가 왕창 가미된 콧소리는……!!

이미 세린은 알몸인 상태였다. 물론 나야 진작에 다 벗겨진 상태였고.

나로서도 처음 보는 그녀의 몸은… 아름다웠다. 너무나 아름다워서 마치 하나의 예술품을 보는 것 같았다.

"아이, 그렇게 빤히 쳐다보면 부끄럽잖아요~♡"

그녀는 얼굴을 붉히며 고개를 옆으로 살짝 돌리는 내숭까지 떨고 있었다. 그녀가 엄청난 내숭쟁이인 거야 진작에—그녀가 하프 엘프였을 때부터—알아차리고 있었지만…….

어느새 우리가 들어왔던 입구는 완벽하게 닫혀져 있었다. 게다가 이 방의 구조를 보니 마나를 차단시키는 특수한 무언가가 설치되어 있었다. 즉 블링크 등은 씨알도 안 먹힐 것 같았다. 그야말로 진퇴양난!

결국 어떻게 되었냐 하면…

"아아아아악!!"

"어머, 갑자기 비명을 지르면 어떻게 해요? 놀랐잖아요."

어떻게 되기는… 그날 밤은 그야말로 새하얗게 타서 재가 될 정도로 화끈하게 당했(…)다.

"어때요, 이제 정신 좀 들어요?"

라오는 간신히 예의 그 '아바돈 표 인페르노 소각로 프리미엄' 에서 빠져나온 쟈밀을 보며 생긋 웃어 보였다. 물론 당사자인 쟈밀이 마주 웃어주거나 할 일은 절.대. 없.었.다.

"아아, 아주 정신이 번.쩍! 들더군."

쟈밀의 꼴은 그야말로 '말이 아닌' 몰골이었다. 온몸이 꼬질꼬질한 것은 둘째 치고 샴푸 회사들이 CF 모델로 당장 모셔갈 정도로—비록 이 세계에는 없지만—반짝이고 윤기가 넘치며 향기로운 그의 은빛 머리카락은 온데간데없고 지금의 그의 머리에는 웬 푸석푸석한 회색의 아프로(Afro, 아프리카 흑인 머리 스타일. 실제로 사전을 뒤지면 나온다)가 자리하고 있었다. 물론 웃음이 많은 라오가 그런 그의 헤어스타일을 보고 그냥 지나칠 리는 만무했다. 쟈밀의 머리 모양새를 본 그녀는 바로 또다시 세상이 떠나갈 정도로 크게 웃어 젖히기 시작했다.

"쿡쿡쿡쿡, 푸하하하하하!!"

"우, 웃지 마!"

쟈밀도 현재 자신의 머리가 어떻게 되어 있는지 대강은 알고 있었기에 얼굴이 새빨개졌고 라오의 웃음소리는 그에 비례해서 계속 커져만 갔다.

"푸흐흐흐, 우힛힛힛힛힛!!"

"웃지 말라니까!"

따악—

결국 참다못한 쟈밀은 세게 라오의 머리를 내려쳤고 그 효과는 곧바로 나타났다.

"우에엥~ 쟈밀이 때렸어~"

"그러니까 진작에 작작 좀 웃을 것이지."

그렇게 어느 정도 시간이 지나서야 상황은 정리되었고 쟈밀은 비로소 다시금 이야기의 본론을 진행할 수 있었다.

"그래, 뭐 그 정도 사소한 장난쯤이야 그냥 넘어가자."

쟈밀은 무언가 본론을 이야기하려다 잠시 라오의 방 밖으로 나갔다. 그리고 그가 다시 라오의 방 안으로 들어왔을 때에는 그 '다바돈 표 인페르노 소각로 프리미엄' 에 들어가기 전처럼 깔끔한 모습이 되어 있었다.

"흠흠, 그런데 꼭 그 아이를 뱀파이어인 채로 놔두어야 하겠어?"

만약 레이너드나 레미엘 같은 이가 그의 말을 들었다면 당장 '그렇다면 원래의 엘프로 되돌릴 방법이라도 있습니까?' 라고 물어올 것이다. 하지만 라오는 별 대수롭지 않다는 듯 고개를 옆으로 돌리며 대답했다.

"하지만 쟈밀 오빠도 인간, 레디 언니도 인간, 레이 오빠드 인간, 알카드 오빠도 인간, 제이 오빠도 인간……."

그녀는 마치 넌더리가 난다는 표정으로 벌떡 일어서며 거칠게 자신의 머리를 긁었다. 물론 그런 라오의 행동은 충분히 과장된 감이 있었지만 나름대로 쌓인 게 많았다는 의견 분출이기도 했다.

"아아악! 우리들 대부분이 인간, 인간, 또 인간이라고요. 기껏해야 내 주변에 인간이 아닌 이는 루나 언니 한 명뿐이라고요. 그것도 막내가 들어오면 엘프도 둘이나 되잖아요."

그녀는 입을 벌려 쟈밀에게 보이며 입 안을 손가락으로 가리켰다. 그녀의 입 안에 위치한 송곳니는 보통의 인간에 비해 굉장히 날카로웠고 그 길이도 길었다.

"기왕 나와 같은 뱀파이어도 하나쯤 더 있으면 좋잖아요?"

조금은 억지성 짙은, 하지만 그래도 귀여운 그녀의 말에 쟈밀은 옆머리로 커다란 땀방울을 흘리며 어색한 미소를 지었다.

"그래그래, 알았다. 라오가 외로웠나 보구나."

"에헤헤."

쟈밀은 곧 푸근한 미소를 지으며 그녀의 머리를 쓰다듬어 주었다. 그 모습을 다른 이들이 본다면 그 분위기에 홀릴 만큼 따뜻한 모습이었다.

"그래, 뭐 그렇다면 할 수 없지. 하지만 네가 맡게 되는 일이니만큼 확실하게 책임져 줘야 한다? 그 말은 네가 언니가 되어주겠다는 말일 테니까."

"물론이죠!"

라오는 단호한 얼굴로—하지만 그래도 귀여웠다—자신의 가슴을 두드렸고 그런 그녀의 모습에 쟈밀은 다시 한 번 너털웃음을 터뜨려야 했다.

"하하하, 그럼 난 이만 가본다."

"안녕히 가세요~"

손을 흔드는 라오의 배웅을 받으며 쟈밀은 다시 자신의 집무실로 돌아갔다. 하지만 라오는 쟈밀이 사라진 뒤에도 계속해서 그가 지나간 통로를 바라보고 있었다.

"쟈밀이 포츈님보다 더 좋아."

그녀는 두 주먹을 불끈 쥐었다. 그날따라 유난히 귀여운 모습을 많이 보여주는 그녀였다.

"절~대! 포츈님이 쟈밀을 빼앗아가지 못하게 할 거야."

나름대로 굳은 결의에 가득 찬 모습을 보여주는 라오였다.

짹, 짹, 짹.

흐음… 아침인가? 참새들이 참 시끄럽게 우는구만.

"후아암……."

일어나면서 언제나처럼 팔을 위로 쭈욱 뻗으며 크게 기지개를 켜려고 하는 순간 나는 문득 이상한 것을 느꼈다.

'내 목소리가 이렇게 가늘었나?

원래부터 내 목소리가 다른 남자들에 비해 가는 편이기는 했지만 이 정도는 아니었는데… 그런데…… 왜 내 가슴이 나와 있는 거지?

"꺄아……."

나는 무의식에 작은 비명을 지르며 시트로 가슴을 가렸다. 그런데 이상한 것은 예전의 소녀 모습일 때에 비해 더 가슴이 커졌다는 것인데… 그때는 거의 있는지도 모를 수준이었지만.

팔다리를 뻗어보았다. 역시 그때에 비해 더욱 길었다. 마치 어른 상태의 남자였을 때처럼.

"설마……!"

나는 바로 침대에서 빠져나와 곧게 서보았다. 아무리 봐도 남자일 때에 비해서 조금이기는 하지만 키가 줄어든 것 같았다. 게다가 예전의 여자, 즉 소녀 모습이었을 때보다 몸의 굴곡이 더욱 심해지고 팔다리가 가늘어졌다. 그렇다는 것은…

"서, 설마……!"

아무래도 그 설마가 맞는 것 같다. 애석하게도… 지금의 나는 여자 모습이다. 그것도 어른 상태로.

"포, 폴리모프 셀프……."

나는 빨리 이 악몽에서 벗어나기 위해 폴리모프 주문을 외웠다.

피시식.

하지만 이놈의 마법이 불량품인지 어색한 김 빠지는 소리와 함께 마법이 불발로 끝나 버렸다. 게다가 그것은 몇 번을 시도해도 다찬가지였다.

"세, 세린……."

나는 이제는 거의 울먹이는 목소리로 세린을 찾았으나 서린은 방 안에 없었다. 마침 다행히도 어제 우리가 들어왔던 문은 열려 있었고 침대 옆의 탁자에는 내 사이즈에 맞는 옷 한 벌이 놓여 있었다.

"그런데… 이거 여자 옷이잖아?"

하지만 어차피 지금 내 몸은 여자다. 따질 이유는 없었다고 생각한 나는 바로 그 옷을 걸쳤다. 그 옷은 제법 단출한 투피스로 전체적으로 은은한 에메랄드 빛을 띠고 있었다.

하지만 이 옷에도 문제는 있었다.

"스, 스커트가 왜 이렇게 짧아?"

이제 슬슬 봄인데다가 원래 엘프는 추위를 별로 타지 않는 체질이니 실용도에서는 그리 따질 이유가 없었지만 아무래도 기분 문제라는 것이 있는 것이다. 이놈의 스커트는 무릎 위로부터 한 뼘이 넘게 떨어져 있을 정도로 짧았던 것이다. 덕분에 조금만 움직여도 속옷이 보일랑 말랑 할 수준이었다.

"아히힝~ 세린은 대체 어쩌라고 이런 옷을 놓아둔 거야?"

게다가 왜 내가 여자 모습으로 변해 있는 것이고? 나는 밖으로 나가기에 앞서 어제 있었던 일을 하나하나 기억해 내어보았다.

'그러니까 어제 내가 침대 위에 앉아 있다가 세린이 나를 덮쳤(?)고 이내 내 옷을 벗기고 세린도 벗고—어, 어째 어감이……—그 다음은……'

그걸 좋다고 해야 하나, 아니면 끔찍하다고 해야 하나? 어젯밤에 일어난 일은 그야말로 나에게 있어 역대 최대 규모의 충격이었다.

잠깐 다시금 침대 위로 시선을 돌려보니 그 위로 작은 핏자국이 하나 있었다. 그것도 내가 누워 있던 자리에!

"처, 첫경험이 여자라니. 너무해."

나는 본디 남자란 말야! 그런데 왜 첫경험은 여자로 폴리모프한 채 해야 하느냔 말야아?!

물론 이렇게 중얼거린 뒤 나는 이런 흉측한 생각이나 하고 있는 나의 머리를 스스로 강하게 가격하고 말았다.

그런데 왜 세린 쪽에는 아무 흔적도 없는 거지? 생각이 그쪽으로 미치자 내 머리 속으로는 여러 가지로 엄청난(?!) 상상들이 지나가기 시작했다. 결국 나는 본격적인 추리(?)는 시작도 하지 못한 채 그에 대한 생각을 접어야 했다.

"아아야, 왜 이렇게 허리가 아프지? 게다가 엉덩이 쪽이랑… 그(…)쪽도……."

대체 세린은 날 얼마나 거칠게(…) 다룬 거야? 그리고 대체 어느 시점쯤에서 내가 여자로 바뀐 거지?

"에이, 몰라. 일단은 밖으로 나가고 보자."

나는 고통 때문에 걸음이 자꾸 틀어지는 와중에도―아프다 보니 다리를 모으기가 힘들었다―열심히 걸음을 옮겼고 결국 간신히―라고 할 정도로 힘든 것은 아니었지만―밖으로 나오는 데에 성공했다.

"아, 일어났네요?"

내가 밖으로 나가자마자 본 것은 한 사내였다. 등 한가운데까지 아름다운 에메랄드 빛 머리카락을 기른 데다가 헌칠한 키를 하고 있었다. 얼굴 선은 전체적으로 가늘어서 중성적인 느낌을 주었으나 딱 벌어진 어깨와 제법 넓은 가슴은 그가 남자임을 알 수 있게 하였다.

게다가 난 전에도 저 사내를 본 적이 있었다. 거기에다가 난 저 사내와 데이트를 한 적도 있었다.

그는 바로 세린이었다!

"이 차 한 잔 드실래요? 몸이 따뜻해질 거예요."

그녀… 가 아닌 그는 언제 놓아두었는지 옆에 있는 테이블 위에 놓인 찻잔에 차를 따라서는 나에게 건네주었고 나는 두 손으로 그가 건네준 찻잔을 받아 들었다.

"어… 고마워."

"후훗."

그는 나를 보며 한차례 부드러운 웃음을 지었고 그런 그의 모습에 나 역시 나도 모르게 마주 웃음을 지었다.

"그런데 세린, 내가 왜 여자 모습인 거지?"

그가 준 차를 한 모금 마셔 몸 안이 따뜻해지는 것을 느끼며 나는 그에게 질문했고 그는 내 질문에 의아한 표정을 지으며 나를 바라보았다.

"어라? 누나는 기억 안 나요?"

"응."

그는 내가 여자로 바뀌자 자연스레 나를 부르는 호칭이 '누나' 로 바뀌어 있었다. 뭐, 그건 전에도 마찬가지였지만. 게다가 나도 지금은 '그' 라고 인식하고 있고.

"에… 어제 누나가… 그때… 그러니까……."

하지만 세린도 그런 걸 직접 말하기는 부끄러웠는지—내숭일지도 모르지만…—말을 더듬었다.

"그러니까… 어제 누나가 저보고 리드해 달라고 하면서……."

"푸웃!!"

부끄러운 듯 시선을 옆으로 돌리면서 얼굴을 붉히고 말을 더듬으면서도 세린은 결국 말을 하고 말았고 덕분에 나는 입에 머금고 있던 차를 모두 입 밖으로 토해내고 말았다. 나라고 그 말의 의미를 모를 리가 없었으니… 게다가 더 유감인 것은 세린이 거기서 말을 멈춘 게 아니라는 것이다.

"그때 누나는 완전히 가버려서(…)는 제정신이 아니라 마법도 제대로 하지 못했고 그래서 제가 용언으로……."

…반쯤은 강제로 이렇게 만들었다는 거로군. 어쩐지 내가 암만 폴리모프를 써도 원래대로 안 변하는 데다가 잘도 완벽하게 여성 모습으로 변해 있더라. 유감이지만 나 스스로라면 이렇게 완벽하게 변하지는 못했

을 것이다. 아무래도 폴리모프라는 게 머리 속으로 변하고 싶은 모습을 떠올리는 것이니까. 아직 나에게 있어 한 번도 본 적이 없는 것으로 변하는 것은 무리였다. 물론 그 이유는 내 상상력이 모자라다는 것이 가장 큰 요인이겠다.

"그런데 기왕 이렇게 된 거 며칠만 더 이 상태로 있으면 안 될까요? 우리 둘이 있을 때만이라도요."

"그, 그게……."

솔직히 나에게 있어서 당황스러운 부탁이었다. 나보고 이 상태로 얼마간 있어달라니… 하지만 사랑은 무엇이든 이긴다고 누가 말했던가? 나는 결국 고개를 끄덕여 승낙의 의사를 표시해 버렸다. 게다가 예전에 여자아이였을 때의 경험도 있다 보니 별 거부감이 들지 않는 것도 현실이었다.

"그… 럴게."

"정말이죠? 고마워요."

세린은 나를 향해 활짝 웃어 보였다. 그는 의자를 가져와 나에게 자리를 권하였다. 어째 갈수록 나를 숙녀로 대해주려는 세린의 태도가 좀 걸리기는 했지만 역시 사랑의 힘으로 통과!

게다가 왠지 모르게 그의 모습도, 그리고 그와 나의 상태도 어느 정도 마음에 들고 있었다.

"팔장… 껴도 돼?"

"네? 무, 물론이죠."

그의 허락이 떨어지자마자 나는 그의 왼팔에 내 팔을 걸으며 그에게 기대었다. 지금으로서는 내가 남자일 때와 달리 내 쪽이 더 키가 작았기 때문에 나는 그의 품 안에 쏙 들어갔고 세린은 그런 나를 부드럽게 감싸 안아주었다.

"따뜻해……."

일전에 내가 그를 이렇게 안아주었을 때 그의 기분이 이랬을까? 이것도 나름대로 좋은 기분이었다. 기댈 수 있다는 것이.

"잠시 이렇게 있을게."

내 부탁에 세린은 고개를 끄덕였고 그렇게 나와 그는 아침 동안 서로를 마주 안은 채 서 있었다.

라니오스와 아힌세르린이 서로를 껴안으며 다정한 시간을 보내고 있을 무렵 제법 먼 거리의 하늘에서 그들을 보고 있는 이들이 있었다.

"좋군요, 좋아요. 그야말로 한 폭의 그림입니다."

레이는 뭐가 그리 즐거운지 연신 서로 껴안고 있는 라니오스와 아힌세르린 커플을 보며 웃고 있었다.

"저 아이가 그 아이야?"

레이의 옆에는 또 다른 인물이 둘을 보고 있었다. 150을 조금 넘는 작은 키에 여자인 듯 미약하지만 몸에 약간 굴곡이 생겨 있었다(흔히들 말하는 '발육이 덜 된' 상태). 그녀의 얼굴은 티 한 점 없이 맑았고 어깨 아래까지 자라 있는, 계속해서 색이 바뀌고 있는 그녀의 머릿결은 보는 이들에게 신비감과 두려움, 그리고 경외감을 동시에 가져다 주었다. 그녀는 포츈이었다.

"네, 저 아이가 '순수'의 라니오스입니다, 포츈님."

"흐음……."

잠시 아무 말 없이 라니오스를 바라보던 포츈은 무언가 이상한 것을 발견했는지 미심쩍다는 표정으로 레이를 바라보았다.

"내 생각이 맞다면 지금의 저 모습은 저 아이의 본질적 모습이 아닌 것 같은데, 맞나?"

"맞습니다. 지금의 그… 아니, 지금은 그녀라고 해야 할까요? 어쨌든 지금의 그녀의 모습은 진실된 모습이 아닙니다."

레이의 대답에 포츈은 고개를 끄덕인 뒤 다시 라니오스에게로 시선을 돌렸다.

"흐음, 쟈밀의 조카라… 그리고……."

포츈은 마치 무언가를 감정하듯 면밀히 라니오스를 바라보다 이내 만족한 듯 고개를 끄덕였다.

"뭐, 쟈밀이 그렇게 아껴줄 정도의 아이라면 그것만으로도 충분하겠지."

"아하하……."

좀 심하다 싶을 정도로 쟈밀을 편애하는 말투를 쓰고 있는 포츈의 모습에 레이는 땀을 흘리며 어색한 웃음을 지었다. 그리고 그런 그의 정수리에는 가차없이 포츈의 주먹이 꽂혔다.

따악—

"아야야야야."

"뭘 그렇게 실실 쪼개?"

레이는 속으로 생각하고 있었다. '왜 하필 접니까? 그렇게 쟈밀이 좋으시면 쟈밀하고 계시면 되잖아요?!' 라고. 정말 이럴 때는 쟈밀이나 레이나 생각하는 게 비슷한 것은 어쩔 수 없는 것인가 보다.

"게다가 의외로 나도 마음에 들어. 어쩌면 쟈밀 이상으로 끌릴지도 모르겠어."

레이는 순간 평소 쟈밀에게 말하던 것처럼 '그렇습니까? 라고 말할 뻔했지만 간신히 입 안으로 다시 밀어 넣는 데에 성공했다. 만약 그대로 그 대사를 뱉었다가는 또다시 자신의 정수리는 그녀의 주먹에 농락당했으리라.

“정말 묘한 매력을 풍기는 아이야. 나중에 꼭 나한테 보내. 저 아이와 시간을 보내고 싶으니까.”

“포츈님의 명이시라면.”

어떻게 들으면 상당히 위험한 내용으로 이해할 수 있는 대사임에도 레이는 자신의 안전을 위해 아무 대꾸도 하지 않았다. 그는 공손하게 허리를 숙이며 포츈에게 예의를 표했고 그의 모습에 포츈은 생긋 웃어 보였다.

“우훗, 레이, 그렇게 공손하면 나름대로 기분 좋지만 그래도 그냥 평소만큼만 해도 돼.”

“평소만큼만 했다가는 틀림없이 화내실 텐데… 으큭……!”

빠악―

포츈은 또다시 레이의 정수리에 자신의 주먹을 부딪쳤고 덕분에 레이는 몸 전체가 공중에서 한 바퀴 돌아버렸다.

“말대답하지 말랬지?”

제 딴에는 무섭게 보여보겠다고 주먹을 들어 올리며 인상을 써보는 포츈이었지만 그래 봐야 그녀의 귀여운 인상이 어디 가는 것은 아니었다. 레이도 그녀의 모습을 보는 순간 그만 너털웃음을 지어버릴 정도였다.

“뭐, 뭐야? 내가 그렇게 우스워 보여?”

“쿡쿡쿡, 서, 설마요. 후훗, 아하하하.”

결국 참지 못한 레이는 크게 웃어 젖히기 시작했고 덕분에 얼굴이 붉어진 포츈은 또 한 번 레이를 때리려고 손을 들어 올렸다.

“예쁘십니다. 정말 귀여우시고요.”

“…정말?”

레이의 한마디에 더욱 얼굴이 붉어진 포츈은 어깨 높이까지 들어 올렸던 주먹을 슬그머니 내렸다. 그녀는 제법 부끄러웠는지 더듬거리는 말투로 레이에게 질문했다.

"저, 정말로… 내가, 내가 귀여워?"

"물론입니다. 당신은 아름답고, 특히 귀엽습니다."

레이의 대답에 포츈은 환하게 웃었다. 아직 남아 있는 수줍어하는 표정과 함께 그녀의 얼굴은 너무나도 밝았다. 그런 그녀를 보고 있는 레이의 얼굴에도 미소가 피어났다.

그렇게 잠시 레이를 바라보며 미소 짓던 포츈은 다시 라니오스에게로 시선을 돌렸다.

"흐음… 이상하게 저 라니오스라는 아이를 보고 있으면 기분이 좋아져. 쟈밀과는 다른 의미로 말야."

왠지 모르게 계속해서 라니오스를 보고 싶은 생각을 간신히 정리하며 포츈은 몸을 돌렸다.

"자, 돌아가자. 어차피 우리에게 있어 시간은 너무나도 넘쳐 나는 것이니 나중에 얼마든지 만날 수 있겠지."

"네."

곧 포츈의 모습이 사라졌다. 하지만 레이는 조금 더 남아서 라니오스를 바라보고 있었다.

"선택을 받으셨군요. 축하합니다, 라니오스 군."

그 한마디를 끝으로 레이의 모습도 사라졌다.

변태 드래곤의 하이 엘프 성추행 사건

그렇게 서로 러브러브의 세계에 빠져 헤어 나오지 못한 채 나와 세린은 아침을 홀랑 지새 버렸다. 우리는 점심때가 되어서야 시간이 제법 지났음을 인식하고는 적당히 점식 식사를 한 뒤 티니를 구하기 위한 비술을 펼칠 수 있는 재료의 나머지들을 찾기 위해 세린이 아는 이들을 찾아 걸음을 옮겼다.

부스럭, 부스럭.

세린은 자신이 아는 드래곤 중 한 명을 먼저 방문하겠다고 그가 살고 있는 레어 근처로 워프했다. 근처로 워프한 이유는 바로 레어에 결계가 쳐져 있어 레어 입구나 레어 내로 워프할 경우 자칫하면 공간 축으로부터 팅겨날 수 있기 때문이라는 것이다. 물론 그 결계를 친 드래곤이 따로 허락을 했거나, 아니면 결계를 친 드래곤보다 더 강한 힘을 가지고 있는 이라면 별 탈 없이 워프 가능하겠지만.

어쨌든 그렇게 근처로 워프한 뒤 그 상대의 레어를 방문했으나 그 안에는 아무도 없었고 덕분에 지금 나와 세린은 이렇게 이 끈적한 늪 지대를 지나고 있는 것이다.

"그런데 세린, 꼭 이렇게 우리가 그를 직접 찾아내야 하는 이유라도 있어?"

우리가 레어에 갔을 때 그곳의 입구에는 상당히 강력한 결계가 쳐져 있었다. 하지만 그것은 나 혼자로도 그리 어렵지 않게 부술 수 있는 수준이었고 그 외에 다른 무언가는 전혀 설치되지 않았었다. 세린은 그것을 이유로 그 레어의 주인이 멀리 나가지는 않았을 것이라 말했고 실제로 그 드래곤은 작은 별장에서 지내는 것을 좋아하는 괴벽이 있다고 한다.

"하지만 그분은 괜한 소란을 피우는 걸 굉장히 싫어하신다고요. 게다가 성격도 괴팍해서 조금만 눈에 거슬려도 금방 화를 내시고요. 그렇게 될 경우 도움받기는 글러 버리게 된다고요."

결국 그런 이유로 인해 지금 우리는 직접 이 늪을 헤매건서 그의 별장을 찾는 중이었다. 아직 만나보지는 못했지만 늪지에 사는 것으로 보아 지금 찾고 있는 드래곤은 블랙 드래곤일 것이다. 그리고 책에 나온 블랙 드래곤의 성격은 분명…….

블랙 드래곤은 성격이 잔인하다. 하지만 그렇다고 레드 드래곤처럼 포악하다는 것이 아니라 자신이 남을 괴롭힌다는 것과 상대의 고통을 즐기는 새디스틱한 성격을 가지고 있다.

주로 늪지에 살고 있으며 유난히 지배욕이 강해―권력욕과는 조금 다르다―몬스터를 많이 부리는 것을 좋아한다. 때문에 블랙 드래곤이 사는 늪지는 다른 드래곤의 영역에 비해 몬스터의 수가 상당히 많은 편이다. 또한 대단히 교활하여―잔머리가 잘 돌아간다는 의미이다―정면 승부보다는 상대의 빈틈을 노리는 방법을 사용하는 데다가―그중에서도 타인으로부터 '비겁하다'라는 말이 절로 나오는 수법들을 즐겨 사용한다―한 번 당한 원한은 두고두고 잊지 않기 때문에 그들의 성격을 건드렸다가는 자손 대대로 고통받을 수도 있다는 것을 명심할 것. 그들의 몸체는 전체적으로 날렵하게 생겼으며, 그들의 날개는 모든 드래곤 중에서도 가장 빠른 가속 능력과 가장 뛰어난 수직 상승 능력을 가지고 있다. 하지만 그만큼 선회 능력이 떨어진다는 문제가 있다. 그들의 애시드 브레스는 매우 강한 산성을 가지고 있어 강철도 간단히 녹일 수 있다. 웜 급 이상일 경우에는 드래곤 스케일과 드래곤 본도 녹일 수 있다고 전해지고 있다.

그들은 다른 드래곤들 중에서도 유난히 욕심이 많으며 사치와 허영이 심해 그들의 레어는 언제나 화려한 장식이 되어 있는 것을 볼 수 있을 것이다. 이러한 그들의 성격 덕분에 그들은 '사악하다'는 소리를 듣거나 드래곤 슬레이어들의 목표가 되는 일들도 다른 드래곤들에 비해 잦은 편이다. 추가로 그들은 거의 하나씩은 남들이 여간해서는 가지지 않는 독특한 취미를 가지고 있다는 것도 특징이라면 특징이겠다. 또한…….

…대충 이런 내용이 나와 있던데. 뭐, 세린이 같이 있으니 별일이 일어나지는 않겠지. 지금도 이렇게 세린—의 용언—덕에 이런 몬스터 소굴에서도 몬스터는커녕 개미 한 마리 마주치지 않은 채 길을 가고 있지 않은가? 게다가 늪지는 이상한 벌레들도 많다는데 역시 그런 것에게 괴롭힘당하는 일도 없고.

"응?"

얼마나 늪지를 걷고 있었을까? 한참 걸음을 옮기던 도중 세린은 무언가 이상한 듯 걸음을 멈추고는 주변을 둘러보는 것이었다.

"무슨 일이야, 세린? 뭔가 문제라도 있어?"

하지만 세린은 내 질문에 고개를 저으며 손가락으로 어느 한 방향을 가리켰다.

"아뇨, 가르테론트님이 계신 곳을 알아냈어요. 저쪽이에요."

가르테론트라… 그게 그 블랙 드래곤 이름인가? 역시 드래곤들은 이름부터 비범하단 말야.

그렇게 세린과 내가 무작정 늪 안을 헤매는 것을 멈추고 방향을 잡은 채 전진하고 있는 지 얼마나 지났을까?

"멈춰라!"

순간 사방에서부터 일련의 무리가 나타나 우리가 가는 길목을 막았다. 그들은 우리 엘프처럼 가느다란 몸매에 뾰족한 귀를 하고 있었지만 그 피부는 진한 검은색이었다.

한마디로 다크 엘프라는 거다.

"무슨 일로 너희들 하얀 녀석들이 이곳에 왔는지는 모르겠지만 이곳에 너희들 따위가 올 이유는 없다. 꺼져라!"

그들은 아예 대놓고 적개심을 보이고 있었고 그 농도는 상당히 짙었다. 굳이 비유를 하자면 지금 그들이 우리에게 보내는 살기가 뭉게뭉게 피어올라서 구름으로 변해도 이상할 게 없을 정도?

"응? 지금 너희가 우리들보고 '꺼지라고' 했냐?"

세린은 매우 불쾌한 듯 그들 중 아까 우리들을 보며 '꺼져라!' 라고 외친 다크 엘프 사내를 째려보았고 그는 무언가 사태가 잘못 돌아가고 있다는 것을 눈치 챘는지 말투가 조금은 조심스러워지기 시작했다.

"그, 그렇다… 빨리 사라지지 않으면… 헉……!"

쿠웅!

정말 '쿠웅' 하는 소리가 난 것 같았다. 그와 동시에 아까 전의 그 다크 엘프와 더불어 우리 주위에 있던 모든 다크 엘프들이 몸을 휘청거렸다. 아마 지금쯤 그들은 갑자기 숨이 턱 막히고 몸이 서늘해지면서 덜덜 떨리고 있을 거다. 내가 그걸 어떻게 아냐고?

"세, 세린… 무서워."

왜기는… 나도 세린에게 당하고 있으니까. 세린은 그게야 나도 그의 드래곤 피어에 당하고 있다는 것을 알고는 재빨리 드래곤 피어를 풀었다.

"후아… 헉헉."

숨을 쉴 수 있다는 게 이렇게 좋은 건지 몰랐었다. 그리고 그것은 아마 저 다크 엘프들도 마찬가지로 느끼는 것이리라.

"미, 미안해요, 누나. 제가 그만 좀 흥분해서……."

그는 미안한 표정을 지으며 내 어깨를 잡아주었다. 하지만 그런다고 내가 뭐라고 하겠는가? 그냥 어색하게나마 웃으면서 괜찮다고 하는 것밖에 없지. 그도 내 안색이 별로 안 좋은 것을 보고는 괜히 애꿎은 다크 엘프들에게 화풀이를 하였다.

"뭘 아직도 그렇게 둘러싸서―삐―하고―삭제―해서는―자진 검열 ♡―야? 빨리 길 안 비켜? 아, 아차……!"

나는 순간 그렇게 심한 욕을 하는 세린의 모습에 크게 놀랐고 세린도 뒤늦게야 자신이 내 앞에서 험한 말투를 썼다는 것을 눈치 채고는 얼굴을 붉혔다. 내숭의 가면이 벗겨지는 순간이었다.

이미 세린에게 잔뜩 겁먹은 다크 엘프들은 재빨리 우리의 시야 안에서부터 도망치기 시작했고 금방 그들의 모습은 사라져 버렸다.

"저기… 누나, 그러니까… 이건 말이죠……."

"…신경 안 써도 돼."

역시 세린은 내 앞에서는 잘 보이고 싶었나 보다. 뭐, 그런 점에서는 나도 다를 게 하나도 없지만.

그런데…

세린의 본성은 과연 어느 정도일까? 순간 이런 궁금증이 생겼지만 본인에게 묻는다고 될 일도 아니고, 그렇다고 세린을 몰래 미행할 수도 없었으므로 마땅한 방법은 없었다.

"자, 계, 계속 가요, 누나."

그는 부끄러운 듯 말을 대충 얼버무리며 다시 발걸음을 옮겼다.

그렇게 대략 10여 분을 걷자 이런 늪지에는 도저히 어울리지 않을 제법 큰 저택이 하나 나왔다. 그것은 외관부터 상당히 고풍스러웠고 드래곤이 산다는 생각에서인지 벌써부터 제법 위압감이 있었다.

똑똑똑.

세린은 제법 크게 문을 두드렸고 잠시 후 한 여성이 문을 열었다.

찰칵.

"누구신지요? 그리고 무슨 일로 오셨습니까?"

상대는 라미아였다. 그녀의 상반신은 깨끗한 정장을 입고 있었지만 하반신은 기다란 뱀의 그것이었다. 그런 상대의 모습에 나는 잠시 놀라며 무의식적으로 경계 태세를 취했지만 세린은 그다지 상관없다는 듯 그녀에게 용건을 말했다.

"가르테론트님을 만나러 왔다. 지금 계신가?"

"가르테론트님을요? 알겠습니다. 우선 안으로 들어오시죠."

그녀는 우리를 현관으로 안내했고 곧 옆에 놓인 의자를 가리키며 자리를 권하였다.

"여기서 잠시만 기다려 주십시오. 그분께 뭐라고 전해 드리면 되겠습니까?"

"아힌세르린이 부탁이 있어서 왔다고 전하여라."

상대 라미아는 세린에게서 '아힌세르린'이라는 이름이 떨어지자 놀랍다는 듯 조금은 얼굴색을 바꾸며 공손히 허리를 숙였다. 그것도 최대한 놀라는 감정을 자제했다는 기색이 역력해 있었다.

"아힌… 세르린님이셨습니까? 잠시만 기다리십시오. 곧 가르테론트님을 모셔오겠습니다."

그녀는 후닥닥 계단 위로 도망치듯 올라가 버렸고 세린은 의아한 듯 그가 사라진 계단을 올려다보았다.

"어라? 내가 그렇게 유명했나? 저 녀석은 분명 처음 보는 녀석이었는데……."

그가 그렇게 중얼거릴 때 돌연 '우당탕' 하는 소리와 함께 무언가 요란하게 깨지는 소리와 딱딱하고 납작한 물체가 엎어져 패대기쳐지는 소리가 났고 연이어 무언가 엄한 게 굴러오는 듯한 소리와 함께 누군가가 계단을 내려왔다.

"끄으으… 아파라."

그 목소리의 주인공은 그렇게 우리들 앞까지 굴러서 도착하였다.

"아저씨……?"

상대를 본 세린은 꽤나 반갑다는 듯 안색을 밝게 하며 입을 열었고 상대 역시 고개를 돌려 세린을 한번 보더니 이내 함박웃음을 지으며 그녀의 손을 맞잡았다.

"오우, 정말 세린이구나. 반갑다. 이게 얼마 만이냐?!"

"저도 반가워요. 론트 아저씨도 그간 잘 계셨나요?"

세린의 손을 잡으며 반갑게 웃는 사내가 아무래도 그 '가르테론트' 라는 블랙 드래곤인가 보다. 전체적으로 그의 인상과 얼굴 선은 조금 굵으면서 날카로운 편이었고, 특히 조금은 짝 달라붙는 그의 옷차림은 정장 스타일임에도 불구하고 제법 섹시하게 보였다.

"아저씨라니?! 삼촌이라고 부르라고 전에도 이야기했잖니!"

"알았어요. 그렇게 부를게요, 삼촌."

일부러 엄한 표정을 지으며 세린을 슬며시 노려보는—물론 거기에 살기 같은 것은 전혀 없었다—가르테론트의 모습에 세린은 어색하게 웃으며 대답했다.

"그런데 마침 잘 왔다. 안 그래도 얼마 전에 새로운 고문 기계를 하나 개발했거든."

"사, 삼촌……!!"

그때부터였다, 무언가 기괴한 분위기가 깔리는 것과 함께 세린의 얼굴이 기괴하게 일그러지면서 무언가 기괴한 이야기의 전개가 시작된 것은.

"응? 왜 그러냐? 너도 고문은 꽤 좋아했지 않느냐? 덕분에 자주 놀러 와서 같이 연구도 하고 했으면서."

"삼촌, 제, 제발 지금은 그 이야기 좀 하지 마세요……!"

…….

아무래도 세린은 내가 모르는 세계를 알고 있다는 생각이 드는데…게다가 저 눈치없는 블랙 드래곤은 아직도 상황을 제대로 이해하지 못한 것인지, 아니면 알면서도 세린을 약 올리려는 것인지 계속 그 기괴한 진실들을 내 앞에 폭로했다.

"아, 말로 하니까 기대돼서 그러는 거냐? 그럼 당장 같이 가보자. 안 그래도 지금 다크 엘프 녀석 하나 붙잡아놓고 실험 중이었는데. 그게 말이다, 이번에는—삭제—한—검열—의—삐—를—위이잉—하게—까아아—해서—꾸에엑—을—으흐흐흐—하는 획기적인—케케케—인데……."

"제발, 이제 그만 좀 해주세요……!"

"내 앞에서까지 내숭 떨 건 없잖니? 네가 암컷으로 변해서 제법 멋진(!!) 옷을 입고 높은 힐의 구두로 인간 수컷들을 짓밟으며 채찍을 휘두르던 모습이 아직 내 기억에 선한데……."

"그마안!!"

이미 더 이상 새빨개질 수도 없이 새빨개진 얼굴을 한 세린은 더 이상의 진실 폭로(…)를 막기 위해 크게 소리를 질렀다. 문제가 있다면 그 소리가 얼마나 큰지 건물이 울리고 유리창이 깨져 나갈 정도였다. 덕분에 우리들 뒤쪽에 있던 라미아 여성은 기절해 버렸고 나도 순간 고막이 터져 나갈 것 같은 충격에 아직도 머리가 어질어질했다. 아무래도 용언 내지는 마나를 사용한 것 같은데. 그것도 엄청나게 감정을 실어서.

"왜, 왜 그러냐? 고막 터질 뻔했다. 혹시 요즘은 취미를 바꾼 거냐?"

"……."

뭔지 자세히는 모르겠지만 이거 하나는 확실하게 귀에 들어왔다. 세린이 고문을 좋아한다는 것. 그런데 왜 고문을 하는데—어떻게 멋지다는 건지는 모르겠지만—옷을 멋지게 입고 높은 힐로 짓밟으면서 채찍질을 한다는 거지? 보통 고문이라고 하면 형틀에 매단다든가 손톱을 뽑는다든가 하는 게 아니었나? 게다가 고문을 한다는 게 그렇게까지 감춰야 할 일이고 부끄러운 일인가? 나도 드래곤이 다른 생명체를 벌레 취급한다는 것 정도는 알고 있으므로 그녀가 타 생명체를 험하게 다룬 것 정도는 이해해 줄 수 있는데. 아무리 순하다고 하는 그린 드래곤이라도 화를 내지 않는 것은 아니고, 그렇게 오래 살다 보면 자신 마음에 안 들게 군 이들을 화풀이로 고문하는 것 정도야…

'뭐, 하긴 고문을 하다 보면 짓밟을 수도 있고, 채찍으로 때릴 수도 있겠지…….'

아마도 세린은 자신에게 거슬린 녀석들을 단번에 죽이는 것보다는 있는 고통 없는 고통 다 주면서 죽이는 좀 잔인한 버릇이 있다는 것인가 보다. 사실 꽤나 눈살 찌푸려질 일이지만 그래도 이해해 주는 수밖에. 하지만 나중에도 계속 그런다면 말려야겠다는 생각은 해두었다.

'그런데 왜 옷을 '멋지게' 입어야 했을까?'

하지만 내가 그런 것까지 알 수 있을 리가 없지.

"왜 그러는지 나는 이해할 수가 없구나. 설명 좀 해봐라. 지금 네 뒤에 있는 엘프 암컷은 가지고 놀려고 데려온 게 아니었나?"

펑—

결국 붉어질 대로 붉어진 세린의 얼굴은 폭발해 버렸고 나도 다른 건

못 알아들어도 '가지고 논다' 라는 단어로 인해 제법 당황해 버렸다. 아무리 나라고 해도 그 정도의 의미는 알아들을 수 있으니까.

"그게 아니라고요! 제가 왜 란 누나를 고문해야 하는데요?!"

그제야 가르테론트도 무언가 잘못되었다는 것을 눈치 처고는 의아한 표정을 지으며 세린에게 질문했다.

"어라? 그럼 저 엘프는 왜 데려온 건데?"

"저 엘프가 '그' 라니오스예요!"

세린이 내 이름을 말하자 가르테론트는 곧 생각이 난 듯 손바닥을 탁 쳤다.

"아아, 네 애인이라는 엘프가 저 녀석이었나?"

"네……."

그제야 사태를 파악한 가르테론트는 자신의 이마를 치며 자신의 실수를 사과했다.

그런데 그러던 중 나는 무언가 이상한 것을 발견했다. 순간이지만 그의 얼굴빛이 어두워졌던 것이다. 뭐라고 할까… '두려움' 의 감정을 띤 표정이라고 해야 할까?

"이런이런. 미안하게 됐구나. 그래, 그럼 오늘은 무슨 일로 이렇게 찾아온 거냐?"

"그것은……."

그의 행동은 조금 전까지의 일은 기억도 나지 않는다는 듯 상당히 능청스러웠다. 하지만 세린은 상당히 익숙한 일인 듯 고개를 저으면서도 달리 뭐라고 따지거나 하지는 않았다. 대충 어찌어찌 상황이 정리되자 세린은 그에게 우리가 지금 처한 사정을 대강 설명해 주었고 그는 이해했다는 듯 고개를 끄덕였다.

"흠흠, 그런 사정이 있었군. 알았다. 그 누구도 아니고 세린이 하는 부탁인데 감히 거절할 수가 없지."

"정말요? 고맙습니다."

세린의 고맙다는 말이 떨어지기가 무섭게 그는 손가락을 튕기며 '이동'이라고 중얼거렸고 순식간에 우리는 어느 거대한 동굴 안으로 워프되었다. 아마도 이곳이 저 블랙 드래곤의 레어이리라. 그는 곧 어느 방향으로 손짓을 했고 곧 작은 요정 비슷한 것 하나가 나타났다. 아마도 호문크루스 같았다.

"세린을 마법 재료 창고에 데려가서 그가 원하는 것을 찾아주거라."

"예, 주인님."

제법 고운 목소리와 함께 그 호문크루스는 세린을 데리고 가버렸다. 가르테론트는 막 그 마법 창고로 추측되는 동굴로 들어가려는 세린에게 질문했다.

"네가 필요한 것들을 찾는 동안 이 엘프 녀석 좀 빌려도 될까?"

그의 부탁에 세린은 잠시 망설이는 듯한 기색을 보였으나 곧 허락해 주었다.

"하지만 이상한 짓 하면 안 돼요!"

라는 말을 덧붙여서. 가르테론트는 세린의 허락이 떨어지기가 무섭게 나를 보며 손짓했다.

"자, 잠시 나와 이야기 좀 해주겠나?"

물론 그는 '정중하게' 부탁을 해오는 거지만 그렇다고 어쩌리? 거절할 수도 없는 노릇이고. 그렇다 해도 별달리 거절할 이유도 없었으므로 나는 순순히 고개를 끄덕였다.

"자, 이쪽으로 오게."

그는 나를 작은 응접실 비슷한 곳으로 데려갔다. 그는 나에게 소파를 가리키며 자리를 권했고 나는 그가 권하는 대로 가서 앉았다. 그 소파는 대단히 고급품인 듯 그 감촉과 푹신함이 레미엘의 집무실에 있는 소파 이상이었다.

"처음에 나는 저 아힌세르린이 한 엘프와 애인 사이라는 이야기를 들었을 때 믿지 않았네. 그 당시에는 또 어느 노망난 레전드 급 드래곤이 엘프인 척하면서 멀쩡한 젊은 드래곤 꼬시고 논다고 생각했지."

그러고 보니 책에서 본 기억이 난다. 원래 드래곤들은 아무리 폴리모프를 하더라도 자신들끼리 느낌으로 알 수 있기 때문에 서로가 드래곤인 줄 알지만 레전드 급 이상의 드래곤은 다른 드래곤이 전혀 자신이 드래곤인 줄 알 수 없게 할 수 있다고.

"그런데 막상 실물을 보니 전혀 아니로군. 아무리 봐도 드래곤이 아니라는 게 척 와 닿을 정도였으니까."

"저기… 그것은 어떻게……."

상대가 상대이다 보니 질문도 조심스러웠다. 가르테론트도 그것을 눈치 채고는 웃으며 손을 내저었다.

"그렇게 겁먹을 필요 없네. 아무리 나라고 해도 세린의 애인인 녀석을 건드릴 생각은 추호도 없으니까."

그 말을 들으니 조금은 안심이 되었다. 적어도 나를 해할 생각은 없다는 이야기이니까. 그는 탁자 위에 있던 찻잔에 차를 따르며 나에게 권하였다. 아무래도 주전자에 마법을 걸어놓은 듯 차는 딱 알맞게 따뜻했고 차 자체도 상당히 맛과 향이 좋았다.

"하지만 이것 정말 기록적인 이야기로군. 엘프와 드래곤의 사랑 이야기라. 사실 내가 제일 안 믿었던 이야기인데 이렇게 사실을 마주하니 정말 할 말이 안 나오는구먼."

사실 나에게도 너무나 놀라운 일이었다. 내가 사랑하던 레아시아라는 하프 엘프 소녀가 알고 보니 2만여 년을 산 그린 드래곤이라니. 이거야

말로 초비현실성 소설에나 나올 법한 이야기 아닌가? 게다가 더욱더 초비현실적인 것은 그 이야기가 현실로 이루어져 버렸다는 것. 하지만 그것으로 좋다면 좋은 거 아니겠는가?

"그런데 자네 제법 반반하게 생겼군. 우리가 폴리모프해도 자네만큼 예쁘게 생기기는 힘들겠어. 세린 정도는 되어야 비교가 되겠는걸?"

그 순간 나의 머리 속으로 위험 신호가 울려 퍼지기 시작했다. 그리고 내가 위험을 느끼고 무언가 반응을 취하기도 전에 일은 터지고 말았다. 정말 이때 진작 도망을 치든가 하다못해 거리를 두기라도 해야 했었다.

"흐음, 보자."

"꺄, 꺄악……!"

그는 순식간에 내 옆에 나타나더니 어느새 내 가슴을 만지고 있었다. 그리고 내가 비명을 지르는 순간 그의 손은 내 허리, 엉덩이 옆 부분을 지나고 있었다.

"흐음… 83―59―78이라. 제법 괜찮은 몸매인데?"

내 몸을 더듬은 뒤의 그가 한 대사는 압권이었다. 게다가 한 번 더듬은 것만으로도 신체 사이즈를 알아내다니, 엄청난 숙련도였다. 그 숙련도로 보나 얼굴색 전혀 변하지 않고 여자 몸을 더듬는 거로 보나 역시 드래곤은 오래 살다 보면 별 짓(…)을 다 한다는 생각이 들었다.

"그래? 자네와 세린이 사귄 지는 몇 년쯤 되었나?"

"아, 아직 1년 정도밖에… 아학……!"

무언가 이상한 느낌이 든다 싶어서 보니 가르테론트는 이제는 내 허벅지를 쓰다듬고 있었다. 게다가 묘한 손놀림으로 인해 그가 쓰다듬을수록 기분이 이상해지려 하고 있었다.

"살결도 뽀얗고… 피부도 좋고……."

그 다음부터는 산 지옥이었다. 그의 기술(…)은 세린 저리 가라였을 정도로—아무래도 아까의 대화로 짐작하건대 이 드래곤이 세린의 스승(…)인 듯…—그의 손 움직임은 굉장히 능숙했다. 그로 인해 나의 흥분 정도도 세린과 같이 잤을 때보다 훨씬 빨리 심해지고 있었다.

"세린이 자네를 안아준 것은?"

"하악, 하악. 어제 처음으로… 아흑……."

생각 같아서는 당장 그의 손을 뿌리치고 싶었지만 어디까지나 생각이었을 뿐 몸은 그런 내 명령을 거부하고 있었다. 게다가 몸이 잘 움직이지 않는 데다가 무언가 은근히 내 움직임을 누르는 것이 아무래도 그가 무언가 수를 쓴 것 같았다.

"자네는 그게 처음이었나?"

"하앙… 아앙… 네에… 하악, 하악……."

그는 계속 중간중간 질문을 하면서도 손을 놀리는 것을 멈추지 않았다. 아니, 오히려 더욱 집요해지고 있었다.

찰칵.

그의 손놀림이 위험 수위에 이르러서 왼손은 끌러져 있는 조끼 안쪽으로, 그리고 오른손은 내 치마 안쪽으로 들어가서는 막 팬티마저 벗겨지려는 무렵이었다. 다행이라고 해야 할까, 아니면 최악이라고 해야 할까? 그때 세린이 들어온 것이었다.

"아하하, 삼촌, 이거 정말 저 주셔도… 아아아악!!"

당연히 우리들의 모습을 본 세린은 아주 크게 비명을 질렀고 그 결과로 레어가 흔들리고 유리잔은 깨져 나갔다. 그는 인상을 험악하게 찡그리며 손에 들고 있던 것들을 죄다 그를 향해 집어 던졌다. 물론 나야 가르테론트의 손길(…)이 떨어져 다시 몸을 움직일 수 있게 되자마자 바로 몸을 굴러 구석으로 피해 있었기에 세린이 던지는 것에 맞을 염려는 없었다.

"이 바보! 저질! 변태! 색마! 남의 애인한테 뭐 하는 짓이에요!!"

"아, 아니… 이건 말이야, 라니오스 양이 갑자기 배가 아프다고 해서 맥을 짚는……."

물론 이런 어설픈 변명이 먹힐 리가 만무했다. 오히려 그의 화를 돋운 듯 세린은 더욱 화가 난 모습을 하며 더 맹렬한 기세로 그를 향해 들고 있던 것들을 집어 던졌다.

"말도 안 되는 헛소리 집어치워욧! 이 저질 변태 성욕자!"

빠악!

"쿠엑!!"

그 순간 세린이 집어 던진 돌덩이 비슷한 것이 정확하게 가르테론트의 안면에 명중했고 그것으로 그는 단번에 정신을 잃은 듯 바닥에 대자로 드러누워 버렸다.

"란 누나, 괜찮아요?!"

"세, 세린."

젠장, 젠장, 젠장! 세린 앞에서 이게 무슨 개망신이야! 부끄러움, 그리고 수치심 등으로 인해 어느새 나의 눈에서는 눈물이 흐르고 있었다. 그것도 마치 내 몸에 있는 수분이란 수분은 전부 눈물로 화해 버리기라도 한 듯 '줄줄' 쏟아지고 있었다.

"훌쩍, 훌쩍. 으아아앙~!"

"란 누나, 괜찮아요. 자, 울음 그쳐요."

내가 울기 시작하자 세린은 나를 꼭 껴안으며 등을 토닥거려 주었다. 하지만 그런다고 막 시작한 울음을 당장 그칠 수는 없었다.

"드래곤 나빠. 드래곤 바보. 드래곤 거짓말쟁이. 아무 짓도 안 한다고 했으면서……!"

"그래요, 드래곤은 나빠요. 자, 울음 그쳐요."

그렇게 제법 한참 동안 세린은 나를 토닥이며 진정시켜 주었고—그런데 세린도 드래곤이잖아?!─꽤나 시간이 지나서야 나는 간신히 울음을 멈출 수 있었다. 내 울음이 멈춘 것을 확인한 세린은 품에서 손수건을 꺼내어 내 눈물을 닦아주었다.

"미안해요. 론트 아저씨가 원래 이런 걸 알면서도 누나를 혼자 내버려두다니. 제 잘못이에요."

"아냐. 세린은 잘못한 거 없어. 오히려 내가 잘못했는걸"

"아뇨, 저도 다 알아요. 아마 누나는 저 아저씨한테 당하는 걸 알면서도 몸이 뜻대로 잘 안 움직였죠?"

아무래도 저것도 한두 번 써먹은 수법이 아니었나 보다. 세린이 이렇게 잘 알고 있는 것으로 보아서는.

"저 아저씨는 전에는 저한테 저런 짓을 하다가 리크 오빠들한테 흠씬 두들겨 맞았다니까요. 으이구, 하여튼 정말 늙어서 주책이라는 소리밖에 안 나오는 모습이에요."

세린도 당한 적이 있었다는 거군… 세린은 곧 그에게 집어 던지느라 바닥에 여기저기 널린 마법 재료들을 주워 모으기 시작했다.

"흐음, 이건 못 쓰겠고… 이건 아직 쓸 수 있겠군. 흐음, 이것은……."

그렇게 쓸 수 있는 것들만 골라 챙긴 뒤 우리는 재빨리 이 무시무시한 레어에서 빠져나와 세린의 레어로 되돌아왔다. 하지만 그렇게 세린의 레어로 되돌아온 뒤에도 문제는 일어났다. 그것도 내 몸에서.

"아……."

"왜 그래요, 누나? 무슨 일 있어요?"

갑자기 몸이 뜨거워지는 것이었다. 무언가… 달아오른다고 해야 하나?

"세린… 이상해. 몸이 뜨거워."

내 말에 세린은 걱정스러운 표정을 지으며 내 몸을 살펴보았으나 별 이상이 없는 듯 고개를 가로저었다. 하지만 그러는 와중에도 내 몸은 이상해지고 있었다.

와락.

"누, 누나……?"

그야말로 미칠 지경이었다. 게다가 지금 마치 매달리기라도 한 듯한 자세로 세린을 껴안고 있는 내 입으로 거의 내 의지가 아닌 말들이 나오고 있었다.

"세린… 나 이상해. 어떻게 좀 해줘. 하아, 하아……."

이제는 몸이 아니라 얼굴까지 열이 나고 있었다. 이런 대사를 남발할 정도까지 되다니. 내가 미쳤나 보다. 세린은 그제야 내 모습을 보며 무언가 생각이 난 듯 내게 질문했다.

"누나, 혹시 그 아저씨가 누나에게 차를 권하지 않았나요?"

"으응. 그랬는데?"

내 대답에 세린은 인상을 쓰며 고개를 저었다. 그러더니 곧 나를 번쩍 안아 들더니 어제의 그 침대 위로 가는 것이었다. 그는 곧 나를 침대 위로 누이더니 묘(?)한 미소를 지으며 내가 왜 이렇게 되었는지에 대한 설명을 해주었다.

"그 차에 약이 들어 있던 것일 거예요. 그리고 치료법은 의외로 간단해요."

"그게 무슨……! 아학, 아앙……."

그 다음? 이 정도까지 읽었으면서 아직도 무슨 전개가 이어질지 생각하지 못하시는 분이라면 당신은 아직 어둠의 세상에 발을 들이지 않은, 세상의 때가 전혀 묻지 않은 가장 '순수'라는 단어에 가까울지도 모르는 인간일 것이다. 내 태어나서 이렇게 뜨겁고 정열적인(…) 치료는 처음 받아봤다.

결국 오늘 얻은 교훈 두 가지. 첫째, 드래곤은 매우 사악한 존재라는 말이 결코 거짓이 아니었다. 둘째, 먹을 것도 가려서 먹어야 한다.

　　결국 대낮부터 일(…)을 벌인 결과 나는 온몸의 힘이 다 빠져 버린 데
다―안 그래도 아침에도 몸이 성치 않았는데―안 쑤시는 데가 없게 되어서
는 탈진해 버렸고―세린은 드래곤이라 그런지 비교적 쌩쌩했다―결국 그렇
게 멀쩡한 하루를 오전만 써버린 채 그냥 날려야 했다.

　　라니오스가 가르테론트에게 성추행(…)을 당하다 간신히 아힌세르린
에게 구해져서 다시 아힌세르린의 레어로 돌아가서는 그가 열심히 라니
오스를 치료―정말 그것을 치료라고 해야 할지는 모르겠지만…―해 주고 있
을 무렵, 쟈밀은 수정구―예의 레디가 아아크의 시합을 구경할 때 이용했던
초대형 수정 구슬―를 바라보며 얼굴 표정을 굳히고 있었다. 게다가 그의
시선은 분명 수정 구슬 안에 있었지만 정신은 다른 데 가 있었다.
　　“죽일까? 살릴까? 죽일까? 살릴까?”
　　그의 얼굴을 붉으락푸르락해서는 시시각각 색이 변하고 있었다. 물론
그런다고 해서 포츈의 머리카락 색처럼 매력적이거나 신비로운 느낌을
줄 리는 만무했다. 오히려 보고 겁에 질렸으면 질렸지 전혀 호감을 가질
색의 변화는 절.대 .아.니.었.다.
　　“죽일까? 살릴까? 죽일까? 살릴까? 죽일……”
　　그는 방금 전까지 있었던 가르테론트의 만행을 모두 보았던 것이었다.

　　문제의 발단은 그날 아침이었다. ‘오랜만에 란이가 무 하는지나 한
번 볼까?’ 라고 중얼거리며 그는 수정구 앞에 앉았고 수정구를 켜자마
자―T… TV도 아니고…―나타난 것은 웬 아리따운 엘프 아가씨였다. 쟈
밀은 한참 후에야 그 ‘아리따운 엘프 아가씨’ 가 자신의 조카 라니오스
라는 것을 알고는 내심 흐뭇한 미소를 지었다.
　　‘역시 사내 녀석보다 저쪽이… 게다가 이번에는 제법 성숙한 게 보기

좋…….'

　내심 변태 아저씨(…) 같은 생각을 하며 흐뭇하게 웃고 있던 쟈밀은 라니오스와 아힌세르린이 가르테론트라는 블랙 드래곤을 만나러 갈 때까지 계속해서 수정구만을 바라보고 있었다.

　―응? 지금 너희가 우리들보고 '꺼지라고' 했냐?

　쟈밀은 제법 남자답게 멋진 모습을 보이는 아힌세르린의 모습에 '역시 우리 란이가 신부인 쪽이…' 라는 생각까지 이르고 있었고, 그때에 맞춰 멋지게(…) 드래곤 피어를 발산하며 그들을 위협하던 다크 엘프들을 쫓아내는 세린의 모습에 '역시 저쪽이 신랑을 하는 게…' 라는 기괴망측한 생각을 하고 있었다. 물론 그가 쓴 드래곤 피어의 부작용으로 잠시나마 라니오스까지 겁에 질렸었지만 그 정도야 애교로 봐주면서 넘어가기로 했다.

　―오우, 정말 세린이구나. 반갑다. 이게 얼마 만이냐?!

　―저도 반가워요. 론트 아저씨도 그간 잘 계셨나요?

　이 순간부터 쟈밀은 왠지 모를 불안감을 느꼈다. 그리고…

　―아, 말로 하니까 기대돼서 그러는 거냐? 그럼 당장 같이 가보자. 안 그래도 지금 다크 엘프 녀석 하나 붙잡아놓고 실험 중이었는데.

　―제발, 이제 그만 좀 해주세요……!

　―내 앞에서까지 내숭 떨 건 없잖니? 네가 암컷으로 변해서 제법 멋진(!!) 옷을 입고 높은 힐의 구두로 인간 수컷들을 짓밟으며 채찍을 휘두르던 모습이 아직 내 기억에 선한데…….

　―그마안!!

　이야기가 이쯤 진행되자 이제는 '불안함을 느끼기 시작하는' 정도가 아니라 아주 엄청 불안해졌다. 그리고 께름칙한 것이 무언가 큰일이 벌어질지 모른다는 예감이 들기 시작하자 그는 머리를 굴려 자신의 과거 기억들을 뒤지기 시작했다.

"가르테론트… 가르테론트… 으음, 가르테론트라……."

'어디선가 많이 들어본 이름인데' 라는 생각을 하면서도 의외로 잘 생각이 나지 않는 그 이름에 쟈밀은 제법 짜증을 내다 결국어는 그 이름의 주인공이 누구인지 기억해 내는 데에 성공했다.

"으아악! 가르테론트라면 껌둥이 녀석들 중에서도 극악이라고 하는 변태 중의 상변태 녀석이잖아!!"

생각 같아서는 당장 라니오스가 있는 곳으로 가서 그녀를 보호해 주고 싶은 것이 쟈밀의 심정이었으나 그럴 수가 없었다. 평소라면 그렇게 했을지도 모르지만 포츈이 있는 지금으로서는 그럴 엄두도 내지 못하는 것이었다.

"으으윽… 으으윽… 으으윽……."

그렇게 쟈밀이 아무것도 하지 못한 채 죽는소리만 내고 있을 무렵 드디어 일이 터졌다. 그는 어쩌면 절대 보지 말았어야 할 모습을 보고 만 것이었다.

—살결도 뽀얗고… 피부도 좋고…….

저 변태 블랙 드래곤의 음흉한 모습을 보라, 저 추악한 손길을 보라! 저 겁대가리를 상실한 블랙 드래곤은 감히 자신의 조카를 구참히 유린하고 있는 것이었다. 적어도 쟈밀의 눈에는 그렇게 보였다. 안 그래도 평소에 누구나가 지나치게 과보호하려 한다고 생각할 정도의 모습과 반응을 보이는 쟈밀의 눈에 저런 장면이 더 심하게 보였으면 심ㅎ-게 보였지 결코 좋게 보일 리가 만무했던 것이다.

—하악, 하악, 아흑, 아앙… 아항…….

그냥 듣기만 해도 굉장히 음란한 사운드였지만 쟈밀의 귀로는 '도와주세요, 헬프 미!' 로 들리고 있었다. 하지만 그럼에도 쟈밀이 할 수 있는 것은 아무것도 없었다. 덕분에 그는 지금 두 손으로 머리를 싸맨 채 괴로워하고 있었다.

"으아악! 란아, 용서해라… 이 무능한 삼촌을……!!"

만약 자신이 라니오스를 구하러 갈 경우 혼이 나는 것은 결코 자신 혼자만이 아니라는 것을 잘 알고 있는 쟈밀이었다. 필시 포츈의 성격으로 보건대 질투로라도 라니오스까지 끌어들여서 처벌할 가능성이 매우 높았다(주:쟈밀은 지금 포츈이 라니오스를 마음에 들어한다는 것을 모르고 있다).

"으아아아악!! 우어어어어어!!"

달칵.

그렇게 쟈밀이 한참 동안 괴성을 지르고 있는 동안 그의 집무실의 문이 열리며 누군가가 들어왔다.

"나원 참. 무슨 괴성을 그렇게 지르고 있어요? 비명 소리가 복도에까지 들리잖아요."

레이는 귀가 간지럽다는 듯 귓구멍을 후비며 나타났고, 쟈밀은 대뜸 그를 보자마자 인상을 구겼다.

"…왜 왔냐?"

"너무하시네요. 저는 올 때도 따로 허락을 받아야 하는 겁니까? 우리 사이에 이러시다니 너무 슬프군요."

말은 슬프다고 하면서도 레이의 얼굴은 웃고 있었고 덕분에 쟈밀의 인상은 더욱 일그러질 수밖에 없었다.

"너와 나 사이니까 더욱 싫어지는 거다."

너무나 당연해서 절대 고려해 볼 가치가 없다는 투로 말하는 쟈밀의 모습에 레이는 어색한 웃음을 지으며 옆머리로 굵직한 땀방울 하나를 흘렸다.

"그런데 웬일이냐? 네가 이럴 때 내 방을 지나갈 이유가 없는데."

"아, 그건 말이죠……."

레이는 그제야 깜빡 잊고 있었던 무언가가 생각난 듯 잠시 쟈밀의 방

밖으로 나갔다. 그가 나가자 잽싸게 문을 걸어 잠글 생각으로 문으로 다가가던 쟈밀은 이내 '이리 오세요' 라는 레이의 목소리를 들었고 곧 레이가 다시 자신의 방 안으로 들어오는 것을 알고는 문을 걸어 잠그겠다는 소기의 목적을 달성하지 못한 채 원위치로 돌아왔다.

"소개드리지요. 이번에 새로 정식 마신이 된 아바돈이라는 아이입니다. 자, 아바돈 군, 이분이 쟈밀이라는 분이십니다. 인사하세요."

"아, 안녕하십니까, 쟈밀님. 처, 처음 뵙겠습니다. 아바돈이라고 합니다."

상대는 작고 어린 소년이었다. 대략 160정도뿐이 되지 않는 키에 전체적으로 호리호리한 체구를 가진 그는 펑퍼짐한 바지를 입었고 상반신에는 작은 조끼 한 벌만을 걸친 옷차림이었다(아라비안 스타일이라고 생각하자). 그는 머리에 마치 수건과도 같은 천을 둘둘 말아서 감고 있었는데 그 사이로 제법 커다란 두 개의 뿔이 솟아나 있었다. 그의 등 뒤로 나 있는 검은색의 피막으로 되어 있는 날개는 고이 접혀 있었는데 아직 어린 티가 나는 깨끗하고 뽀송뽀송—피막 날개에 이런 표현을 쓰니…—한 날개였다. 그런 그의 생김새는 그가 머리에 꽤나 큰 뿔이 난 마신임에도 불구하고 너무나도 귀엽다는 이미지를 강하게 심어주고 있었다.

"아, 그래. 내가 쟈밀이다. 아바돈이라고 했니?"

"네, 네."

아바돈은 쟈밀 앞에서 왜인지 대단히 수줍어하고 있었고 그런 모습에 쟈밀은 은근히 귀엽다는 생각을 하며 그의 머리를 쓰다듬었다. 그의 손길에 아바돈은 기분이 좋은 듯 수줍어하는 와중에도 배시시 미소를 지었다.

'그런데 아바돈이라… 어디서 들어본 것 같은 이름인데…….'

분명히 어디선가 들어본 이름인데다 그것도 제법 인상적으로 당한 사건에서 기억된 이름인 것 같았다. 쟈밀은 잠시 머리를 굴리며 '아바돈'

이라는 이름을 생각해 내었고 결국 그 이름이 어느 기억으로부터 자신의
머리 속에 박혔는지 기억해 내는 데에 성공했다. 그 기억의 원천은 바로
자신의 머리를 한때나마 아프도록 만들었던 '아바돈 표 인페르노 소각도
프리미엄'이었던 것이다!

"이봐, 너 분명 이름이 아바돈이었지?"

"네? 네… 그런데요……?"

아바돈은 돌연 눈가에 시커먼 그림자가 드리우는 쟈밀의 모습에 겁을
먹은 듯 뒤로 주춤했으나 쟈밀은 놓치지 않겠다는 듯 조금은 거칠게 그
의 어깨를 붙잡으며 질문했다.

"너, 혹시 소각로를 만든 적이 있더냐?"

"네? …네에… 그때 라오님께서 워낙 부탁하셔서 그때 조금……."

"그으래애?"

순간 쟈밀의 두 눈에서 빛이 번쩍였다. 공포 분위기를 연출하는 쟈밀
의 모습에 아바돈은 겁에 질려서 거의 울 지경에까지 이르렀다. 하지만
쟈밀의 등 뒤로부터 나와 점차 그 크기가 거대해지고 있는 '시커먼 무언
가'로부터 나오는 알 수 없는 공포감과 위압감, 그리고 절망감 등등으로
인해 그야말로 '눈물도 제대로 안 나오는' 상태가 되고 말았다.

"이봐요, 쟈밀. 무슨 일이 있었는지는 모르겠지만 아바돈이 잘못한 건
아니잖아요. 왜 그렇게 겁을 주시는 겁니까?"

결국 보다 못한 레이가 쟈밀을 말렸고 쟈밀은 그제야 다시 이성을 회
복하였다.

"이런이런, 미안하다. 내가 그만 너한테 겁을 주고 말았구나."

어색하게나마 웃음을 지으며 울음을 터뜨릴 뻔했던 아바돈을 달래주
는 동안 쟈밀은 무언가 이상한 것을 느꼈다. 분명 이 소년은 예의 그 '아
바돈 표 인페르노 소각로 프리미엄' 사건 외에도 자신의 기억에 있던 것

같다는 느낌이 들었다. 그리고 또다시 머리를 굴려본 결과 쟈밀은 그 일도 성공해 내는 데에 성공했다.

"아, 그러고 보니 너 혹시 그때의 꼬마 마신?"

"아, 기억해 주셨군요. 영광입니다."

아바돈은 방금 전까지의 울먹울먹한 표정을 지우고는 그야말로 최상의 기쁨이라는 듯 환하게 웃음을 지어 보였다. 쟈밀은 그런 어린아이 같은 아바돈의 모습에 절로 웃음이 나오는 것을 막을 수 없었다.

"보아하니 제법 상급의 마신이 된 것 같구나. 그래, 그런데 여기는 무슨 일이니?"

"에에?! 저, 저기… 그러니까……."

쟈밀의 질문에 아바돈은 쑥스러운 듯 몸을 비비 꼬며 말을 흐렸고 결국 레이가 그의 말을 대신해 주었다.

"이 아이가 쟈밀의 비서 역할을 하고 싶다고 하더군요."

"뭐어?!"

갑작스러운 레이의 말에 쟈밀은 어처구니가 없었다. 대체 뭐가 아쉬워서 이런 상급의 마신이 자신의 비서를 하고 싶다고 하는 것인가?

"지, 진심이냐? 비서 일은 네 생각보다 훨씬 재미없는 일이라고."

"괜찮습니다. 재미있는 일을 찾는 거라면 다른 일을 했을 거라는 것은 쟈밀님이 더 잘 아시잖아요. 저 잘할 자신 있습니다. 제발 비서로 써주세요."

하지만 아무리 그래도 비서라니… 쟈밀은 정말 기가 찼다. 아무리 세상 물정 모르는 어린 마신이라지만 그래도 상급 마신이고 알 건 다 알 녀석이다. 오히려 원대한 꿈을 꾸느라 이런 일에는 관심도 안 비칠 때인데 웬 놈의 비서?

"이유가 뭔데? 그렇게 내 비서가 하고 싶은 이유가."

"네? 저, 저기… 그러니까……."

쟈밀의 질문에 아바돈은 얼굴을 붉히며 고개를 숙였다. 그런 그의 모습은 아무리 보아도 '수줍어하고' 있는 것이었다.

"저, 저는 그날 이후로… 쟈, 쟈밀님을 동경하고 있었습니다!"

쿠궁!

머리를 해머로 세게 한 대 후려치면 이런 느낌일까? 쟈밀은 왠지 머리가 띵해지는 것을 느꼈다. 덕분에 몸이 휘청거리기는 했지만 다행히 쓰러지기까지 하지는 않았다.

"그, 그게 다냐?"

"네. 그래서… 그때 은혜를 입었던 일도 있고 해서, 쟈밀님의 힘이 되고 싶어서… 안… 될까요?"

토끼눈을 뜬 채 간절한 시선을 쏘아대는 아바돈의 모습에 결국 쟈밀은 두 손을 들며 고개를 끄덕였다. 아바돈은 쟈밀이 고개를 끄덕이자 기분이 날듯이 좋아져서는 이리저리 뛰면서 꺄꺄대는 모습을 보여주었다.

"하지만 대단히 지겨운 일이 될 거다. 뭐, 그만두고 싶으면 언제든지 말해라. 좋은 뒷자리까지 알아봐 줄 테니까."

"네! 열심히 하겠습니다."

"그럼 일단 안으로 들어와라. 지금 당장 일을 해야 하니까."

"네!"

기분이 좋아진 아바돈은 밝게 외치며 쟈밀을 따라 그의 사무실 안으로 들어갔다. 하지만 그는 운이 좋았던 것일까, 아니면 나빴던 것일까? 그는 들어가자마자 매우 뜨거운(…) 영상을 보게 된다.

—아아앙, 세린… 아파, 하지만 기분 좋아…….

—후우, 후우. 누나가 좋다면 저도 기뻐요.

마침 수정 구슬에는 아힌세르린이 성심성의껏 최선을 다해 라니오스를 치료(…)해 주는 모습이 비쳐지고 있었고 태어나서 그런 장면을 처음 본 아바돈은 지금 눈앞에 펼쳐지는 상황이 무엇인지는 모르겠지만 자신의 두 귀로 들려오는 무언가 이상야릇하고 삐리리한 소리에 얼굴이 붉어져 있었다.

"으아악! 안 돼! 보면 안 돼!!"

쟈밀은 재빨리 온몸을 던져 수정 구슬을 가렸지만 그 거대한 수정 구슬이 쟈밀의 몸 하나로 다 가려질 리가 없었다. 그래도 일단 중요한 부분은 다 가릴 수 있었던 것은 다행이라 할 수 있겠다(사실 레이와 아바돈의 눈을 가리는 쪽이 더 최선책이었을 거다…).

"호오, 이거 대단한데요? 란 군… 아니, 지금은 란 양이라 불러야겠군요. 어쨌든 란 양에게도 의외로 음란한 구석이 있었군요."

하지만 그것은 어디까지나 아바돈을 대상으로 한 것을 이야기할 때뿐이었다. 여유롭게 쟈밀의 옆으로 돌아간 레이는 아~주 즐거운 표정으로 라니오스와 아힌세르린의 치료를 빙자한 정사를 지켜보고 있었다. 쟈밀은 레이가 계속 수정 구슬을 보는 것을 막기 위해 재빨리 그를 향해 손을 뻗었으나 레이는 오히려 가볍게 그의 손길을 피해내고 막아내고 흘려내었다(그냥 수정 구슬의 영상을 끄면 되는 거 가지고…).

"뭘 그렇게 신나게 보는 거야— ㅅ! 대소멸 캐논!"

결국 분노한 쟈밀의 품에서 예의 대소멸이라는 이름을 가진 캐논을 빙자한 거대 라이플이 튀어나왔고, 곧 그것에서 엄청난 빛이 뿜어 나왔다. 곧 그 빛은 레이를 노리고 뿜어져 나갔지만 그런 것에 쉽게 맞아줄 레이였으면 아마 쟈밀의 손에 죽어도 진작 죽었을 것이다.

찌끼이익!

곧 유리를 긁는 듯한 소음과 함께 빛마저 집어삼킬 듯할 정도로 밝은 빛이 사라졌고 그 뒤에 남은 것은 순수한 소멸이었다. 대소멸 캐논의 빛이 지나간 자리에 있던 모든 존재는 말 그대로 완벽하게 '소멸' 해 버려 더 이상 그 존재를 찾을 수 없었다. 물론 그 소멸된 대상 중에 당연히 레이는 없었다. 그는 이미 쟈밀의 등 뒤로 숨은 채 언제나 짓는 웃음을 지은 채 서 있었다.

"어머나, 무서워라. 그런 걸 실내에서 함부로 쏴대면 안 된다고요."

"닥쳐! 로넬 휩!"

잽싸게 대소멸 캐논을 옆으로 집어 던진 뒤 쟈밀의 손에서 빛이 번쩍한다 싶더니 이드의 것과는 다른, 약 30센티미터의 손잡이 양쪽으로 1.2미터의 날을 가진 '투 블레이드 소드' 형태의 로넬 휩이 나타났다. 쟈밀이 그것에 자신의 힘을 보내자 곧 로넬 휩으로부터 엄청난 힘이 폭사되었다. 그리고 쟈밀은 몸을 뒤로 돌리며 아무 거리낌 없이 레이를 향해 그것을 휘둘렀다.

"이, 이런. 이건 좀 심하지 않습니까? 델루이드!"

레이의 외침과 함께 그의 양 손목에 둥근 팔지 비슷한 것이 나타났다. 푸르스름한 색을 가진 그것은 모양으로 보나 크기로 보나 겉으로 보기에는 영낙없는 팔찌였다. 하지만 그저 평범한 팔찌는 아닌 듯 레이의 손 움직임에 따라 그것으로부터 수십 가닥의 빛의 실이 뿜어져 나왔고 이내 그것들은 쟈밀의 로넬 휩을 휘감아내었다.

푸카앙!

"어어어어!!"

하지만 아무리 레이라고 해도 갑작스럽게 닥친 쟈밀의 공격을 완벽하게 막을 수는 없었는지 공중에 붕 떠올라 버렸다. 그렇게 날려간 레이는 결국 쟈밀의 집무실 구석에 있는 책장들 사이로 나가떨어지고 말았다.

쿠당탕!

굉장히 시끄러운 소리가 쟈밀의 집무실 안을 뒤흔들었고 레이가 날려간 곳에 있던 책장들은 모조리 쓰러지면서 연속적인 소음을 내고 있었다. 하지만 방의 위생 상태가 좋은 듯 먼지가 휘날리거나 하지는 않았다.

"아야야야야. 이거 심하군요."

그렇게 멀리 날려가 처박혔으면서도 별 이상이 없는 듯 레이는 몸에 붙은 먼지가 있지도 않으면서 몸을 툭툭 털며 일어서고 있었다. 한마디로 별로 다친 데가 없다는 것이다. 그것이 내심 안타까운 듯 쟈밀은 한숨을 쉬며 로넬 휨을 들어 올려 보였다.

"진심으로 해볼래?"

"물론 사양입니다."

당연하다는 표정과 함께 레이는 두 손을 들어 올리며 자신의 무기인 델루이드를 해체시켰고 곧 그의 손에 있던 델루이드는 공기 중에 녹아내리듯 스르륵 사라져 버렸다. 쟈밀도 내심 레이를 혼쭐 내주지 못하는 것이 아쉽기는 했지만 그렇다고 자신의 방에서 대판 싸움질을 할 수도 없는 노릇이기에 자신 역시 들고 있던 로넬 휨을 거두어들였다.

"으아아악! 내 수정구! 내 수정구우!!"

쟈밀은 그제야 여유를 가지고 주위를 둘러보며 방의 손상 정도를 알아보았고, 그런 그의 눈에 가장 먼저 들어온 것은 가운데가 뻥 뚫려 버린 특대 수정구였다. 물론 그 원인은 좀 전에 쟈밀이 사용한 대소멸 캐논이었다.

"이걸… 이걸 내가 만들려고 얼마나 노력했었는데… 직접 결정을 이만하게 생성시키고 제련도 직접 하고……."

"자신이 그렇게 만든 거면서……."

"뭬이야?! 뭐가 어쩌고 어째?!"

"저 아무 말도 안 했습니다그려."

그는 아직도 미련이 남은 듯 연신 가운데 구멍이 뚫린 수정구를 쓰다듬고 있었고 그 모습을 지켜보던 레이는 아무래도 안 되겠다는 듯 고개를 저으며 아바돈의 귀에 속삭였다.

"아바돈 군, 아무래도 쟈밀은 꽤 오래 좌절할 거 같으니 아바돈 군이 좀 달래주시겠습니까?"

"네? 제… 제가 감히 어떻게 쟈밀님을……."

"괜찮습니다. 쟈밀은 의외로 달래주는 사람한테는 약하니까요. 그리고 정히 안 되겠으면 루나님이나 테올님을 불러 도움을 받으세요."

"레이님은 어디 가시게요?"

"저는 조금 바쁜 일이 있어서."

슈슉―

그 말을 끝으로 곧 레이의 모습은 사라졌고 방 안에는 두 손으로 머리를 감싼 채 절규하는 쟈밀과 어찌할지 몰라 우물쭈물하는 아바돈만이 남게 되었다. 그리고 방 안에 널린 가구와 잡기들은 그런 둘의 고민을 부채질하기라도 하듯 간신히 지탱해 오던 균형이 무너지며 동시에 바닥으로 쓰러져 나갔다.

와장창!

쨍그랑!

쿠궁!

파캉!

"으아아아악!!"

"쟈밀님, 진정하세요!"

한참 동안 쟈밀의 방 전체에서 깨지고 부서지는 소리가 울려 퍼졌다. 더불어 절규하는 쟈밀과 그를 진정시키기 위해 안간힘을 쓰는 아바돈의 목소리도 들려왔다.

레드 드래곤의 식용화 사건

　　레드 드래곤, 불의 속성을 가진 그들은 그 이미지 그대로 매우 성격이 불 같다. 안 좋게 말한다면 더럽다는 것이다. 그들은 드래곤 중에서도 가장 이기적이며 자기중심적이다. 매우 직선적인 성격을 가지고 있기 때문에 현재의 기분 상태가 금방 겉으로 드러난다. 만약 이들의 심기를 건드릴 경우에는 다른 이들은 몰라도 해당 드래곤을 건드린 당사자들의 경우에는 목숨을 보증할 수 없다고 저자는 장담할 수 있다(물론 그 당사자가 해당 드래곤을 이길 수 있는 실력의 소유자라면 이야기는 달라지겠지만 말이다. 이 점에서는 다른 드래곤들도 마찬가지이기는 하지만). 그만큼 성격이 난폭하므로 만약에라도 그들을 만나게 될 경우에는 상당한 처세술을 요한다. 하지만 아부만 잘하고 덤으로 좋은 보물을 선물로 바친다면 그들을 구슬리기는 매우 쉬워진다. 그들은 블랙 드래곤같이 잔혹하거나 여러 가지의 음모를 꾸미는 이들이 아니기 때문이다. 물론 그렇다고 해서 그들에게 명령 또는 부탁, 아니면 거래를 할 수 있는 가능성은 거의 없다. 그들도 명색이 드래곤인만큼 보통의 인간들보다는 잔머리가 잘 돌아가기 때문에 그들의 불 같고 단순한 성격만을 보고 그들이 멍청하다고 생각하는 것은 금물이다. 물론 어디까지나 예외는 있지만.

대충 이런 내용이었는데… 하지만 내가 일전에 본 마그루라라고 하는
그 레드 드래곤은… 글쎄…….

"자, 갈까요?"

세린은 나에게 갈 준비가 되었는지 물어왔다. 하지만 나는 그전에 그
에게 물어볼 것이 하나 있었다.

"저기, 세린."

"네? 왜요?"

"…꼭 이렇게 옷을 입어야 해?"

그녀가 마그루라를 찾아가면서 나에게 권한 옷은 상당히 노출도가 높
은 옷이었다. 짧은 바지는 마치 트렁크 팬츠를 연상시킬 정도로 짧았으
며 게다가 짝 달라붙어 바지에 전혀 주름이 생기지 않을 정도였다. 게다
가 가슴 부분만 가려주는 상의는 대체 상의가 아니라 그냥 수건을 가슴
부분에 두른 수준이었다.

"하지만 거긴 화산 지대라 엄청 더울 텐데요? 아무리 누나가 엘프라
해도 덥다고 느낄 정도라고요."

"그럼 차라리 냉각 코트 같은 걸 입겠다."

"…유감이지만 지금 제 레어 사정 아시잖아요."

대체 거기가 얼마나 뜨겁기에 우리 엘프들마저 덥다고 느낄 정도인가?
하긴 그런 의문점은 직접 가보면 다 풀리겠지만.

"하지만 세린, 이런 옷차림을 권한 건 단순히 더워서만이 아니겠지?"

"아하하, 하지만 남자라면 누구나 그런 걸 좋아하는 거 아니겠어요?"

이봐, 세린, 분명 지금은 네가 남자고 나는 여자지만 얼마 전만 해도
상황은 그 반대였다고. 그런데 요새 들어 세린이 더욱 적극적으로 나에
게 이것저것 요구하는 듯하단 말야… 게다가 어제의 나는 완전 세린에게

리드당하기만 하고…….

요즘 들어 전혀 남자로서의 모습을 보이지 못하는 나였다 지금은 여자 모습이니 당연하다… 고 하기엔 아직 스스로가 인정하지 못하고 있었다.

"그럼 가볼까요? 이동."

파슛―

역시 용언 마법은 대단해도 엄청 대단한 것이었다. 세상에 단 한 마디로 모든 게 해결된다니 말이다.

"출발하자마자 바로 도착! 이곳이 마그 형의 레어예요."

확실히 세린이 말한 대로 덥기는 더웠다. 이곳에 도착하자마자 후끈한 열기가 나의 온몸을 휘감았으니까. 마치 불난 집 안에 있는 듯한 착각이 들 정도였다.

"자, 들어가 봐요."

세린은 곧 당당히 레어 안으로 발걸음을 옮겼고 나도 그의 뒤를 따라 걸음을 옮겼다.

뚜벅뚜벅.

구구구구.

이 거대한 동굴은 매우 조용했고 화산이라 그런지 종종 땅이 울리는 소리가 들려왔다. 그것은 그만큼 이곳에 사는 마그루라라는 그 레드 드래곤이 지닌 화기가 강하다는 것이기도 했다.

"어라? 이상하네. 보통 이쯤 되면 누군가가 나와야 정상인데."

이 긴 동굴 통로를 얼마나 지났을까? 세린은 무언가 의아한 듯 중얼거렸다. 하긴 마그루라는 세린을 대단히 좋아하던 것 같던데. 보통 때면 진작 마그루라 본인이든, 아니면 다른 녀석이든 간에 세린을 마중하러 나왔어야 했다는 것 같았다.

"끄으응, 끄응, 끄응."

세린이 이 썰렁한 레어에 의아함을 느끼는 순간 어디선가 짐승의 신음 소리 비슷한 것이 들려왔다. 그것은 매우 육중한 동물인 듯 그 소리도 그 신음 소리마저도 굉장히 중후(…)했다.

"어라? 저 소리는 마그 형인… 가?"

무언가 일이 이상하게 돌아간다는 것을 느낀 우리는 바로 마법으로 레어의 중심부까지 날아갔고 그곳에는…

"에구구, 팔다리야… 안 쑤시는 데가 없네그려. 나도 이제 늙은… 건 아니고."

"마그 형!"

마그루라의 꼴은 그야말로 가관이었다. 드래곤이 몸 여기저기에 멍이 들어서 바닥에 웅크린 채 끙끙대는 것을 상상해 본 이가 있기나 할까? 나는 지금 그 말도 안 될 것 같았던 현장을 보고 있었다.

"아이고, 아이고. 목이야~ 허리야~ 다리야~"

마그루라로 추정되는 레드 드래곤은 우리가 온지도 모르고 연신 곡소리를 하고 있었다. 물론 멍청하게 곡소리만 내는 것은 아니고 계속해서 자신의 몸에 회복 마법을 걸고 있었지만.

"치료, 치료, 치료, 치료!!"

그래 봐야 용언으로 치료하는 것이기 때문에 연신 '치료'라는 단어만이 들려오고 있었지만.

정말 용언은 편리하구나. 나도 드래곤이었으면.

"마그 형, 무슨 일이에요? 대체 뭐가 어떻게 된 거예요?"

"어, 어라라? 세린이냐?!"

그제야 우리가 있다는 것을 알아챈 듯 마그루라는 우리들 쪽으로 시선을 돌렸고 이내 그의 몸이 붉은색 빛에 휩싸인다 싶더니 곧 그 크기가 작아졌다.

그리고 그 빛이 사라졌을 때 눈앞에 나타난 것은 예전에도 본 적이 있는 붉은 머리에 온몸이 피투성이가 된 채 서 있었다. 그것도 간신히인 듯 두 다리는 계속해서 후들거리고 있었고, 폴리모프하면서 생성된 듯한 그의 옷은 순식간에 피로 물들고 있었다.

"이게 어떻게 된 거예요? 치료!"

"리커버리!"

곧 세린과 나도 그의 치료에 합세했고 덕분에 오래 지나지 않아 그의 상처는 모두 나을 수가 있었다.

"이거 만나자마자 추태를 보였구나."

마그루라는 그렇게까지 만신창이가 된 채 뻗어 있던 자신의 모습이 부끄러운 듯 은근히 우리들의 시선을 외면하고 있었다.

"그런데 네 옆에 있는 엘프 암컷은 뭐 하는 녀석이지? 그새 그 라니오스라는 하이 엘프 녀석을 차버린 거야?"

그는 더 이상 자신에 대해 이야기하기 싫었는지 내 쪽으로 화제를 돌렸고 그의 질문에 세린은 고개를 저었다.

"아뇨, 이 엘프가 라니오스 맞아요."

"에엥?"

그는 의아한 듯 고개를 갸웃했으나 그것도 잠시였을 뿐 곧 대충 짐작이 간다는 듯 고개를 끄덕였다.

"뭐, 하긴 그때도 원래는 꼬마 계집이었는데 갑자기 사내 녀석으로 변신했으니……."

마그루라는 돌연 나를 보며 가늘게 뜬 눈으로 나를 이리저리 훑어보았다. 그의 시선에 나는 일전의 사건을 생각하며 순간 몸에 오한이 드는 것을 느꼈다.

"흐음… 이봐, 너."

"네, 네?"

"너, 원래는 남자냐, 여자냐?"

"…남자… 인데요."

나를 보는 그의 시선은 은근히 무서웠고 실제로 무언가 알 수 없는 중압감과 한기가 들었다. 여기는 분명 뜨겁고 뜨거운 화산 내부인데도 말이다. 아마도 드래곤 피어로 은근히 나를 겁주는 거 같은데. 하지만 그 정도가 너무 작아서 그런지—하지만 내가 느끼기에는 결코 조금이 아니었는데…—아니면 그냥 모른 척하는 건지—아마 이건 아니라고 본다. 아니, 보았었다—세린은 그저 가만히 있을 뿐이었다.

"그런데 너 하는 짓이 왜 이렇게 계집 같아?"

"네?"

"지금 네 행동을 봐라!"

어이가 없다는 표정으로 나를 향해 삿대질까지 하고 있는 마그루라의 말에 나는 내가 대체 무엇을 하고 있는지 궁금했고 물론 즉시 확인해 보았다. 그랬더니…

"어, 어머나!"

그에게서 뿜어 나오던 공포 분위기 덕분이었는 듯 어느새 나는 세린 옆에 찰싹 붙어 있었던 것이다. 그것도 양손으로 세린의 한쪽 팔을 꼬옥 껴안은 채! 게다가 '어머나!' 는 대체 뭐란 말인가?!

그리고 세린은 기분이 좋았는지 입가에 미약하게나마 미소가 피어 있었다. 한마디로 그는 마그루라가 나에게 겁을 주는 줄 알면서도 내가 그에게 달라붙으니까 좋아서는 일부러 냅뒀던 것이다.

"세린, 미워미워."

툭탁툭탁.

게다가 더 환장할 노릇인 건 내 말투나 행동이 완전 앙증맞은 여자애가 되었다는 것이다.

안 돼! 나는 이런 식의 행동을 하는 귀여운 여자를 애인으로 하고 싶은 거지, 그런 귀여운 여자가 되고 싶은 게 아니란 말야아!! 거다가 나는 본래 남자라고!!

나는 이런 행동을 하는 나 자신에게 놀라며 황급히 지금까지 하고 있던 행동을 취소했다.

"세린… 역시 안 되겠어. 나 원래대로 돌아갈래."

더 이상 이런 짓을 하고 있다가는 미쳐 버릴 것 같았다. 새삼 남자일 때도 여자일 때도 전혀 미치지 않는 드래곤들에게 무한의 경의를 표하였다(물론 드래곤 자체는 중성이기 때문이기도 하지만…). 지금의 나는 여자로 변한 상태를 원래대로 할 수 없었기에 나에게 용언을 걸어 여자로 변신시킨 세린에게 부탁을 하였다. 하지만 세린의 대답은 의외였다.

"싫. 어. 요."

쿠웅!

순간 쇠망치로 뒤통수를 얻어맞은 느낌이 어떤 것인지 조금은 이해할 듯했다. 세린이 나에게 거절의 뜻이 담긴 말을 하다니… 충격이야.

"남자일 때 란 누나도 좋지만 지금도 좋은걸요. 게다가 지금 아니면 '누나' 일 때 모습은 보기 힘들 테고요."

"아아이잉, 세린 미워. 그런 작은 부탁 하나 못 들어주는 거야?"

하지만 나도 질 수는 없었기에 세린에게 떼를 쓰기 시작했고 세린도 쉽게 지지 않겠다는 듯 버텼다.

"우에엥~"

"안 된다니까요!"

"그런데 대체 누구한테 어떻게 당했기에 그렇게 엉망이 된 거예요?"

세린의 질문에 마그루라는 아직 몸이 덜 풀린 듯 몸 곳곳을 주무르며 대답하였다. 게다가 아직은 겉의 상처만 치료되었지 소진된 기력 등은 돌아오지 않은 듯 전체적으로 처진 모습이었다.

"어이없는 녀석들이었어. 다짜고자 쳐들어오더니 식사와 여비를 요구하더군."

"좀 더 자세히 설명해 봐요. 그들은 대체 뭐 하는 녀석들인데요?"

답답해하는 세린의 모습에 마그루라는 고개를 끄덕였다. 그는 자신이 앉아 있는 소파에 깊게 몸을 묻으며 몸을 뒤로 젖혔다.

"너희들은 인간 두 놈이 다짜고짜 내 레어 안으로 침입해서 나를 무차별 폭행하고 금품 및 식… 량―이때 왠지 말투가 어색해짐―을 갈취해 갔다면 믿겠냐?"

"네에?"

한마디로 강도를 당했다는 것 같은데… 세상에, 드래곤을 상대로 강도 짓을 하는 인간이 있단 말야?! 세상에 그런 어처구니없는…….

"그런 말도 안 되는……."

"그 '말도 안 되는 일'을 당했으니 더욱 속 뒤집어지는 거다."

여전 세린의 표정은 '도저히 못 믿겠다'였고 아마 그것은 나 역시 마찬가지일 것이다. 무엇보다도…

"그런데 다짜고자 들어와서 마그루라님을 무차별 폭행했다고요?"

"그래, 무슨 불만있냐?"

역시 그는 소위 '굴러온 돌'인 내가 못마땅한 듯 그다지 좋지 않은 시선으로 나를 째려보았고 덕분에 나는 순간 쫄아서 흠칫했지만 그래도 할 말은 다 했다.

"아뇨, 그런 건 아니고. 정말 그들이 아무 말도 없이 마그루라님을 폭행했나요?"

“……”

사나이로 태어났다면 드래곤의 아가리 안에 있더라도 게 할 말은 다 하고 죽어야 한다고 쟈밀이 그랬다(그러는 쟈밀은 포츈 앞어서는 찍소리도 못한다는 현실이… 후에 이것을 본 라니오스가 따졌으나 ‘내가 드래곤 입 안에 있다고 쫄 리가 없잖아. 포츈님은 드래곤 따위와 비교할 대상이 아니라고!’ 라고 변명했다고 한다).

다행히도 아까 전까지 계속해서 세린에게 매달린 결과 나는 결국 원래의 남자 모습으로 되돌아오는 데에 성공했다. 물론 세린도 여성 모습으로 되돌아갔고. 옷 정도야 마그루라가 가지고 있던 옷을 빌려 입었고. 게다가 남자로 돌아오니 성격도 자연스럽게 남자 성격이 되는 것이었다.

하지만 의문점이 하나 생겼다. 폴리모프로 성별을 바꾸는 것에 따라 그 성격까지 변하다니. 폴리모프를 할 때 이런 현상이 생긴다는 이야기는 들은 적도 본 적도 없는데… 하이 엘프라서 그런가(정답: 쟈밀과 레이의 흉계이다).

“알았어, 다 이야기해 주면 될 거 아냐?! 사실은……”

“룰루루~”

쩔그렁, 쩔그렁.

마그루라는 기분이 좋아서는 연신 콧노래를 부르고 있었다. 물론 당사자는 콧노래를 부르고 있다 생각하고 있었지만 정작 그의 레어 주변에 있는 몬스터들과 그의 레어 안에 있는 가디언 및 하인들은 그가 크르릉거리는 소리에 무슨 일이 일어날까 두려워했다.

“으히히히, 오늘은 참 운도 좋지.”

드래곤이라는 존재는 보석을 매우 좋아한다. 그것은 마그루라 역시 예외가 아니었다. 그날 아침, 그는 간만에 자신의 영역에 살고 있는 드워프들의 마을에 시찰(…)을 돌았고 덕분에 그날은 제법 짭짤하게 수금(…)을 해올 수 있었다. 게다가 이것들이 웬일인지 자진해서 평소보다 많은 양의 금과 보석을 상납한 것이었다. 이유인즉슨, 이번에 새 금광과 보석 동굴이 많이 발견되었다고……

덕분에 기분이 매우 좋아진 그는 기왕에 모아왔던 보석들까지 꺼내 보석 목욕을 하고 있었다(그렇다고 그 거대한 드래곤의 몸이 보석에 잠길 리는 없다. 그저 밑바닥에 쫙 깔아놓을 정도. 그것만 해도 얼마야…). 그가 2만 년이 넘는 세월 동안, 그것도 매우 악착같이 모은 금과 보석들이니만큼 그 양은 장난이 아니었다.

"대체 이것들이 얼마나 좋은 금광이 얼마나 많이 나왔길래 이렇게 지들이 알아서 더 줄 정도인 거지?"

그는 잠시 머리를 굴려보려 했으나 역시 천성이 게으르고 단순한 레드 드래곤의 성격상 금방 그만두었다.

"에이, 몰라. 어쨌든 앞으로는 금도 더 많이 나올 테니 녀석들에게 앞으로도 더 많이 받아올 수 있겠군. 으히히히."

찌르르르르.

그때 막 무슨 일인지 그의 레어에 설치해 두었던 경보기가 울리기 시작했고 그는 즉시 자신의 옆에 있던 가디언 한 명에게 무슨 상황이 벌어진 것인지 물어보았다.

"무슨 일이냐?"

"누군가 침입했습니다! 이미 입구의 가디언들이 모두 당했습니다!"

침입자, 이런 족속이 아주 가끔이나마 있기는 있었다. 그리고 그 녀석들은 모두 자신에게 당도하지도 못한 채 가디언들에게 죽거나 운 좋게 자신에게 와도 브레스 한 방에 숯조차 남기지 못하고 타버린 것이 현실이었다.

"에이, 귀찮게. 알아서 없애 버려! 그 녀석들 해치우지 못하고 돌아왔다가는 내가 네놈들을 직접 없애주겠다!"

"예, 옙!"

그의 위압 섞인 명령에 가디언은 겁에 질려 재빨리 동료 가디언들을 모아 그 '침입자' 들을 물리치러 나갔고 마그루라는 '한참 기분 좋을 때 방해하다니…' 라고 중얼거리며 자신의 밑에 깔린 보석들 즈무르기를 계속했다. 하지만 마그루라는 이때 크게 실수한 것이었다. 차라리 진작에 몸을 피했더라면 그 다음에 일어날 불상사로부터 벗어날 수 있었으리라.

마그루라가 예의 그 '정체 불명의 괴한들' 에게 두드려 맞은 날로부터 하루 전의 아침, 그 문제의 '정체 불명의 괴한들' 은 드래곤 산맥 안의 어느 한 산속에 있었다.

"후아암… 잘 잤다."

'정체 불명의 괴한들' 중 한 명인 애거트는 잠에서 깨어나며 늘어지게 하품을 하는 동시에 양팔을 위로 쭉 벌려 크게 기지개를 켰다. 그의 모습에 또 한 명의 '정체 불명의 괴한' 인 이드는 눈살을 찌푸렸다.

"지금이 몇 시인 줄 알고 있나?"

"에이, 그런 말투는 또 뭐야? 마치 시어머니같이 말야."

"……."

넉살 좋게 웃으며 손을 내젓는 애거트의 모습에 이드는 아무 말도 할 수 없었다. 그는 고개를 돌려 다시 자신이 하고 있던 일에 열중했다.

"응? 너 지금 뭐 하는 거냐?"

애거트는 자신들 옆에 있는 크샤레노라는 기계덩어리에 붙어 무언가 열심히 주물럭거리고 있는 이드의 모습을 보고는 궁금해서 그에게 질문했다. 애거트의 질문에 이드는 귀찮은지 툭 내뱉듯이 그의 말에 대답해 주었다.

"정비."

“응? 정비라니? 아하! 저 녀석은 무기였지?”

“…무기가 아니라도 기계라면 정비를 해주는 게 보통이다.”

“…잘나셨수. 그렇게 박식해서.”

이드의 말에 삐쳐 버린—척하는—애거트는 이드에게 등을 향하며 드러누웠지만 이내 ‘배고파…’ 라는 한마디와 함께 다시 자리에서 일어났다.

“야, 이드. 뭐 먹을 거 없냐?”

“없다.”

“농담하지 말라고. 나 지금 배가 고파 죽을 지경이란 말야. 네가 주물럭거리고 있는 쇳덩이 안에 있던 그 군용 비상 식량인지 나발인지라도 좋으니까 빨리 꺼내봐.”

“없다.”

이미 이드의 목소리는 한결 공포 분위기가 들어가 있었다. 하지만 눈치가 없는 건지, 아니면 깡이 좋은 건지 애거트는 여전 반쯤은 장난스러운 말투로 떼를 쓰는 것이었다.

“어우~야. 내가 어제 맛없다고 툴툴대서 삐친 거야? 군소리 안 하고 먹어줄게 빨리 있는 거 다 꺼내봐라.”

“……”

순간 이드의 눈가에 그림자가 드리웠다. 그리고 동시에 이마에는 굵은 힘줄 마크가 진하게 새겨졌다. 그는 어느샌가 순식간에 애거트의 앞으로 다가오더니 주먹을 쥐어 애거트의 정수리를 세게 내려쳤다.

빠악!

“쿠엑! 왜 때려, 임마?!”

애거트는 혹이 솟은 자신의 머리를 감싸 쥐며 소리쳤으나 이드는 여전 험악한 표정을 지우지 않은 채 그를 향해 보란 듯이 주먹을 들어 올렸다.

“네 녀석이 어제 처먹은 게 전부다, 이 식충아!”

“시, 식충!!”

쿠궁!

이드의 한마디에 애거트는 꽤나 충격을 받은 듯 얼굴색이 하얗게 탈색되며 뒤로 주춤했다. 그리고 이내 그의 두 눈에서는 마치 폭포를 연상시킬 정도로 굵은 눈물 줄기가 형성되었다.

“흑흑, 나보고 식충이래. 어머니, 왜 저를 식충으로 낳으셨나요? 어흐흐흐.”

정말 서럽게 우는 애거트였다. 그로 인해 마치 60~70년대 신파극을 연상시킬 만한 장면이 연출되었으나 그것은 어디까지나 애거트에게만 한정된 이야기였다. 아직도 여전 눈가에 그림자가 남아 있던 이드는 이마로 더욱 굵은 힘줄을 형성시키며 다시 한 번 그의 머리를 후려쳤다.

따캉!

하지만 애거트는 미리 대비하고 있었는 듯—언제 가져왔는지는 모르겠지만……—침착하게 냄비 뚜껑을 들어 올려 그의 주먹을 막아내었다. 결국 이드의 주먹은 본래 목표로 했던 애거트의 머리가 아닌 애꿎은 냄비 뚜껑을 후려치게 되었다.

“우히히히, 그 정도는 미리 대비하고 있었지. 너의 그런 어설픈 주먹쯤이야 미리 간파하고 있었다!”

“…유언은 그게 끝이냐?”

곧 이드의 인상이 구겨지기 시작했다. 그의 두 주먹은 불끈 쥐어져 손등으로 힘줄이 불거져 나올 정도였고, 그의 이마는 온통 힘줄 마크로 도배가 되다시피 하였다. 그리고 그의 온몸으로부터 짙디짙은 살기가 뿜어나오기 시작했다.

“오냐, 그렇게 원한다면 죽여주마!”

“에?”

애거트는 그제야 '이거 뭔가 잘못되는 거 같은데…?' 라고 느꼈으나 이미 때는 늦어 있었다. 더불어 도망치기에도 늦어버렸다. 이드는 등 뒤로 암흑의 오로라를 방출시키며 그의 앞에 버티고 서 있는 것이었다.

"사, 사, 사, 사, 살려……!"

"죽어라—ㅅ!!"

빠바바바바바바바바바바바바바바바바바바바바바바바바바바박!

뚜쉬뚜쉬뚜쉬뚜쉬뚜쉬뚜쉬뚜쉬뚜쉬뚜쉬뚜쉬뚜쉬뚜쉬뚜쉬!

푹팍푹팍푹팍푹팍푹팍푹팍푹팍푹팍푹팍푹팍푹팍푹팍푹팍!

두다다다다다다다다다다다다다다다다다다다다다다다!

우지끈와지끈뿌드득빠드득와지랑와지랑쨍그랑쩔그랑와지지직!

"꾸에에에에에에엑!!"

또다시 며칠 전에도 선보인 적이 있던 타격음과 비명 소리가 산 전체를 뒤흔들었다.

"아프다……."

애거트는 또다시 부어오른 얼굴 및 전신에 포션을 바르고 있었다. 하지만 이드는 전혀 신경 쓰지 않는다는 듯 그에게는 눈길 한번 주지 않고 크샤레노의 정비에만 전념하고 있었다.

"이제 슬슬 돌아가야지. 대체 무슨 놈의 정비가 그렇게 오래 걸려? 벌써 저녁 먹을 시간이 한참은 지났다고."

"그렇게 지겨우면 먼저 돌아가."

불평을 하는 애거트의 말에 이드는 차갑게 대꾸했다. 그러자 애거트는 마치 삐쳤다는 듯 새침한 얼굴을 하며 고개를 옆으로 돌리는 것이었다. 게다가 그의 말투는 마치 새침한 여성을 생각나게 하는…….

"어머, 이제 나 같은 연약한 남자를 보고 혼자 가라고 하다니~이. 너

어떻게 그럴 수 있니~잉?"

빠직!

또다시 이드의 표정이 굳어졌다. 그의 눈가에는 다시금 그림자가 드리웠고 이마에는 힘줄이 솟았다.

"너, 요새 들어 많이 역겹다?"

"히, 히이이이익!!"

빠바바바바바바바바바바바바바바바바바바바바바바바바바박!

뚜쉬뚜쉬뚜쉬뚜쉬뚜쉬뚜쉬뚜쉬뚜쉬뚜쉬뚜쉬뚜쉬뚜쉬!

푹팍푹팍푹팍푹팍푹팍푹팍푹팍푹팍푹팍푹팍푹팍푹팍!

두다다다다다다다다다다다다다다다다다다다다다!

우지끈와지끈뿌드득빠드득와지랑와지랑쨍그랑쩔그랑와지지직!

"사, 살려줘어어어어!!"

그날 아침에 이어 저녁때에도 처절한 타격음과 비명이 산 전체에 울려 퍼졌다.

"타격음과 비명 소리요?"

마그루라는 의아한 표정을 짓는 나와 세린을 보며 고개를 끄덕였다.

"그래, 이상하게 얼마 전부터 꽤나 처절한 비명 소리가 들려왔지. 정말 대단한 비명 소리였어. 타격음도 대체 얼마나 때리는 건지 그 소리가 산 전체에 울려 퍼질 정도였다니까."

마그루라의 표정은 그야말로 장난이 아니었다. 무언가 떠올리기 싫은 생각을 하는 중인 듯 그의 표정은 딱딱하게 굳어 있었다.

"그런데 그것과 마그 오빠가 다친 거랑 무슨 상관이에요?"

그러고 보니 그거랑 마그루라가 당한 거랑 무슨 상관이라는 거지? 하지만 그 역시 세린의 말에 동조한다는 듯 고개를 끄덕였다.

"그래, 그냥 보면 별 연관이 없을 거 같지. 하지만 문제는 아마도 나를
팬 녀석들이 그 소리와 관계되어 있을 거라는 거야. 아마 틀림없다고."

그의 표정은 그야말로 '으으으, 정말 생각하기도 싫은 악몽이야!' 라고
온몸으로 외치고 있는 듯했다. 그리고 그의 이야기는 계속되었다.

"이런……."

"뭐야? 무슨 문제 있어?"

무언가 문제가 있는 듯 혀를 차는 이드의 모습에 애거트는 궁금한 듯
그를 바라보았다. 이드는 크샤레노의 안쪽에 손을 집어넣었고 다시 그의
손이 나왔을 때에는 제법 큼직한, 하지만 깨져 버린 보석들의 파편이 들
려 있었다.

"레이저 발칸의 루비가 깨졌다."

"응? 레이저? 그게 뭐야?"

"몰라도 돼."

"체엣, 딱딱하게 굴기는."

애거트는 이드의 태도에 불평하면서도 무언가가 생각난 듯 손바닥을
치며 이드에게 질문했다.

"어이, 이드. 어쨌든 요점은 루비가 필요하다는 거냐?"

"…기왕이면 다이아몬드도 있었으면 좋겠군."

무언가 도움이 될 듯한 애거트의 말투에 이드의 표정은 점차 풀어졌고
그런 그의 모습에 씨익 웃으며 그의 어깨에 자신의 팔을 걸쳤다.

"이곳이 어디냐? 드래곤 산맥 아니냐? 더불어 최대 규모의 보석 저장
고가 널린 곳이기도 하지."

"…그랬군."

이드도 애거트가 하려는 말의 의도가 무엇인지 알고는 고개를 끄덕였

다. 그리고 그들은 곧바로 그 생각을 행동으로 옮기기 시작했다.

"아무래도 이 근처에 하나쯤은 있겠지? 정 모르겠으면 지나가는 몬스터 하나 붙잡고 물어보면 되겠고."

"…너도 가끔은 쓸 만한 생각을 하는군."

"칭찬이라면 언제든지 환영이지."

둘은 얼마 걷지 않아 한 무리의 오크들과 조우했고 그들에게서 어느 한 드래곤의 레어 주소(…)를 알게 된다. 그리고 그들에게 털리게 될 '불쌍한 드래곤'은 바로 마그루라였던 것이다.

푸바바박!

"으아아악!!"

마그루라가 보낸 가디언들은 채 10여 분이 되지 않아 남김없이 전멸하고 말았다. 마그루라도 통로 저편에서 들려오는 소리로 그것을 짐작하고 있었다.

"젠장, 오늘은 제법 센 녀석들이 왔나 보군."

마그루라는 인상을 쓰며 간만에 꽤나 기분 좋은 날을 당친 저 건방진 침입자에게 줄 벌에 대해서 생각하였다. 그리고 그러는 동안 그 문제의 '침입자'들은 마그루라가 있는 레어 중앙부에까지 들어왔다.

"휘익, 이거 환영 인사가 꽤나 난폭하구먼."

마그루라는 어이가 없었다. 고작 두 명이라니?!

'저것들이 과연 인간이란 말인가?

마그루라의 레어에는 수십 명의 가디언들이 있었다. 그는 자주 취미 생활로 가디언들을 만들었고 그러는 기간 동안 그의 레어에 침입한 이들은 거의 없었다. 게다가 그의 가디언들을 해치울 정도로 실력있는 자들은 거의 들어온 적이 없었다. 오히려 그의 레어에 찾아온 다른 드래곤들

의 가벼운 행패나 꼬장(…)으로 더 많은 가디언들이 죽어 나갈 정도였으
니까. 그리고 그 가디언들은 그 실력이 거의 준 소드 마스터에 이르는 실
력자들이었다. 그런 실력을 가진 가디언들을 수십 명이나 상대하고서도
저렇게 멀쩡한 데다가 팔팔하다니!

"여어, 빨간 도마뱀 형씨. 혹시 루비 가지고 있수?"

게다가 저 건방진 말투는 대체 무어란 말인가? 마그루라는 건들거리
는 말투로 자신에게 말을 하는 저 갈색 머리 인간을 당장 뭉개.버리고 싶
은 충동에 휩싸였다. 그리고 말 그대로 불 같은 성격을 가진 레드 드래곤
답게 그는 그 생각을 바로 실천에 옮겼다.

"건방지구나, 인간. 죽어라!"

마그루라는 상대가 보통 상대가 아닐 것이라 생각하고 처음부터 브레
스를 뿜었다. 2만 년을 넘게 산 웜 급의 드래곤답게 그의 브레스는 전력
으로 뿜은 것이 아님에도 보통 생명체라면 절대 살기는커녕 뼛조각조차
남길 수 없을 정도의 강렬한 열기를 뿜어내었다.

미스릴조차 가볍게 녹일 그의 브레스가 끝났고 그는 재조차 남지 않고
사라졌을 건방진 인간들을 상상하였다. 더불어 다짜고짜 브레스를 뿜은
바람에 레어 바닥에 녹아서 눌어붙어 버린 금과 보석들을 생각하며 눈살
을 찌푸렸다.

"나원 참. 이렇게 요란한 환영까지는 필요없는데 말야."

하지만 그런 강력한 브레스에도 불구하고 그 두 인간은 끄떡없었다.
오히려 갈색 머리 인간의 경우에는 여유있는 미소를 지으며 몸을 털고
있는 것이었다. 어느새, 그리고 언제 생겨났는지 모를 반투명한 막이 그
들을 감싸고 있었던 것이다.

'대체 저건 뭐지? 실드? 바리어? 아냐, 느낌이 달라……!'

마그루라는 자신은 한 번도 본 적이 없는 기묘한 느낌을 내는 저 방어

막에 의문을 가졌다. 마법도 정령의 보호 같은 것도 아니었다. 그렇다고 해서 신력도 아닌 저것은 대체 무엇으로 이루어진 방어막인가?

"긴말 않겠다. 루비와 다이아몬드를 빌려준다면 더 이상 시끄럽게 하지는 않겠다."

갈색 머리 인간 옆에 있는 검은 머리 인간은 작은 손짓을 해 자신들을 감싸던 막을 사라지게 하며 자신에게 보석들을 요구하였다. 방금 전의 그의 행동으로 보건대 아마 아까 전 자신의 브레스를 막아내었던 막을 펼친 것은 저 검은 머리 인간인 듯하였다.

"웃기는군. 어디 가져가려면 실력으로 가져가 봐라!"

그 말을 끝냄과 동시에 마그루라는 다시 한 번 그들을 향해 브레스를 뿜었다. 하지만 아까와는 달리 자신이 할 수 있는 가장 강한 브레스를 뿜어내었다. 오히려 자신이 할 수 있는 브레스보다 더욱 무리를 하였다.

"쿠오오오오!"

순식간에 레어 전체에 온도 변화로 인해 폭풍이 생길 정도로 엄청난 열기가 폭사했고 그 영향으로 인해 레어 내벽의 일부가 변형되기까지 했다. 그리고 그의 발밑에 깔려 있던 금들은 열기로 인한 폭풍에 휘날리거나 그 열로 녹아 흘러내리는 것이었다.

"어떠냐? 이러고도 살아 있……."

하지만 마그루라는 그 이상 자신의 말을 이을 수 없었다. 이번에야말로 흔적도 없이 사라졌을 것이라 믿어 의심치 않았던 그 인간들은 이번에도 아무렇지 않다는 듯 여전 쌩쌩한 모습으로 멀쩡하게 서 있는 것이었다.

"나약한 드래곤이군."

부웅!

이번에도 무색의 막을 형성시켜 자신의 브레스를 막아낸 검은 머리 인간은 작은 소리와 함께 어느새 자신의 눈앞에 나타나 있었다. 그리고는 자신의 눈앞에서 가볍게 팔을 휘두르는 것이었다.

퍼억!

가볍게, 그것도 그저 허공에 팔을 휘둘렀을 뿐이었지만 그 여파는 컸다. 마그루라는 무언가 보이지 않는 단단한 덩어리가 자신의 머리를 후려치는 충격에 몸이 비틀거릴 정도였다.

퍼퍼퍽!

그리고 그 타격은 연속해서 이어지고 있었다. 사실 자신의 비늘이 단단한 만큼 외부의 피해는 거의 없었다. 하지만 무언가 무거운 것이 여기저기 두드려 맞고 있으니 속이 울렁거리고 머리가 띵해지는 것이었다.

"으으윽… 빌어먹을 인간, 죽어라!"

그는 아무리 실력있는 인간이라고 해도 자신보다 마나 축적량이나 정신력 등에서 떨어질 것이라 생각하고 '죽어라' 라는 말에 자신의 용언을 담아 외쳤다. 하지만 그 결과는 아무것도 없었다.

"죽일 수 있으면 죽여봐."

그들은 여전히, 멀쩡하게, 아무 변화 없이 살아 있었다. 갈색 머리 사내는 오히려 씨익 웃으며 자신을 비웃기까지 하는 것이었다.

"정말 이 세계의 존재들이라는 것들은 하나같이 말로 해서는 못 알아듣는군."

알아들을 수 없는 소리와 함께 검은 머리 사내는 양손을 위로 들어 올렸다.

쿠구구구!

순간 그의 머리 위로 공기가 뭉치기 시작했다. 얼마나 많은 공기가 압축되었는지 공기 자체만으로도 훌륭한 렌즈가 될 수 있을 정도였던 것이다. 그리고 검은 머리 사내는 가차없이 그것을 마그루라의 머리를 향해 내려쳤다.

쿠앙!

"꾸아아악!!"

마치 천지를 뒤흔들 듯한 굉음과 그에 상응할 정도로 커다란 드래곤의 비명이 동시에 울려 퍼졌다. 그 거대한 소리는 얼마 동안 계속해서 레어 안에 울려 퍼질 정도였다.

쿠웅!

'집채만한' 이라는 단어를 열 번은 써야 할 정도로 거대한 붉은 드래곤의 몸체가 바닥에 쓰러졌다. 그 드래곤의 뿔은 깨지고 부러져 있었으며 머리에서는 피가 흘러내리고 있었다. 그리고 눈이 뒤집어진 채 혀를 빼물고 정신을 잃은 그 레드 드래곤의 모습은 너무나도 참혹했고 다른 의미로 보자면 우습기도 했다.

"자, 이제 루비와 다이아몬드를 찾아서 나가자."

다른 이들이 보면 누구나 감탄하고 경외할 모습이건만 검은 머리 사내는 별 감흥이 없다는 듯 처음 자신이 이곳에 온 목적을 충실히 수행하기 시작했다. 물론 그와 같이 있던 갈색 머리 사내 역시 그의 행동을 따로 칭찬하거나 하지는 않았다.

쨍강, 쨍강.

녹아서 하나의 덩어리가 된 채 굳어버린 금들을 깨어내며 검은 머리 사내와 갈색 머리 사내는 자신들이 원하는 루비와 다이아몬드를 찾아내었다. 역시 명색이 드래곤이 모아놓은 보물들인지 검은 머리 사내는 그리 어렵지 않게 자신이 쓸 수 있을 정도의 크기를 가진 루비와 다이아몬드들을 확보할 수 있었다.

"자, 이제 돌아가지."

검은 머리 사내는 자신의 손 위에 있던 보석들을 품 안으로 갈무리하며 갈색 머리 사내에게 손짓했다.

"아, 잠깐만."

그때 갈색 머리 사내는 무언가 생각이 난 듯 돌연 허공에 작은 손짓을 한 번 하는 것이었다. 그러자 곧 그의 손 위로 지름이 2미터는 족히 됨직한 거대한 차크람이 나타났다.

"전해지는 이야기에 드래곤 고기는 꽹장히 맛있는 데다가 몸에도 아아~주 좋다고 하던데……."

안 그래도 아침을 먹지 못한 데다가 이 레어 안으로 들어오느라 제법 열심히 몸을 움직인 상태라 더욱 배가 고픈 상태였던 그는 얼굴 가득 함박웃음을 지으며 기절해 있는 마그루라에게 다가갔다. 그는 눈앞의 고기를 보며 식욕이 도지는 듯 계속해서 입가에 침이 마치 폭포처럼 흐르고 있었다.

"끄으으음……."

억세게 운 나쁘게도 마그루라는 그때에 맞춰 의식이 돌아왔다. 그리고 정신을 차리자마자 그가 본 것은 아까 전에도 보았던 갈색 머리 인간이 웬 커다란 차크람을 든 채 어딘지 불안한 미소와 함께 입가로는 침을 줄줄 흘리며 자신에게 다가오는 모습이었다.

"자~ 그럼 어디 부위별로 잘라가도록 해볼까? 개인적으로 벌써부터 정강이나 허벅지 쪽에 기대가 가는데."

"…너무 욕심 내서 다 먹지도 못할 만큼 가져오지는 마라."

"O.K!"

검은 머리 사내도 갈색 머리 사내의 기괴한 두뇌 구조에는 이미 단념한 듯 고개를 저었고 마그루라는 그 갈색 머리 사내가 한 발짝씩 다가올 때마다 알 수 없는 공포에 휩싸이는 것을 느꼈다.

"자, 가만히 있거라. 이렇게 고기도 많은데 조금 떼간다고 날뛰지 말라고. 나는 그저 진미 중의 진미라고 하는 드래곤 고기가 어떤 맛인지 알고 싶어서 이러는 거니까 말야."

"무, 무, 무, 무, 무슨 짓… 으아악!!"

푸악!

그의 거대한 챠크람은 마치 두부를 베듯 마그루라의 비늘을 갈랐고 곧 그의 살을 떠내기 시작했다. 마그루라는 갑자기 전해지는 통증에 몸을 움찔 떨었다.

"가만히 좀 있어라. 많이 떼가는 것도 아닌데."

서걱!

"끄아악!"

"암마, 얼마나 잘랐다고 벌써부터 비명이야?"

푸욱!

"끄어어어!!"

"거 엄살 무지 심하네. 엉덩이 살도 이렇게 많으면서."

푸악!

"크아아아악!!"

"암마! 적어도 내장은 안 잘라갈 테니 그만 좀 엄살 부려!"

서걱!

푸욱!

푸악!

서걱!

푸욱!

푸악!

"꾸아아아아악!!"

…….

…….

…….

물론 반항도 해보았다. 하지만 그럴수록 자신에게 남는 것은 더욱 처절하고 흉악한 구타뿐이었다. 태어나서 지금까지, 그것도 '인간 따위'에게 이렇게 두드려 맞은 적이 있던가? 꿈이라면 당장 깨고 싶은 지경이었지만 그것은 엄연한 현실이었다. 그렇게 마그루라는 백주대낮에 난데없는 재난을 당하고 말았던 것이다.

"…그렇게 된 거다."

"……." ×2

정말 할 말이 없게 하는 이야기였다. 대체 보석 몇 개 가져가려고 그렇게 난동을 부린 그들의 행동도 어이가 없는데 거기에 드래곤 고기라니(솔직히 이렇게 산더미 같은 보석을 가지고 있으면서 고작 그거 안 주려고 난리를 부린 마그루라도 마찬가지지만…)?!

"그런데… 정말 맛있을까요?"

"쓰읍!"

무심결에 한 내 질문에 마그루라는 기분이 나빠진 듯 다시 한 번 드래곤 피어를 품은 시선으로 나를 노려보았다. 하지만 다행이라면 다행인 것이 비록 아.아.주.우 쪼.오.그.음은 위축되었을지 모르나 그래도 이번에는 혼자 두 다리로 서 있었다는 것이다. 즉 이번에는 세린 옆에 달라붙거나 하는 짓을 하지 않았다는 것이다. 역시 나는 남자였어~! 분명히 사나이라고!

"그런데 마그 오빠."

"웅? 뭐 부탁할 거라도 있어? 뭐든 말해 봐. 내 다 들어줄게."

그는 순식간에 세린이 무언가 원하고 있다는 것을 알아채고는 두 눈을 빛내며 그녀의 두 손을 덥석 잡는 것이었다.

그는 세린이 요구하는 것을 금방금방 척척 내왔다. 그 속도는 그야말로 전광석화라는 단어가 아깝지 않을 정도였다.

"와아~ 마그 오빠, 고마워요."

"하하하하, 이 정도쯤이야 언제든지 말해도 항상 들어줄 수 있는 거지. 별거 아니라고."

그리고는 이내 나를 불쾌한 시선으로 바라보며 이렇게 말하는 것이었다.

"저기 있는 한.심.한 데다가 무.능.력하면서 겁.쟁.이인 엘프 녀석이 들어주지 못하는 것도 다 해줄 수 있다니까."

명백히 나를 씹고 있다는 것이 확실하다 못해 적나라한 그의 말에 나는 속이 울컥하는 것을 느꼈다. 하지만 그런다고 뭘 어쩌겠는가? 나는 새삼 약자의 처량한 신세를 맛보아야만 했다.

"무슨 말을 그렇게 해요? 우리 란 오빠가 뭘 잘못했다고 그렇게 해코지를 하는데요?!"

"아, 아니… 해코지를 한 게 아니고……."

하지만 세린은 그런 나를 저버리지 않았다. 그녀는 두 눈을 부릅뜨며 방금 전에 나를 씹었던 마그루라에게 호통을 치는 것이었다. 물론 마그루라는 그런 그녀의 모습에 마땅히 뭐라고 하지 못한 채 어물거릴 뿐이었다.

"그리고 솔직히 마그 오빠가 도움이 된 적은 얼마나 있었다고 큰소리예요?! 기껏해야 보석이나 보물 몇 개 갖다 준 게 고작이면서."

쿠궁!

과연 그 검은 머리 인간 사내에게 두드려 맞을 때 그가 저랬을까? 현재 마그루라가 짓고 있는 표정은 그야말로 보이지 않는 무언가에 깔린 듯한 모습이었다.

"세, 세린… 하지만 저 녀석은 너에게 동전 하나……."

"란 오빠는 그것보다 훠어~얼씬 값진 사랑을 주었고 지금도 주고 있어요. 그걸로 됐죠?"

투캉!

이제는 무언가에 깔린 수준이 아니라 그야말로 짜부돼서 터져 나간 수준이 되었다. 그야말로 극한의 좌절.

"세린… 사랑이라면 나도……."

"사. 양. 하. 겠. 어. 요."

쿠르르릉!

그리고 결정타까지 확실하게 챙겨주는 세린이었다. 하지만 세린은 마그루라가 짜부돼서 납작해지든, 터지든, 육포가 되든 상관없다는 듯한 모습이었다. 게다가 아무리 봐도 이런 일이 한두 번 있던 일이 아닌 것 같은데.

그녀는 이제는 완전 침몰해 버린 마그루라에게서 관심을 끊은 채 내 손을 잡으며 잡아끌었다.

"자, 란 오빠, 이제 볼일 다 봤으니까 빨리 다음 목적지로 가요."

"어? 어… 알았어."

"기, 기다려, 세린~!!"

그저 마그루라의 목소리가 레어를 울리는 가운데 우리는 오늘 얻은 재료들을 가공하고 조합하기 위해 세린의 레어로 돌아갔다. 물론 그 이후에는 또다시……. 그래도 그나마 이번에는 일방적으로 당하지만 않는다는 것이(…) 나에게 위안이 되었다. 게다가 솔직히 하고 있을 때는 기분이 좋은 것도 사실이고…….

"꺼윽, 잘 먹었다."

“……”

애거트는 포만감에 가득 찬 표정으로 천천히 자신의 배를 두드렸다. 그의 배는 대체 얼마나 먹었는지 짐작할 수 없을 정도로 불룩 솟은 데다가 그 단단하기는 가히—비록 이 세계에는 없지만…—물에 젖은 시멘트 부대에 비견할 만했다.

하지만 그의 옆에 있는 이드는 오히려 그의 그런 모습이 보기에 안 좋은 듯 살짝 인상을 찌푸리고 있었다.

“…그게 다 들어가더냐?”

“응? 뭐가?”

언제나처럼 태연한 표정으로 능청을 떠는 애거트의 모습에 이드는 고개를 내저었다.

“저런 질긴 고기를 100근이 넘게 먹다니, 이젠 정말 질렸다.”

이 말을 하면서 이드는 문득 생각했다. 이 애거트라는 남자 앞에 있으면 왠지 자신의 감정을 막아두었던 벽이 허물어진다고. 그리고 그것은 시간이 지날수록 더욱더 그러했다.

“뭐 그런 거 가지고. 나도 평소에까지 이렇게 먹는 건 아니라고. 게다가 조금 질기기는 해도 맛있잖아? 꽤 육즙 맛도 좋고.”

게다가 더 알 수 없는 것은 묘한 동질감과 친근감이었다. 그와 만난 지 오래된 것은 결코 아니었다. 그렇다고 해서 무언가 특별한 인연이 느껴지는 것도 아니었다.

“하아, 역시 고기는 장작불에 구워 먹어야 제 맛이라니까.”

한때는 자신도 저렇게 자유분방할 때가 있었는데…

언젠가부터 그는 마음의 문을 닫았다. 단 한 명만을 제외하고.

‘이드, 사랑해.’

150이 겨우 넘는 작은 키, 허리 아래까지 흘러내리는 은색의 머리카락, 그리고 언제나 자신을 바라봐 주었던…

"스프린……."

애거트는 분명 자신이 이 세계에서 죽음을 맞이한다고 했고, 더불어 죽기 전에는 반드시 그녀를 만날 수 있을 것이라고 했다.

하지만 과연 그때에 만날 스프린은 자신이 알고 있는 스프린일까? 혹시 그때 만나게 되는 스프린은 자신이 알고 있는 스프린이 아닐까 봐 두려웠다. 그리고 자신에게 이런 운명을 부여한 그 누군가, 그리고 이 세계에서 또다시 자신에게 새 운명을, 그것도 파멸이 예고된 운명을 부여한 쟈밀이라는 자.

정말 조금의 휴식조차 허용하지 않은 이 험난한 운명 속에서 자신은 살아 있었다. 앞으로 죽을 것이 예견되어 있다고 해도 적어도 지금은 살아 있는 것이었다.

'미안하다, 돌아간다고 약속했었는데…….'

이드는 속으로나마 울부짖으며 자신을 기다릴 이들에게 사과했다. 자신의 뜻이 전해질 리가 만무한 사과였지만 그래도 하지 않으면 자신이 미칠 것만 같았다. 이제 돌아갈 수 없다. 자신은 이곳에서 죽는다. 그런 생각을 하고 있으면 도저히 제정신으로 있을 수가 없는 것이었다.

'그래도 마지막으로 스프린을 만날 수 있다.'

그나마 이 한 가지의 희망이 그를 지탱시켜 주고 있었다. 이미 자신의 세계에서조차 죽어버린 그녀를 과연 이곳에서라고 만날 수 있을지는 모른다. 그렇다고 그녀가 자신과 같은 방법으로 이 세계에 왔을 리는 만무했다. 그녀의 시체를 자신이 직접 확인하기까지 했으니까.

비록 애거트의 그 말이 사실이 아닐지라도 지금의 자신은 그 말을 믿어야 했다. 그렇지 않으면 자신이 부서져 버리게 될 테니까.

"애거트, 움직일 수 있겠냐?"

"음? 왜? 뱃속이야 이미 다 꺼졌으니 일단 움직이는 데 지장없지만……."

애거트의 말이 떨어지기가 무섭게 이드는 갑자기 짐을 싸기 시작했다. 짐이라고 해봐야 작은 가방 한 개와 크샤레노를 수리하기 위해 꺼내두었던 연장 한 상자가 전부였기에 그의 짐 정리는 대단히 빨리 끝났다.

"그럼 타라. 날아서 돌아가자."

"오오, 지금 나를 태워주겠다는 거야?"

이때 그냥 잠자코 이드를 따라 크샤레노에 올라탔었으면 좋았을 것을… 애거트는 그만 그새 또다시 장난기가 발동한 것이었다. 그는 전에도 선보인 적이 있는, 얼굴을 붉히며 슬며시 몸을 꼬는 행위에다가 이번에는 제법 섹시(…)한 콧소리―그 있잖습니까? 미용, 또는 패션업계에 종사하시는 남자 분들이 주로 내는 말투……―까지 내는 것이었다.

"웃훙~ 하늘 위에서 둘만의 데이트라, 너무 기대되는걸~"

"……(빠직)!"

"설마 둘만 있다고 이상한 짓 하려는 건 아니겠지?"

"……(불끈불끈)!"

"아이~ 싫어. 이드는 웅큼……!"

하지만 애거트는 더 이상 아무 말도 할 수 없었다. 이드가 예의 암흑 모드―눈가에 그림자+이마에 힘줄+등 뒤로 암흑의 오로라―에 들어가서는 살기가 풀풀 넘치는 모습으로 자신을 내려다보고 있었기 때문이다. 물론 그 뒤에 무슨 일이 있었었는지는 이 글을 읽으시는 독자 분들 모두가 잘 예상하고 계시리라 생각한다. 게다가 어디까지나 이 소설은 18세 이하 금지 아닌 전 연령 대상이므로 구체적인 묘사는 피하도록 하겠다.

"이번에야말로 유언은 그것으로 끝이렷다……?"

"으, 으히… 딸꾹……."

"죽어라~ㅅ!!"

지면 문제도 있고 해서 타격음은 과감히 생략.

"꾸에에에에에엑!!"

결국 구타가 조금은—…어이, 보통 사람이라면 수백 번은 죽었을 거라고—지나쳤는지 애거트는 그 형체가 심하게 변형된 채—상세한 묘사 불가—기절해 버렸고 이드는 작은 한숨을 쉬며 그를 들쳐 메었다. 이드는 애거트를 조종석 뒤쪽에 던져 넣은 뒤 자신도 조종석에 올랐고 이내 조종석의 문을 닫았다. 곧 크샤레노는 서서히 떠오르기 시작하더니 곧 하늘을 향해 날아올랐다. 마치 자신을 땅 위에 옭아매고 있는 중력이라는 녀석으로부터 도망치기라도 하듯이.

지면 문제도 있고 해서 타격음은 과감히 생략.

"꾸에에에에에엑!!"

화들짝.

세린과 라니오스를 돌려보낸 뒤 마그루라는 다시 한 번 들려오는 타격음과 비명 소리에 깜짝 놀라고 말았다.

"뭐, 뭐야……!"

하지만 놀라는 것도 잠시, 이제 어느 정도 진정되는 가슴을 쓸어 내리며 그는 레어 바깥을 향해 크게 외쳤다.

"야, 이 £Å₵한 ♨♨♨들아! 남의 집 앞에서 뭐 하는 작태야! 당장 안 사라질래?!"

블루 드래곤과 온천

　우리는 마그루라와 세린의 친구 중 하나인 블루 드래곤, 제르카테스의
레어에 와 있었다.

　블루 드래곤, 전격의 속성을 가진 그들은 사막 지대, 또는 평원 지대에서 주로 활동하
는 드래곤으로서 대체적으로 그 성격 및 감정에 있어 큰 기복을 보이지 않는 일족이다.
때문에 처음 보는 이들은 그들에게서 차갑다, 혹은 감정이 메말랐다라는 생각을 하기 쉬
운데 그것은 결코 아니다. 그들은 감정 표현을 밖으로 표출하지 않을 뿐 사실 그들의 감
수성은 보통 이상인 것이다.
　그런 그들의 성격은 우정 또는 애정 표현에서 특히 잘 나타나는데, 그들은 겉으로 볼
경우에는 매우 차가운 듯 보이나 사실은 말없이 뒤에서 보살펴 주는 형태의 사랑을 주는
이들이다. 일설에 의하면 그들도 언제나 차가운 척을 하는 것이 아니라 매우 가까운 사이
인 자들에게는 굉장히 살갑게 군다고 한다. 이들은 대체적으로 혼자서 행동하는 경우는
거의 없으며 대부분 다른 누군가와 함께 돌아다니는 것을 좋아한다.

또한 그들은 다른 드래곤들에 비해 서로의 교류가 활발한데—어디까지나 다른 드래곤에 비해서이다—이것은 그들이 의외로 여럿이 있는 것을 좋아한다는 가설의 반증일지도 모르겠다. 게다가 다른 드래곤들에 비해 비교적 욕심이 적은 편이라—어디까지나 다른 드래곤들에 비해서이다—비교적 소박한—어디까지나 비교적! —생활을 하는 것을 좋아한다. 그들의 외모는 전체적으로 매우 균형이 잡힌 형태를 하고 있으며 덕분에 전체적으로 안정적인 비행을 할 수 있다(하지만 그것은 반대로 말하자면 이렇다 할 특징이 없다는 것이라고 할 수도 있는 것이다). 최고 속도, 선회 능력, 수직 상승, 이 모든 것이 다른 드래곤들과 비교했을 때에 특별히 뛰어난 것도 떨어지는 것도 없는 보통 수준이다. 또한…….

대충 이런 내용이었다, 블루 드래곤들의 특징은.

"그런데 여기는 아무리 봐도 사막은 아닌데?"

내 생각뿐이 아니라 그 누가 봐도 이곳은 절대 사막이 아니라고 할 것이다. 물론 저~기 저쪽에 사막으로 추측되는 굉장히 큰 모래 벌판이 있지만 적어도 지금 우리가 있는 레어 입구의 위치는 아무래도 산 중턱이었던 것이다. 그것도 꽤나 나무가 울창한.

"제르카테스 오빠가 얼마 전에 레어를 옮겼다고는 했지만 이런 곳일 줄은……."

하지만 비단 이런 곳에서 사는 블루 드래곤이 있다는 것에 대해 놀라는 것은 나뿐이 아니었다. 세린도 자신과 친한 블루 드래곤이 이런 곳에 살고 있는지 몰랐는지 제법 놀란 표정을 하고 있었다.

"다 왔네요. 들어가 봐요."

역시 친한 친구 사이라 그런지 세린은 거리낌없이 척척 레어 안으로 걸어 들어갔고 나도 그 뒤를 따라갔다. 그런데 명색이 사나이가 여자 뒤를 따르는 것은 좀…….

'어쩔 수 없잖아? 나는 이곳이 초행이니까.'

이런 식으로 애써 자신을 위로하며 세린의 뒤를 쫓아 걷기를 대략 10여 분, 돌연 한 무리의 몬스터가 우리들 앞에 나타났다.

크르르룽!

캬우우우!

그것들은 종류도 다양했고 또 하나같이 희한하게 생긴 것들이었다. 그것들은 모두 두 가지 이상의 몬스터 또는 동물의 특징을 가진, 한마디로 키메라였는데 개중에는 미노타우르스인 듯 황소의 머리와 몸통을 했지만 하반신은 뱀인 녀석, 독수리의 머리에 마치 도마뱀인 듯 땅바닥에 네 발로 찰싹 붙어 있는 몸통과 뱀의 꼬리를 가진 녀석 등 아무리 봐줘도 미(美)라는 글자와는 도저히 어울리지 않는 키메라들이었다.

"후우, 제르 오빠는 여전한가 보네요."

세린은 가볍게 고개를 저으며 온몸으로 드래곤 피어를 발산했다. 하지만 이번에는 배려를 잊지 않은 듯 나에게는 그다지 큰 위압감이 오지 않았다.

끼잉, 끼잉.

그녀가 드래곤 피어를 뿜어내자 아까 전까지만 해도 그렇게 으르렁대던 녀석들은 언제 그랬냐는 듯 꼬리를 말며—개중에는 꼬리가 없는 녀석들도 있었지만 그런 건 따지지 말자—슬그머니 사라져 버렸다.

"흥, 조무래기들이 감히 이 몸과 란 오빠의 길을 막다니."

세린은 가볍게 키메라들을 쫓아버린 뒤 다시 발걸음을 옮겼다.

우리가 걷고 있는 곳은 제법 복잡한 구조를 가진 미로였으나 세린은 길을 다 알고 있다는 듯 거침없이 발걸음을 옮겼고 덕분어 우리들은 금세 레어 중심부로 보이는 커다란 동굴에 도착할 수 있었다.

"으음? 세린이냐?"

몸을 둥글게 만 채 잠을 청하는 중이던 거대한 블루 드래곤은 우리가 오는 것을 보고는—정확히는 세린이겠지만…—반가운 듯 입가에 웃음까지 지으며—허미……—우리를 맞아주었다.

"네. 저예요, 제르 오빠."

애교있게 '제르 오빠'라고 부르며 생긋 웃음까지 짓는 세린의 모습에 그는 기분이 좋은 듯 분명 지금은 드래곤의 모습임에도 웃음으로 인해 입이 귀—그런데 드래곤 귀가 어디 붙어 있었더라?—밑까지 찢어지는 것이 보일 정도였다. 그런데 분명 블루 드래곤은 감정의 기복이 겉으로는 눈에 잘 안 띈다고…….

"아, 그래. 무슨 일이야? 이런 데까지 직접 오고."

"아, 사실은요……."

세린은 제르카테스에게 어제 마그루라에게도 이야기했던 식으로 대강의 사정을 이야기해 주었고 설명을 다 들은 그는 이해했다는 듯 고개를 끄덕였다.

"흐음, 그런 일이 있었다 이거군."

"그래서 몇 가지 빌려갔으면 하는 게 있어서 온 거예요."

'필요한 것이 있다'라는 말에 그는 역시나 세린 추종자(…)답게 당장 반응을 보였다. 그는 목을 곧게 치켜세우며 레어가 쩌렁쩌렁 울릴 정도로 크게 외친 것이다. 이건 아무리 생각해도 내가 읽었던 책의 내용이 잘못되었던 것 같다는 생각이 강해지고 있었다.

"아니, 세린이 필요한 게 있다면 바로 갖다 주는 게 당연한 일이지! 그래, 뭐가 필요해서 왔는데?"

아무리 봐도 오버가 너무 심한 튀는 그의 모습에 나도 세린도 어색하게 웃을 수밖에 없었다. 뒤통수로 커다란 땀방울을 흘리면서.

"저기… 오빠, 일단 좀 작게 폴리모프 좀……."

"응? 아, 아차, 내 정신 좀 봐."

그는 곧 푸른색의 빛과 함께 푸른 머릿결을 가진 인간 사내로 변신했다. 그리고는 어디선가 탁자와 소파 세 개를 가져오더니 우리에게 자리를 권했다. 우리가 자리에 앉자마자 그는 또다시 어디선가 차를 가져와 대접해 주었다.

"세린의 부탁이라면 내 드래곤 하트를 달라고 해도 당장 빼줄 수 있지. 하다못해 그런 것쯤이야 얼마든지!"

…라고 그는 자신의 가슴을 탕탕 치면서까지 외치고 있었지만 나는 보고 말았다. 그가 슬며시 고개를 돌리며 비통한 표정으로 피눈물을 흘리는 것을(덤으로 그는 라니오스조차 듣지 못할 정도로 작게 '신이시여…' 를 중얼거렸다고 한다)……. 역시 감수성 풍부한 블루 드래곤인가? 어쩌면 마그루라도 뒤늦게나마 아깝다고 생각하고 있을지도…….

하긴 그도 아깝기는 하겠지. 아무리 그가 그렇게 좋아하는 세린이라 하더라도 그렇게 많은 희귀한 물건들을, 그것도 '그냥' 달라고 하고 있으니 말야.

'이럴 때 보면 세린도 참 뻔뻔하단 말야.'

하지만 당장은 그것들이 필요한 상황이었으므로 어쩔 수 없는 것은 어쩔 수 없는 거지만… 그리고 제발 아직 구하지 못한 것들 중 나머지가 전부 제르카테스에게 있으면 좋겠는데… 아마 이대로라면 티크라테스—세린에게 매달리는 3명의 드래곤 중 골드 드래곤—에게까지 방문해야 할 거 같은데…….

"아, 세린. 그런데 기왕 여기까지 온 거 목욕이나 하고 갈래?"

그는 방금 생각난 듯—아무리 봐도 아닌 거 같지만—손가락을 팅기며 세린에게 목욕을 권했다. 그의 난데없는 발언에 세린도 의아한 듯 고개를 갸우뚱했다.

"에? 갑자기 웬 목욕이요?"

"아니, 내가 여기로 레어를 옮긴 이유가 그거 때문이거든."

어라? 블루 드래곤이 목욕 때문에 레어를 옮겼다고? 그게 무슨 소리야?

"이곳에 좋고 큰 온천이 하나 있거든. 여기서 목욕하면 온몸의 피로가 싹 풀려."

온천이라… 내 기억이 맞다면 땅속에서 솟아 나오는 물의 일종으로 그 안에는 일정량의 광물질을 함유하고 있는 따뜻한 물을 말하는 것이었는데.

"이곳의 온천은 최고라고. 오죽하면 내가 레어를 옮길 정도겠어? 세린도 한번 온천에 몸 좀 담갔다 가."

아마도 그의 속내는 조금이라도 더 세린을 붙들고 싶은 것이겠지만 그런 것은 가볍게 넘어가 주도록 하자. 목욕 한 번 하는 게 오래 걸리는 것도 아니고.

"그러죠 뭐."

"아하, 정말 잘 생각했다. 어이, 거기 엘프, 너도 같이 목욕이나 하다 가라."

그는 나에게도 손짓을 하며 목욕을 권했고 덕분에 나도 태어나서 처음으로 그 '온천욕'이라는 것을 경험해 보게 생겼다.

그의 권유를 받아들인 우리는 바로 그에게서 수건과 가벼운 세면도구를 빌린 뒤 그가 말하는 온천으로 가보았다.

"우와아~"

정말 대단한 곳이기는 대단한 곳이었다. 이런 추운 겨울임―이제 봄이지만 아직 꽃샘추위가 남아 있었다―에도 물에서는 따끈따끈하게 김이 모락모락 올라오고 있었고 정돈도 잘되어 있어 왕실 목욕탕이 부럽지 않았다. 게다가 수증기 속에 섞여 있는 묘한 냄새는 왠지 몸을 푸근하게 하고 있었다.

"뭐 해, 안 들어오고?"

"오빠, 안 들어오고 뭐 해요?"

내가 온천을 보며 감탄하고 있는 사이 세린과 제르카테스는 어느새 옷을 다 벗은 뒤 온천에 몸을 담그고 있었고 나도 뒤늦게 온천에 들어가려고 옷을 벗으려 했다.

“…….”

그런데 막 상의를 벗은 뒤 바지를 벗으려고 하는데 나를 빤~히 보고 있는 세린의 시선이 걸리는 것이었다. 그런 상황에서 내가 어찌 당당하게 옷을 벗겠는가(가만, 그리고 보니 세린과 제르카테스는 서로가 서로의 알몸을 보고 있었단 말인가?!)? 자연히 내 얼굴은 따뜻한 온천의 열기보다도 더 뜨거운 열을 낼 정도로 열이 나기 시작했다.

“뭐 해요, 란 오빠? 빨리 들어와요.”

하지만 세린은 그런 내가 이해가 가지 않는다는 듯 여전히 빤히 나를 바라보며 손짓하고 있었고 결국 나는 말을 더듬으며 그녀에게 작은 부탁을 하나 해야 했다.

“저기… 세린, 잠시 고개 좀 돌려…….”

“아, 세린, 이건 온천욕 하면서 마시기 좋은 술인데, 한잔 해볼래?”

그런데 마침 그때에 맞춰 제르카테스는 세린에게 술을 권했고 세린은 그가 건네주는 술잔을 받느라 옆으로 몸을 돌렸다. 나는 그 틈을 타 잽싸게 바지와 속옷을 벗어 던지고 온천물로 몸을 날렸다.

하지만 세린은 세린대로 강했다.

“오빠, 오빠가 먼저 마셔봐요. 이거 향기가 굉장히 좋아요.”

그녀는 제르카테스가 건네주는 술을 입도 대지 않고는 바로 나에게 술잔을 건넸고 물론 시선도 다시 나에게 향했다. 그때 나는 아직 물 안으로 들어가지 못한 상태였으므로 당연히 몸을 쭈그리며 옆으로 돌려야 했다.

“어라? 오빠, 왜 그래요?”

그녀는 다시금 의아한 시선으로 나를 바라보았고 그녀의 시선이 더욱 깊어질수록 나의 얼굴의 열기도 더 더욱 높아져 갔다.

“혹시 ☆(…)에 뭐가 생겼나요?”

“푸흡!”

“……”

그야말로 난데없는 세린의 충격적 질문에 나는 물론이고 제르카테스도 당황한 듯 막 입 안에 머금었던 술을 모두 허공에 토해내고 말았다. 물론 나는 더욱 얼굴의 열의 온도를 올리며 몸을 움츠렸고.

하지만 세린 역시 그 말은 일부러 한 장난성 발언이었는 듯 작은 웃음을 터뜨리며… 나에게나 제르카테스에게나 더욱 충격받을 발언을 하는 것이었다.

“푸훗, 뭘 그 정도 가지고 부끄러워해요? 이미 볼 거 다 보고 할 거 다 해본 우리 사이에. 그것도 이미 두 번이나.”

“푸학!!”

“……”

급기야 제르카테스는 코로 술을 허공에 스프레이 식으로 흩뿌리는 재주를 선보이고 말았고 나는 더욱 얼굴을 붉히며 몸을 웅크렸다. 그리고 방금 전 분주(噴酒)의 묘기를 선보인 제르카테스는 곧 이어서 나에게 살기, 아니, 드래곤 피어를 풀풀 풍기며 매섭게 뜬 눈으로 나를 노려보는 것이었다.

“이봐… 방금 세린의 말, 사실이냐아~?”

쨍강!

찌그르르륵—

그의 손에 들려 있던 술잔이 깨지다 못해 거의 가루가 되다시피 했다. 게다가 그것을 손에 꽉 쥐는 것으로 더욱 확실하게 갈아버리는 것이었다. 게다가 그의 온몸에서 풀풀 풍겨 나오는 공포감, 위압감 등등은 나를 전혀 꼼짝도 못하게 만들고 있었다.

“이봐아~ 너, 거기 라니오스인가 뭐시긴가 하는 엘프 녀석. 너, 정말 세린과 벌써 그걸 두 번이나 했다는 게 사실이냐아~?"

질투의 화신의 극한을 보는 느낌이 이럴까? 그의 등 뒤로 암흑의 그림자가 드리우고 두 눈에서는 시퍼런 광채가 서려 있었다. 입가에서는 뭔지 알 수 없는 기괴한 기운이 흘러나오고 있었고, 얼굴색은 시시각각 변하고 있었다. 그런 모습을 한 채 제르카테스는 서서히 나에게로 다가오고 있었다.

따악!

"우캭!"

첨벙.

결국 세린은 보다 못한 듯 세게 제르카테스의 머리를 때렸고 갑작스런 기습을 받은 그는 앞으로 고꾸라지며 온천물 속에 빠지게 되었다.

"마그 오빠도 그렇고… 정말 못하는 짓이 없어요들. 정말!"

세린은 제법 화가 났다는 듯 씩씩거렸지만 다시 일어나면서 세린을 바라보는 제르카테스의 얼굴은 울상이었다.

"세, 세린, 나만 너무 미워해~"

"그럼 미움받을 짓을 하지 말란 말이에욧!"

물론 나도 본연의 목적을 잊지는 않았다. 세린이 제르카테스에게 윽박지르는 동안 바로 잽싸게 온천물 안으로 들어가 버렸으니까.

"히잉~"

"떽떽떽떽떽!!"

세린은 아까 전 제르카테스가 나에게 드래곤 피어로 겁을 준 것에 화가 많이 난 듯 그를 야단치는 것을 멈출 기미를 좀처럼 보이지 않았고 결국에는 내가 중재에 나설 수밖에 없었다.

"세, 세린, 이제 그만 해도 돼. 난 괜찮으니까."

"…알았어요."

다행히 세린은 금방 내 부탁을 들어주었고 금방 소란은 사라졌다. 그리고는 드디어 우리는 느긋한 온천욕을 할 수 있게 되었다.

"하아, 좋다."

물이 따뜻했다. 단순히 더운물이 아니라 이 안에 몸을 담그고 있으니 몸 안까지 따뜻해지는 느낌이었던 것이다. 덕분에 묵은 피로가 싹 빠지고 몸이 나른해지는 것이 제법 기분 좋았다.

온천욕이라는 게 이렇게 좋은 거였다니. 나도 나중에 자주 온천에 들러야지.

"라니오스라고 했나?"

문득 제르카테스는 무언가 할 말이 있는 듯 나에게 다가왔다. 세린의 경우는 내가 부끄러우니까 가까이 오지 말아달라고 부탁했었기에 제법 거리를 두고 있는 상태였고 부연 온천 안개 덕분에 잘 보이지도 않았다. 뭐, 그런다고 해서 제르카테스가 나에게 무슨 일(?)을 저지를 리는 없겠지만…….

"그, 그런데요?"

"긴장 안 해도 돼. 널 어떻게 하려는 건 아니니까."

그는 아까와는 다른, 상당히 진지한 표정을 한 채 나에게 다가오고 있었다. 보아하니 무언가 중요한 이야기를 할 것이라는 느낌이 벌써부터 전해져 오고 있었다.

"넌 세린을 어떻게 생각하나?"

"네?"

갑작스러운 그의 질문에 나는 조금 당황했다. 세린을 어떻게 생각하느냐니? 그것은 이미 제르카테스 자신도 잘 알고 있는 것 아닌가?

"물론 사랑합니다."

"진심인가? 정말 후회하지 않는 건가?"

물론 나는 진심으로 세린을 사랑한다. 그것은 나의 존재 자체에 걸고 자신있게 말할 수 있었다. 비록 같이 있으면서 점점 그녀의 다른 일면들을 보게 되었지만 그래도 내가 그녀를 사랑하는 마음에는 변함이 없었다.

"물론입니다. 전 진심으로 세린을 사랑합니다."

"그래?"

제르카테스는 문득 생각에 잠긴 듯 지그시 두 눈을 감았다. 그리고 잠시 후 그는 다시 눈을 뜨며 내 눈을 정면으로 바라보았다.

"세린은 말야… 2만 년이 넘게 살았지만 아직도 어린애야. 드래곤답지 않게 아버지인 아즈라우드님과 항상 떨어지지 않았지. 그분도 자신의 자식을 떼어놓지 못하고는 계속 같이 데리고 사셨고. 훗, 정말 드래곤 역사에 유래가 없는 응석받이였지. 정말 외모도 예쁘고, 성격도 순진한—솔직히 이 부분은 동감하기가 좀 어려웠다—귀여운 아이였고 그것은 지금도 변함없지."

그렇게 아까 전과는 달리 부드럽기까지 한 눈동자로 나를 바라보며 세린에 대한 이야기를 해주던 제르카테스는 무언가 열받는 생각이 나버렸는지 돌연 오른손을 불끈 쥐며 부들부들 떨었다.

"뭐, 어떤 시꺼먼 변태영감 한 놈 때문에 세린의 성격에 조.금. 문제가 생기기는 했지만 말야. 하필이면 블랙 일족 중에서도 최강이라고 하는 그 영감이랑 놀아나 버렸으니 원……. 그래도 크게 파탄나지 않은 것과 그 녀석이 세린을 건드리지 않은 것을 다행으로 여겨야겠지."

역시… 그 가르테론트라는 블랙 드래곤은 최강의 변태였단 말이군.

"뭐, 어쨌든 나와 리크라테스, 그리고 마그루라 이렇게 우리 셋은 어느샌가, 그리고 거의 동시에 세린을 만났었고, 또 거의 동시에 세린에게 사랑을 느꼈지. 덕분에 우리 셋이서 세린을 사이에 두고 제법 다투기도 했었지. 정작 당사자인 세린의 마음은 모른 채 말야."

여기서부터는 대략 알 만한 이야기군. 그는 나지막하게 한숨을 쉬며 조금은 날카로워진 눈빛으로 나를 노려보았다.

“그런데 난데없이 너라는 녀석이 나타나서는 세린을 가로챌 줄 누가 알았겠냐? 뭐, 이건 너도 대충 알 만한 이야기겠고…….”

그는 자세를 고쳐 앉은 뒤 옆에 놓아둔 술잔과 술병을 들어 올렸다. 그는 나에게도 술을 권한 뒤 내가 잔을 받아 들자 다시 비스듬히 앉으며 이야기를 계속했다.

“하이 엘프라고… 했었나, 너?”

“네.”

제르카테스의 표정은 어딘지 모르게 착잡한 표정이었다. 그것은 세린이 아닌 나를 걱정하는 듯한 모습인 것 같다는 생각이 들었다.

“우리 드래곤은 오래 살기는 하지만 그래 봐야 10만 년 정도이지. 게다가 그것도 다 살지 못하고 중간에 살해당하거나 스스로 미쳐 버리거나 자살하는 경우도 다반사이고 말야.”

“…….”

“하지만 너는 하이 엘프다. 하이 엘프에게 수명이라는 것은 없지. 죽음도 허락되지 않아. 그것이 얼마나 저주받은 운명인지에 대해서는 너도 잘 알고 있겠지?”

그의 말에 나는 고개를 끄덕였다. 그렇다, 하이 엘프는 신의 축복이 아닌 ‘저주’를 받은 종족인 것이다. 엘프의 수호자? 그런 것, 전부 헛소리다. 저 강인한 정신을 가진 드래곤조차 자신에게 부여된 10만 년을 다 채우지 못하고 그 시간에 눌려 스스로 미치는 일이 수없이 많다. 그리고 그 수많은 인생에 회한을 느끼며 자살을 선택한 드래곤은 더욱 많았다. 하지만 하이 엘프는 그 어떤 방법으로도 죽는 것이 용납되지 않았다. 영원히 살아야 한다는 것은 그렇게 가혹한 일인 것이다.

“아직은 젊다 못해 어린 나이이니 실감하지는 못하겠지. 2만 년을 넘게 산 나조차도 아직 시간에 눌린 적은 없었으니까.”

물론 인간이나 엘프가 2만 년을 맨 정신으로 버틴다는 것은 거의 불가능에 가까운 이야기이다. 그것도 드래곤이나 되니 가능한 것이다.

"후에 세린이나 내가 죽어 이 세상에서 사라진다 해도 너는 살아 있겠지."

그렇다. 그야말로 영원을 사는 나와 달리 세린은 결국에는 수명이 정해진 존재, 언젠가는 죽는다.

"그런데… 왜 그런 이야기를……?"

그런데 왜 갑자기 나에 대한 이야기를 하는 것인가? 그는 곧 대답해 주었다.

"하지만 그만큼 하이 엘프는 강한 존재이다. 드래곤은 상대도 안 될 만큼의 능력을 가지고 있는 녀석들이지."

사실 아직은 그의 말이 실감이 가지 않았다. 확실히 몇몇 알려지지 않은 기록들에 간간이 나온 하이 엘프에 관한 설명들은 가히 상상을 초월하는 내용들이었다. 수천 년에 한 명조차 역사의 전면에 나오기 힘든 하이 엘프의 능력은 그야말로 세상을 뒤흔들 정도라고 하니까. 심지어 어느 기록에는 얼티메이트 급의 드래곤과 막상막하, 아니, 그 이상의 능력을 가지고 있다고까지 되어 있는 것이었다.

얼티메이트 급의 드래곤이라면 그것은 거의 신에 필적할 만한 능력이다. 그런 신의 바로 밑 수준의 능력을 가진 얼티메이트 급 드래곤과 맞먹는다는 것은…….

"아마 수만 년, 빠르면 수천 년 사이에 너는 세린을 압도하는 능력을 가지겠지. 그때에는 네가 세린을 잘 지켜주고, 세린에게 의지될 수 있는 이가 되어주었으면 한다."

그는 내가 후에 세린보다 위대한 자가 되더라도 세린을 사랑하는 마음 변치 말아달라고 말하고 있는 것이었다.

"물론이죠. 전 언제까지나 세린을 사랑할 겁니다."

"훗, 그래야지."

너무나도 당당한 나의 태도에 제르카테스는 작게나마 나에게 미소를 지어 보였다. 그의 미소는 나에게 작은 짐이 되는 듯도 하였지만 그 이상으로 강한 의욕감 비슷한 것을 불러일으켰다.

그런데…

왜 갑자기 어지러운 거지?

"어어어?"

이상하다? 왜 몸이 제 마음대로 물속으로 가라앉는 거야?

꼬르르륵—

물론 이 소리는 배가 고파서 나는 소리가 아니었다. 바로 내가 물속으로 가라앉는 소리인 것이다.

"하아…….."

아이어(프로튼의 수도)의 외곽에 있는 작은 언덕, 레노는 그곳에 혼자 걸터앉은 채 하늘을 올려다보며 작게 한숨을 쉬고 있었다.

"이드는…….."

며칠 전의 무투회장에서 있었던 일들, 그리고 무엇보다도 이드와 애거트의 시합 중에 그들 상공을 가르고 날아간 그 무언가. 레노에게는 제법 많은 고민거리들이 쌓여 있었다.

지잉—

비융—

레노가 얼마나 계속 하늘만을 올려다보며 한숨을 내쉬고 있었을까? 등 뒤의 공간에 두 개의 파문이 생기며 두 명의 인영이 모습을 나타내었다.

"아직 이드는 돌아오지 않았나?"

"이드는 아직 돌아오지 않은 건가?"

검은 머리카락의 사내와 은백색 머리카락의 사내, 그 둘은 외모만으로 보면 마치 쌍둥이 형제로 착각할 정도로 닮아 있었다. 다만 각자의 머리 색과 눈동자 색, 그리고 피부 색이 다를 뿐이었다(2… 2P컬러?!). 하지만 그들은 서로를 매우 싫어하는 듯한 모습을 보이고 있었다.

"아직이에요. 하실 말씀 있으시면 저에게 하고 가세요."

두 사내는 뒤도 돌아보지 않고 대답하는 레노의 태도가 마음에 들지 않았지만 그녀를 잘못 건드렸다가는 그들의 우두머리인 이드가 어떤 반응을 보일지 알기에 슬며시 올라오는 화를 삭일 수밖에 없었다.

"그렇다면 너에게 말해 두고 가도록 하지."

"우리는 이미 모든 준비가 끝났다."

"그래요?"

하지만 레노는 알고 있었다는 듯 담담히 고개를 끄덕였다. 그리고 이내 몸을 돌려 그들을 바라보며 입을 열었다.

"그건 저희들 쪽 역시 마찬가지입니다. 그럼 이드가 남긴 말을 당신들에게 전하겠습니다."

그녀의 모습은 이드와 있을 때처럼 애교를 부리는 '귀여운 연인' 의 모습이 아닌, 마치 감정이 없는 듯한 차가운 모습이었다. 그녀는 전혀 감정의 기복이 없는 시선으로 두 사내를 바라보며 말을 이었다.

"이제부터는 거의 대륙별로 나누어 따로 진행할 것입니다. 에이사나도스님과 리노큰사님께는 각각 북대륙, 남대륙에서의 전권을 맡기겠습니다. 별도의 사항이 없을 경우에는 두 분이 각 대륙의 최고 지휘관이 되어 정복을 수행하시면 됩니다. 물론 두 분께서 어떤 방법과 수단을 사용하신다 해도 아무 말 하지 않겠다고 이드는 말했습니다."

'어떤 짓을 해도 아무 말 하지 않는다' 는 말에 두 사내는 잠시 몸을 움찔했다. 듣기에 따라서는 뭘 해도 묵인해 주겠다는 소리로 들릴지도 모르겠지만 그들이 알고 있는 이드라는 인물의 성격으로는 전혀 그럴 리가 없기 때문이다. 오히려 '너무 멋대로 날뛰면 아무 말 하지 않고 바로 죽여 없애겠다' 라는 뜻이라면 모를까.

"물론 이미 신계와 마계가 소멸한 지금 여러분들께서는 어쩔 수 없이 이 세계에서 살아가셔야 할 테니 너무 험한 행동은 하시지 않으실 거라고 이드는 믿고 있었습니다. 그의 기대에 벗어나지 않게 해주셨으면 하는군요."

"잠깐."

돌연 검은 머리칼의 사내가 무언가 불만이 있는 듯한 모습으로 레노의 말을 끊었다. 그는 조금 전까지의 태도와는 달리 제법 중압감까지 뿜어내며 레노에게 한 발짝 다가섰다.

"지금 '그의 기대에 벗어나지 않게 해달라' 는 것은 네 생각인가?"

"그, 그렇습니다만……."

레노의 대답이 떨어지기가 무섭게 곧 은백색 머리칼의 사내에게서도 검은 머리칼의 사내에 지지 않는 중압감이 뿜어 나왔고, 그 기세에 놀란 레노는 그만 뒷걸음을 치고 말았다. 그러자 은백색 머리칼의 사내는 빠르게 레노의 턱을 잡아 자신의 얼굴을 가까이하며 위협조로 말했다.

"우리에게 명령을 할 수 있는 것은 우리보다 강한 힘을 가진 이드 녀석뿐이다. 너 같은 녀석이 우리에게 뭐라고 할 권리는 없어!"

그리고 그는 거칠게 레노의 턱에서 손을 떼었다. 레노는 순간 몸의 힘이 빠지는 것을 느끼며 그만 바닥에 주저앉고 말았다.

"그럼 난 이만 여기서 사라져 주도록 하지. 우리는 예정대로 10일 후에 전쟁을 일으킬 테니 이 중앙대륙에 대해서는 이드보고 알아서 하라고 해."

"나도 이만 돌아가도록 하지. 내가 할 말은 저 마족 녀석이 다 한 것

같으니 더 이상 뭐라고 하지는 않겠어. 어디까지나 나와 저 녀석은 북대
륙과 남대륙만을 점령하는 것이니까.”

슈웅―

지잉―

곧 두 사내의 모습은 사라졌다. 하지만 레노는 아직 좀 전에 자신이
느꼈던 그 중압감이 가시지 않은 듯 몸을 가볍게 떨고 있었다. 하지만 곧
모두 이겨낸 듯 아무 일 없었다는 표정을 하며 벌떡 일어서는 것이었다.

“후우, 이 정도면 됐을까?”

그녀의 모습은 조금 전까지 겁에 질려 아무 말도 하지 못하던 레노의
모습이 아니었다. 방금 전의 행동은 연극이었던 것이다. 하지만 그들의
기세에 밀렸던 것은 거짓이 아니었는 듯 그녀의 이마에는 식은땀이 송골
송골 맺혀 있었다.

“하지만 저 정도의 위압감이라니, 역시 신족과 마족의 우두머리라는
것인가?”

이미 웬만한 드래곤과는 대등하게 있을 수 있는 자신이었다. 그런 자
신에게 이 정도의 위압감을 주는 존재라니? 그것은 마치 하늘 위의 하늘
을 보는 듯한 느낌이었다.

“저런 이들을 누른 이드의 능력은 대체……?”

그녀는 크샤레노가 나타났을 때 이드가 사라진 방향의 하늘을 올려다
보았다. 하늘에는 작은 구름들만이 떠 있었지만 레노는 계속해서 하늘을
올려다보고 있었다.

“대체 ‘그때’ … 이드에게 무슨 일이 있었던 것일까?”

수정의 시련

　엘프의 숲 외곽 어느 작은 오두막 안의 한 작은 방. 땅거미가 깔리기 시작해서 하늘에 그림자가 드리우는데도 불씨 하나 켜지지 않은 곳이었지만 그곳에는 한 명의 사내가 의자 위에 걸터앉아 있었다. 그리고 그는 앞에 놓여 있는 검은색 관을 지켜보고 있었다.

　탈칸.

　금속음도, 그렇다고 돌이 부딪치는 소리도 아닌 기묘한 소리와 함께 관의 뚜껑이 열렸다. 그것은 그다지 큰 소리는 아니었지만 너무나도 조용한 지금의 상황에서는 그 소리가 너무나도 크게 울렸다.

　"일어났냐?"

　관 안에서 나온 것은 사람이었다. 하지만 모습이 사람이었을 뿐 그것은 사람이 아닌 뱀파이어였다. 새하얀 머리카락을 길게 기른 모습의 그는 몸 곳곳에 크고 작은 상처가 있었고, 그가 입고 있는 정장은 마치 불에 그슬린 듯 여기저기가 타고 찢어져 있었다.

“덕분에 아직 살아 있습니다, 헤라즈.”

“흥, 네 녀석은 여전히 잠 하나는 끝내주게 오래 자는군.”

그 백발의 뱀파이어는 리히터였던 것이다.

“그런데 이드 녀석은 어디 간 거야?!”

켄은 짜증이 난다는 듯 허공에 대고 크게 소리 질렀고 그의 모습에 헤라즈는 눈살을 찌푸렸다.

“이봐, 조금은 주변에 대한 눈치를 살피는 게 어때?”

헤라즈는 사람이 꾸역꾸역 모여 있는 도심 한가운데에서 크게 소리를 지르는 켄의 모습에 핀잔을 주었으나 켄은 개의치 않는다는 듯 크게 웃었다.

“푸하하하! 뭐 그런 걸 생각하고 다니냐? 자고로 남자라면…….”

“가는 길에 걸릴 것이 하나도 없어야 한다고 하려는 거라면 그만둬라.”

걸리는 것이 없는 것도 정도가 있지. 이건 완전 안면몰수 아닌가? 헤라즈는 이런 철판상판과 함께 길을 걷는 것만으로도 굉장한 고역이라 생각하고 있었다.

“하하하하, 잘 알고 있잖아? 사나이로 태어났으면 이 정드는 신경 쓰지 않는 거다!”

“…관두자.”

그렇게 포기하며 고개를 젓는 헤라즈의 눈에 문득 익숙한 것이 띄었다. 한 무리의 불량배들이 자신에게 익숙한 인물을 데리고 골목 구석으로 가려는 것이었다.

“저, 저건……!”

“어라? 뭐 아는 사람이라도 발견한 거냐?”

하지만 헤라즈는 한마디의 대답도 하지 않고 바로 그들을 쫓아갔고 켄은 ‘허어, 그렇게 반가운 상대인가?’ 라고 중얼거리며 곧바로 그의 뒤를 따라갔다.

"야, 빨리 뒤져 봐."

"복장만 봐도 귀족 같은데. 꽤 가지고 있겠지?"

"그런데 이 녀석, 왜 이렇게 차갑냐?"

"혹시 벌써 죽은 거 아냐?"

불량배들은 반쯤 만신창이가 된, 검은 정장을 입은 백발청년의 주머니를 뒤지기 시작했고 곧 몇 가지 고가품들을 꺼내기 시작했다.

"우와, 이거 봐. 금시계야!"

"이 녀석 손가락 보게?! 척 봐도 비싼 티가 나는 반지 아냐?"

"이 목걸이 봐! 엄청 비싼 다이아몬드 같은……."

스윽—

툭.

그렇게 그들이 막 얻은 수확물(…)들을 보며 좋아하고 있을 무렵 그들은 더 이상 기뻐할 수도, 슬퍼할 수도 없게 되어버렸다. 헤라즈가 그들의 목을 베어버린 것이다. 단 한 명을 제외하고. 아직 자신이 죽었다는 것을 인식하지 못한 듯 잘린 채 바닥에 떨어진 그들의 얼굴에는 아직도 웃고 있는 표정이 남아 있었다.

촤아아악—

"으, 으아아……!"

곧 잘려 나간 목으로부터 피분수가 뿜어져 나오기 시작했고 그 피는 바닥에 흘러넘쳤다.

남은 한 명의 불량배는 갑작스럽게 벌어진 광경에 넋이 나간 듯 피가 흥건하게 고인 바닥에 주저앉아 입만 뻐끔거리고 있었다.

"이자를 어디서 데려온 거지?"

이미 헤라즈는 리히터가 이렇게 된 이유를 대강이나마 짐작하고 있었다. 그가 이런 벌레들에게 당했을 이유는 조금도 없었다. 아마도 프로튼 왕실에 잠입했을 때 의외의 강적을 만났었던 것이리라.

"으, 으어, 으어어."

"빨리 말해라. 그렇지 않으면 너도 죽인다."

'죽인다' 는 말에 반응했는지 불량배는 그제야 띄엄띄엄 대답을 하였다.

"바, 방금 전에… 저기, 저기서… 쓰러져 있는 걸… 바, 발견해서……."

불량배는 정신이 없는 듯 아무 데나 가리키며 말하고 있었으나 대강의 전후사정을 안 이상 헤라즈에게 그런 것쯤은 문제가 되지 않았다.

"알았다. 그럼 이만 잠이나 자라."

슈각—

작은 절단음과 함께 그 불량배의 목에 빛이 지나갔고 이내 그의 목은 몸통과 분리되어 바닥에 뒹굴었다.

"대체 누굴 만나길… 어라? 그 녀석, 모기 녀석 아냐?"

뒤늦게 온 켄은 리히터를 보며 아는 척을 했다. 하지만 리히터를 싫어 하는 듯 그를 바라보는 표정은 꽤나 불편한 표정이었다.

"뭐야? 난 또 얼마나 대단한 녀석 만나는가 했더니 고작 이런 모기 녀 석 때문에 그렇게 서둘렀던 거냐?"

"모기라니?"

헤라즈는 뱀파이어, 그것도 뱀파이어 로드에게 '모기' 라는 불명예스 러운 호칭을 사용하는 켄의 말투에 땀을 흘렸지만 켄은 상관없다는 듯 오히려 당연하다는 듯한 모습이었다.

"그럼 이런 녀석이 모기라고 불리지, 파리라고 불리든?"

"…관두자."

헤라즈는 고개를 내저으며 한숨을 쉰 뒤 바로 리히터의 뺨을 때리며 그를 깨웠다. 물론 지금은 낮인데다 리히터의 상태도 나빴으므로 일단 적당한 건물 안으로 들어간 뒤였다.

"얌마, 일어나 봐. 정신 차려!"

뱀파이어는 죽으면 조금은 회색 빛을 띤 하얀 재가 되어버린다. 즉 뱀파이어인 리히터가 아직 이렇게 형체를 갖추고 있다는 것은 그가 아직 살아 있다는 것을 나타내 주는 것이다.

"끄윽, 커헉……."

하지만 리히터는 작게 숨 넘어가는 소리만을 낼 뿐 그의 말에 대답하지는 못했다.

"이거 생각보다 심각한 거 같은데? 어이, 켄. 너 혹시 이럴 때 뱀파이어는 어떻게 하는지 알아?"

애초에 별 기대를 하지 않은 질문이었고 켄 역시 그의 생각에 부응하겠다는 듯 매우 성의없는 대답을 내놓았다.

"내가 저런 모기 살리는 법을 어찌 알겠냐?"

"…물어본 내가 잘못이지."

헤라즈는 아무래도 리히터가 뱀파이어인만큼 피를 보충해 주면 조금이라도 상태가 좋아질지도 모른다는 생각에 일단 자신의 손목에 작은 상처를 내었다. 그리고는 손목에 흐르는 피를 리히터의 입으로 가져갔다.

"자, 세상에서 가장 영양가 만점인 이 헤라즈님의 피다. 이거 마시고도 죽어버리면 지옥 끝까지라도 따라가서 청구서를 물게 하겠어!"

마치 반쯤은 헛소리인 헤라즈의 말을 알아듣기라도 한 듯 순간 리히터의 머리로 제법 굵은 땀방울이 맺혔다 사라졌다. 하지만 워낙에 짧은 순간이었기에 헤라즈와 켄은 자신들이 잠시 환각을 본 것이라고 생각해 버리고는 그냥 넘어갔다.

"끄으웅, 우움……."

헤라즈의 생각은 맞았는지 리히터의 안색이 조금이나마 좋아지는 듯 보였다. 그래 봐야 원래가 창백한 얼굴이므로 좋아져 봐야 거기서 거기이지만.

"어이, 리히터, 정신이 드냐?!"

"야, 모기야, 정신 차려봐!"

헤라즈와 켄은 잠시 동안 리히터를 붙잡고 흔들었고 그런 그들의 노력이 통했는지 리히터는 무언가 말을 하려는 듯 입을 달싹였다.

"무……."

"응? 뭐라고?"

헤라즈는 리히터가 무언가 중요한 말을 할 것 같다는 생각에 그의 입가에 귀를 가까이 가져갔다. 그리고 켄 역시 같은 생각을 하고는 따라서 귀를 가까이 가져갔다.

"무, 무슨……."

"무슨? 무슨 뭐? 말해 봐!"

답답해진 헤라즈와 켄은 리히터를 재촉했고 리히터는 눈앞이 가물거리고 귀가 울리는 와중에도 결국 자신의 할 말을 해내고 다는 훌륭함을 보였다.

"무, 무슨… 피가… 이렇게 맛없고 형편없는……."

"……(삐직)."

"마치… 이건 오, 오크나 고블린 피보다 못한……."

"……(살기 넘실넘실)."

헤라즈와 켄의 이마에 힘줄이 맺혔다. 특히 암살자 길드의 길드 마스터 님에서 순식간에 오크 내지 고블린보다도 못한 격으로 다운되어 버린 헤라즈의 경우에는 굉장히 열받은 듯 불끈 쥔 두 주먹에도 힘줄이 솟아 있었다. 물론 둘의 눈가에 시커먼 그림자가 드리워졌음에는 두말할 나위가 없었다. 이윽고 둘은 가벼운 눈짓을 주고받았다. 그 내용은 바로 이것이었다.

'죽일까?'

'오케이!'

하지만 리히터는 자신이 생명의 위협을 받는다는 것도 모른 채 계속 자신의 할 말을 지껄이고 있었다.

"우웅… 이따위 피를 마시는 뱀파이어를 생각하면 불쌍해~"

그 다음에 어떠한 일이 발생했는가에 대해서는 독자 여러분들의 상상력에 맡기도록 하겠다. 다만 그나마 다행인 점은 리히터의 의식이 가물가물한 상태라 그가 자신이 무슨 일을 당했는지 정확히 기억하지 못한다는 점이었다.

"이렇게 절 구해주시다니, 뭐라 감사를 해야 할지 모르겠군요."

리히터는 헤라즈에게 고개를 숙여 감사의 뜻을 표했다. 그는 비록 자긍심 높고 함부로 타인에게 허리를 숙이지는 않지만 그렇다고 해서 쓸데없는 자존심을 세우려고 하는 인물은 아니었다. 그는 허리를 굽힐 때와 그렇지 않을 때를 잘 알고, 또 실천할 줄 아는 이였다.

"그런데 분명 얼굴을 이렇게 두들겨 맞은 적은 없었던 것 같은데……."

리히터는 무언가 이상하다는 듯 시퍼렇게 멍이 든 자신의 얼굴을 쓰다듬었고 덕분에 헤라즈는 머리를 긁적이는 동시에 어색한 웃음을 지으며 뒤통수로는 굵직한 땀방울을 흘려야 했다.

"아, 아하하, 글쎄… 나는 잘 모르겠는걸?"

물론 그―와 켄―가 리히터를 그렇게 두들겨 팬 것에는 나름대로 합당한 이유(?)가 있었지만 그렇다고 해서 따지기도 뭐했던 것이다. 뭐니 뭐니 해도 일단은 매우 가까운 동료이자 친구 사이임에도 그렇게 두들겨 팼다는 것은 좀 문제가 있으니까.

"이봐, 대체 왕궁에 들어갔을 때 무슨 일이 있었던 거야? 어디 이야기나 좀 들어보자."

"그러도록 하죠. 그러니까……."

리히터는 헤라즈에게 자신이 프로튼 왕궁에 들어갔을 때의 일을 차례대로 간략하게 설명해 주었다. 그리고 그의 이야기가 어느덧 몇 명의 기사들을 없애고 한 엘프 소녀를 만났을 때로 진행되자 돌연 헤라즈가 그의 말을 가로막았다.

"잠깐, 그 소녀가 어떻게 생겼다고?"

"네? 아아, 금발에 키는 약 150 정도 되는, 손목의 팔찌 비슷한 장치에서 나오는 날카로운 실을 무기로 쓰는 소녀였습니다. 아, 그리고 제법 좋아 보이는 태도(칼의 한 종류)를 들고 있기도 했군요."

쿠웅!

순간 헤라즈의 표정이 굳어졌다. 아무래도 리히터가 설명하고 있는 '그 소녀' 는 자신이 잘 알고 있는 인물이라는 생각이 드는 것이었다. 그는 떨리는 목소리로, 하지만 매우 다급하게 리히터에게 질문했다.

"그, 그래서 그녀를 어떻게 했지?"

"그 소녀 말입니까? 하긴 저에게 상처를 낼 정도이니 궁금하시기는 하겠군요."

하지만 리히터는 왜 헤라즈가 그 소녀에게 관심을 가지는지에 대해서는 아직 그 정확한 이유를 모르고 있었다. 때문에 그는 아무 거리낌 없이, 그리고 있는 사실 그대로 한 치의 여과도 없이 헤라즈에게 그날 밤에 자신이 벌인 일에 대해 설명해 주는 실수를 하고 말았다.

"당신을 저의 영원한 피의 노예로 만들어 드리겠습니다."

그 말이 끝나는 순간 리히터의 몸이 흐릿해졌다. 곧 그의 몸은 안개가 되어 허공에 떠오르기도, 검은색의 끈적한 액체 비슷한 것이 되어 바닥과 벽에 흐르기도 하였다.

'이… 게 무슨……?'

티니도 상대가 뱀파이어라는 것은 잘 안다. 하지만 이런 정도의 능력을 보인 뱀파이어는 상대해 본 적은커녕 이야기를 들은 적도 없었다.

"죽이지는 않습니다. 하지만 그보다 더한 고통을 선사해 드리죠!"

허공에 떠오른 안개들이 박쥐가 되고 바닥과 벽에 있던 검은 액체들은 늑대가 되었다. 그리고 그것들은 동시에 사방에서 티니를 향해 날아들었다.

찌익, 찌익.

크르르르, 컹컹!

늑대와 박쥐들은 각자의 고유한 울음소리를 내려 티니를 공격해 왔다. 물론 티니 역시 그대로 당할 정도로 멍청하거나 실력이 없는 것이 아니었으므로 그녀는 곧바로 몸을 움직이며 침착하게 그것들에게 반격을 가하기 시작했다.

슈르륵— 피치잉!

마치 실타래에서 거칠게 실을 뽑는 듯한 소리와 거의 동시에 무언가 가느다랗고 날카로운 것이 허공을 가르는 소리가 연속해서 들려왔다. 그 것은 마치 무엇들 간의 공명음이 아닐까 하고 착각할 정도로 지속적으로 공기를 진동시켰다.

캐갱! 찌이익—

곧 그녀의 손목 무기로부터 나온 은사들이 주변의 허공을 가르며 자신을 공격하려 했던 늑대와 박쥐들에게 날아갔고 그것들은 착실하게 본연의 목적대로 그것들을 토막 내는 데에 성공했다.

"후후훗, 제법입니다."

또다시 허공에서 리히터의 목소리가 들려왔다. 정확히 말하면 아직 남아 있는 박쥐와 늑대들, 그리고 비록 토막이 났지만 그래도 입 부분이 멀쩡한 녀석들까지 한꺼번에 리히터의 목소리로 말을 하고 있는 것이었다.

"하지만 아직 끝나지 않았습니다!"

또다시 늑대와 박쥐들의 공격이 시작되었다. 게다가 더욱 경악할 만한 것은 이미 티니가 베어 쓰러뜨린 박쥐와 늑대들까지 다시 살아나더니 티니에게 달려드는 것이었다.

컹컹컹!

찌익, 찌익.

또다시 몸을 분리시켜 박쥐와 늑대로 변한 리히터와 티니 사이의 접전이 시작되었다. 티니는 계속해서 손을 놀려 은사로 리히터를 공격했지만 그의 몸이 변한 박쥐와 늑대들은 계속해서 살아나며 그녀를 괴롭혔다.

"하악, 하악."

숨소리가 거칠어지고 있었다. 몸도 어느새 한계에 다다르고 있었는지 점차 움직임이 둔해지고 있었다.

"이쪽입니다."

나직한 목소리. 하지만 결코 그냥 지나칠 수 없을 정도의 무게가 담긴 목소리와 함께 허공으로부터 리히터의 상반신이 나타났다. 하반신이 없이 상반신만 허공에 떠 있는 그의 모습은 그 자체만으로도 충분히 괴기스러웠다. 거기에다가 그는 매우 소름 끼칠 정도로 잔인한 미소를 짓고 있었다.

슈칵!

"아악!"

조금은 거북스러운 느낌의 절단음이 울려 퍼졌다. 그것은 아무리 생각해도 리히터가 일부러 그런 소리가 날 정도로 형편없게 잘라낸 것이었다. 상대의 고통을 유도하기 위해.

툭.

땅바닥으로 무언가가 떨어지는 소리가 났다. 티니의 왼쪽 다리였다.

더불어 자신의 몸을 지탱하고 있던 다리가 하나 없어진 티니는 그대로 옆으로 넘어지고 말았다. 신기한 점이 있다면 겉으로 보기로만은 그녀의 다리 절단면이 깨끗하다는 것이었다.

촤아악—

곧 그녀의 다리가 잘려 나간 부분에서 피가 쏟아져 나왔다. 하지만 티니는 그런 와중에도 이성을 잃지 않았고 곧 비교적 침착하게 자신의 몸에 흐르는 마나를 이용해 다리에서 피가 나오는 것을 막았다.

"아직, 아직입니다!"

하지만 어쩌면 그것은 실수였다. 리히터는 티니가 지혈을 하는 그사이를 놓치지 않고 또다시 티니에게 달려든 것이다. 티니는 그제야 허둥지둥 그를 향해 은사를 날리려 손을 놀렸으나 그때는 이미 너무나도 늦어있었다.

뿌드드득—

"아아아악!"

어느새 그녀의 양팔에 감긴 검은 기운들은 단숨에 그녀의 두 팔을 으스러뜨렸다. 티니의 양팔은 안의 뼈가 모두 바스러진 채 아래로 축 처져 버렸다.

"푸흐흐흐, 이제 어쩌시겠습니까? 더 저항해 보시겠습니까?"

지금의 리히터는 반쯤은 제정신이 아니었다. 그는 잠시 끓어오르던 흥분을 주체하지 못하고 광기에 사로잡힌 것이었다. 덕분에 지금의 그는 언제나 침착하고 예의있는 신사의 모습이 아닌 피를 즐기는 변태적 악마의 모습이 되어 있었다. 그것은 피가 모든 것이나 다름없는 뱀파이어에게는 어쩔 수 없는 것이었는지도 모른다.

"더 저항해 보십시오. 좀 더 살기 위해 몸을 움직여 보란 말입니다!"

퍽! 퍼억!

"아아악!"

무언가 검은 덩어리들이 사방에서, 그리고 무차별적으로 티니를 가격했다. 연이어 온몸으로 다가오는 고통에 티니는 비명을 지르며 경련에 가까운 움직임을 보였지만 그렇다고 해서 리히터가 그녀에게 자비를 베풀 리는 없었다.

퍼퍼퍼퍽!

"왜 그러십니까? 아직 살아 있지 않습니까? 좀 더 저를 흥분하게 해주시죠. 저항하십시오! 조금 더 살아서 저를 즐겁게 해주시죠!"

퍼퍽! 퍼퍼퍽!

"으흑, 아흑!"

이미 그것은 적에 대한 공격도 그 무엇도 아니었다. 단순히 가학을 좋아하는 미치광이가 즐기기 위해 하는 구타일 뿐이었다. 이미 몸 전체가 성한 데 없이 멍이 들고 터지고 찢긴 데다 양팔이 바스러지고 한쪽 다리가 잘려 나간 상태에서도 티니는 조금이라도 더 반항을 해보겠다는 듯 몸을 꿈틀대고 있었다.

그것은 어찌 보면 저항이 아닌, 살아남기 위한 의지의 표현인지도 모르는 것이었다. 그리고 그 상태로 얼마 동안 리히터가 티니를 두들겨 팼을까? 그렇게 제법 시간이 흐를 때까지 계속 그녀를 구타하던 리히터는 뒤늦게야 진정이 되었는지 평소의 모습으로 돌아가며 거만한 시선으로 그녀를 내려다보고 있었다.

"어린 소녀가 이렇게까지 저를 상대할 수 있었던 것은 저로서도 처음이군요. 자, 그럼 이제……."

그는 한 손으로 티니를 들어 올렸다. 티니는 그에게 한 대라도 더 공격을 가하고 싶은 듯 다리를 움직였지만 이미 힘이 빠져 늘어져 버린 그녀의 육체는 그녀의 명령을 받아들이려 하지 않았다.

"아까 전에도 약속한 대로 당신을 저의 노예로 만들어 드리겠습니다."

리히터의 입이 티니의 목에 가까워지고 있었다. 그의 송곳니는 날카롭게 세워져 있었다.

'란 오빠……'

티니의 눈에 물기가 고였다. 싫다. 죽어도 싫다, 이런 자의 노예라니. 게다가 뱀파이어라니. 차라리 지금처럼 라니오스와 함께라면 지금의 노예 관계가 언제까지라도 지속되어도 좋지만 이런 자는 죽어도 싫다.

하지만 현실은 결코 그렇지가 못했다. 그리고 그녀의 목덜미에 리히터의 이빨이 박혔다. 자신의 목에 무언가 따끔한 느낌이 닿았다. 그리고 그 뒤에 이어진 묘한 황홀함을 느끼며 티니는 그대로 정신을 잃고 말았다.

헤라즈는 아무 말도 없었다. 하지만 굳어진 그의 표정이 현재 그의 마음 상태를 너무나도 잘 표현해 주고 있었다.

리히터는 굳어진 헤라즈의 표정에 무언가 이상하다는 느낌을 받았지만 아직은 그가 왜 이렇게 표정이 굳어진 것인지에 대해 정확히 감을 잡지 못하고 있었다. 생각 같아서는 당장 그 이유를 물어보고 싶었지만 그의 분위기가 도저히 질문할 기회를 주지 않았다.

그러던 중 절대 열리지 않을 것 같았던 헤라즈의 입이 열렸다. 그는 나지막한 목소리로 리히터에게 말했다.

"리히터……"

"네?"

"일단 한 대만 맞아라."

"그게 무… 크윽……!"

빠악!

리히터가 헤라즈의 말뜻을 이해하기도 전에 헤라즈는 리히터의 안면에 주먹을 꽂아 넣었다. 몸이 성치 못한 데다가 아무 방비도 하지 않았던 리히터는 그 일격에 큰 충격을 받으며 뒤로 나가떨어지고 말았다.

쿠당탕!

헤라즈는 아직도 흥분을 가라앉히지 못한 채 반대쪽 벽에 처박힌 리히터를 노려보았다. 리히터는 아직도 왜 그가 이렇게 분노하고 있는지 모른다는 시선으로 그에게 해명을 요구했다.

"씨익, 씨익."

하지만 헤라즈는 거친 숨을 몰아쉬며 리히터를 노려보면서 씩씩댈 뿐 아무 말도 해주지 않았다. 그리고 리히터는 그제야 왜 헤라즈가 저렇게 화를 내고 있는지에 대한 이유를 어렴풋이나마 알 수가 있었다.

"설마… 그 소녀가……."

"그래!"

리히터는 뒤늦게야 자신이 큰 실수를 했다는 것을 알았다. 하지만 이미 뱉은 말을 어찌할 수는 없었다. 그저 최대한 되는 데까지 수습하는 수밖에.

"…죄송합니다."

"……."

하지만 대답은 없었다. 그는 고개를 숙인 채 아무 말도 없이 그 자리에 서 있었다.

"네 탓은 아냐, 그때는 어쩔 수 없었을 테니."

한참 후에야 헤라즈의 말문이 열렸다. 그는 손으로 자신의 눈을 지그시 누르며 방을 나섰다. 그런 그의 모습은 지금 그가 얼마나 자신의 감정을 억누르고 있는지 잠깐 보기만 해도 알 수 있을 정도였다.

"따라와. 일단 너한테 피가 필요할 거 같아서 엘프 몇 놈을 잡아놨으니까."

부상당한 리히터에게는 피가 필요하리라. 그렇다면 기왕 비교적 구하기 쉬우면서도 인간의 피보다는 훨씬 질이 좋은(…) 엘프의 피가 나을 것 같다고 생각한 헤라즈는 그를 위해 엘프를 몇 명 잡아놓았던 것이다.

삐걱.

"이 더러운 인간, 대체 무슨 짓을 하려는 것이냐? 풀어줘!"

"이 나쁜 인간, 차라리 죽이려면 지금 죽여!"

"더러운 자식들, 너희들에게 신의 저주가 있을 거야!"

헤라즈는 자신이 잡아온 엘프들을 가둔 곳의 방문을 열었고 거의 동시에 헤라즈를 향한 욕설들이 쏟아졌다. 물론 그 욕을 하는 이들은 그에게 잡혀와서 온몸을 결박당한 엘프들이었다. 그리고 그 엘프들은 리히터의 입맛(…)을 고려한 헤라즈의 배려 덕에 모두 여자였다. 그녀들이 모두 처녀인지는 모를 일이었지만.

"마실 만큼 마시고 알아서 처리해, 난 먼저 프로튼에 가 있을 테니."

"…감사합니다."

순간 계속해서 욕설과 저주의 말을 퍼붓던 엘프들이 조용해졌다. 그녀들은 방금 전까지 헤라즈가 자신들을 납치해 온 이유가 단순히 노예 시장에 팔아먹기 위함인 줄 알았다. 그래서 자신들을 이 숲 외곽의 오두막에 가둬놓고 노예상이 도착하기를 기다리는 줄 알았던 것이다. 하지만 그가 데려온 상대의 창백한 피부와 어딘지 모르게 섬뜩한 인상과 더불어 헤라즈의 '마실 만큼 마시고'라는 발언에 그들은 그가 데려온 백발의 사내가 노예 상인이 아닌 뱀파이어라는 것을 짐작할 수 있었던 것이다.

"난 먼저 간다. 알아서 와."

"그럼 사양은 하지 않겠습니다."

아직 리히터에 대한 감정이 덜 풀린 듯 헤라즈의 목소리는 여전 퉁명스러웠다. 하지만 리히터는 그래도 아직 자신을 친구라고 생각해 주는 헤라즈가 너무나 고마울 따름이었다. 그리고 곧 헤라즈의 기척이 사라졌다. 그는 어느새 그들이 있던 오두막을 한참이나 벗어난 상태였다.

"미안하지만 여러분께서는 저에게 희생을 조금 해주셔야겠습니다."

리히터는 발을 옮겨 엘프들에게 다가갔다. 간만의 보약(…)을 대해서 그런지 리히터의 눈에는 식욕(…)으로 인해 붉은 빛이 번뜩이고 있었고 그것은 엘프들에게 더욱 공포감을 심어주었다.

"시, 싫어……."

"그 점에 대해서는 저도 죄송하게 생각합니다만."

그는 손을 들어 올려 한 명의 엘프 여성을 가리켰다. 그 엘프 여성은 뱀파이어가 자신을 가리키자마자 온몸에 불안, 공포 등이 교차하는 것을 느꼈다.

"우선은 당신으로 하지요. 참, 최소한의 배려… 라고 생각합니다만 저의 일족이 되실 분은 미리 말씀해 주십시오. 그 정도는 들어드릴 수 있으니."

하지만 자신도 뱀파이어가 되고 싶다고 하는 엘프는 한 명도 없었다. 그녀들에게는 뱀파이어로 살아야 한다는 것이 수치로 생각되었기 때문이다.

"이리 오시죠."

순간 리히터와 그 엘프 여성의 눈이 마주쳤다. 그러자 그녀의 눈동자가 풀리는 듯하더니 멍한 표정을 짓는 것이었다.

투둑.

곧 리히터는 가볍게 손을 움직였고 그러자 그녀를 결박하고 있던 밧줄이 끊어졌다. 신체 움직임의 자유를 얻은 엘프 여성이었지만 이미 리히터의 최면으로 인해 넋이 나가 있는 상태인지라 리히터에게 자신의 피를 바치기 위해 그를 향해 걸음을 옮기고 있었다.

"착한 분입니다. 그럼……."

곧 그녀의 가느다란 목에 리히터의 이빨이 박혔고 곧 리히터는 그녀의 피를 마시기 시작했다. 그러자 그녀는 마치 쾌락을 느끼는 듯 가느다란 신음 소리를 내며 몸을 떠는 것이었다. 그것도 리히터 나름으로는 자신의 먹이가 된 상대에게 베푸는 최소한의 예의였으리라.

풀썩.

곧 그녀는 온몸의 피가 빨린 채 보기에도 흉측할 정도로 말라비틀어진 시체가 되어 바닥에 쓰러졌다. 일전의 티니의 경우에는 그녀를 자신과 같은 뱀파이어로 만들기 위한 흡혈이었기 때문에 온몸의 피를 빨지 않았고 덕분에 티니의 외모는 거의 변화가 없었다. 하지만 지금의 흡혈은 순수한 식사(…) 목적이었기에 그는 상대의 피를 한 방울도 남기지 않고 마셨고, 그로 인해 상대 엘프 여성의 외모는 보기 흉측하게 쭈그러든 것이었다.

그리고 리히터는 그제야 조금은 살겠다는 듯 미소를 지으며 손수건을 꺼내 피가 묻은 입가를 닦았다.

"후우, 이제야 좀 살겠군요. 그럼 다음은……."

하지만 그런 그의 모습은 남은 엘프들에게는 더욱 심한 공포를 주었다. 표정은 굳어지고, 얼굴의 핏기는 빠져나갔고, 심장의 박동은 더욱 빨라졌다. 하지만 자신들을 묶고 있는 이 밧줄은 마치 지옥의 쇠사슬이라도 되는 듯 도저히 풀리거나 끊어질 생각을 하지 않았기에 도망칠 수도 없었다. 심지어는 이 밧줄에 무언가 있는 듯 자신들의 마법이나 정령은 커녕 몸에 마나를 일으키는 것조차 불가능하도록 막고 있었기에 아무 반항도 할 수 없었다.

"그럼… 당신으로 할까요?"

피의 일족, 그것은 뱀파이어. 피가 모든 것인 저주받은 존재 중 하나.

하지만…

그래도 그들은 인간보다는 나은 것인지도 모르겠다.

"시, 싫……."

하지만 그 엘프 여성의 말은 리히터가 그녀의 눈동자를 바라보는 순간 처음의 의도했던 것과는 완전 반대의 의미를 가진 말이 되어 나왔다.

"하아아~"

어딘지 모르게 성적 쾌감까지 느끼는 듯한 거친 숨소리. 그리고는 멍한 표정, 하지만 어딘가 홀린 웃음을 지은 채 리히터에게 다가갔다. 리히터는 그녀를 감싸며 또다시 아까처럼 그녀의 목에 입을 가져갔다.

"릴!!"

투캉!

하지만 리히터는 그녀의 목에 이빨을 박는 데까지는 성공할 수가 없었다. 누군가가 벽을 부수며 나타났기 때문이다. 검은 장발에 순은백색으로 빛나는 클레이모어를 든 엘프 남자, 란슬로였다.

"이 사악한 녀석들, 대체 무슨 짓……!"

"꺄아아악!!"

우당탕!

하지만 란슬로의 등장에는 조금 문제가 있었다. 그는 등장하면서 엘프 여성들이 기대고 있던 쪽의 벽을 부수며 나타난 것이다. 덕분에 폭발의 여파로 엘프 여성들은 그가 부순 벽의 파편들과 함께 리히터가 있는 방향으로 날려가 버린 뒤 리히터 주변의 바닥에 뒹굴고 말았다. 그것도 상당히 추한 자세로.

"이, 이게 아닌데."

주륵.

란슬로의 뒤통수로 커다란 땀방울이 맺혔다. 오죽하면 지금까지 그 유래가 없는 땀 흐르는 소리가 나올 정도이겠는가?

"란 오빠!"

"릴!"

날려간 여성 중 보라색의 포니테일 머리를 한, 전체적으로 귀여운 외모의 엘프 여성이 그를 보며 아는 척을 했다(미리 말하겠지만 여기서 부르는 '란 오빠'는 라니오스가 아닌 란슬로이다).

란슬로는 아직 그녀가 살아 있다는 것에 내심 안도하며 다시금 그녀의 이름을 불렀다.

"릴, 괜찮아? 어디 다치거나 하진 않았어?"

"이 바보!!"

하지만 되돌아온 것은 난데없는 '바보!'라는 단어였다. 덕분에 란슬로는 무언가에 세게 맞은 듯 잠시 몸을 휘청였다.

"이 바보, 바보, 바보, 바보!! 오빠가 늦게 와서 일레인 언니가 죽어버렸다고! 이 바보, 바보, 바보, 바보!!"

"리, 릴……."

일레인이라면 릴과 굉장히 친한, 릴과 란슬로가 살고 있는 곳의 옆 마을에 살고 있는 엘프였다. 자신을 책망하는 릴의 말에 란슬로는 거의 무의식 중에 바닥에 쓰러진, 이미 온몸의 피가 빨린 채 비쩍 말라 있는 시체로 시선이 돌아갔다.

"일레인……."

라니오스가 네이란을 만나기 위해 옆 마을로 갔을 당시 왠지 붉어진 얼굴로 자신을 계속해서 바라보던 그녀. 그리고 여자 친구 있냐는 질문에 고개를 끄덕이며 제법 오래 사귄 여자 친구가 있다고 대답하자 서운한 표정으로 자신을 올려다보던 그녀.

자신이 알고 있던 그 일레인이란 여성은 지금은 저렇게 시체가 되어 바닥에 나뒹굴고 있었다.

"너……."

"백마 탄 왕자님의 등장이십니까? 환영합니다."

란슬로는 매섭게 치켜뜬 눈으로 리히터를 노려보았다. 그의 온몸에서는 짙은 살기가 풍겨져 나왔고, 그 기세는 언제라도 리히터의 목을 치러 달려들 수 있는 모습이었다. 하지만 리히터는 그런 란슬로의 모습에도 오히려 비틀린 미소만을 지은 채 비딱한 시선으로 그를 바라볼 뿐이었다.

"죽여 버리겠어!"

순간 이성을 상실한 란슬로는 자신의 검을 움켜쥔 채 리히터에게 달려들었다. 하지만 리히터는 별 반응을 보이지 않았다. 그저 천천히 자신의 품에 안겨 있던 엘프 여성을 앞으로 내밀었을 뿐.

푸가가각!

너무 분노했던 나머지 그에게 인질이 있었다는 것을 그만 잊어버렸던 란슬로는 그제야 그 사실을 떠올리며 급히 몸을 틀었다. 그는 바닥에 검을 꽂으며 제동을 하려고 하였으나 그것은 쉽지 않았다. 게다가 란슬로가 리히터의 옆을 지나가려는 순간 리히터는 가볍게 그의 옆구리를 걸어차 그의 진로를 틀어버린 것이다.

쿠당탕!

갑자기 몸이 옆으로 틀어진 란슬로는 그대로 험하게 바닥을 구르며 벽으로 부딪쳤고 그 충격으로 인해 상당히 청소 상태가 불량했던 방은 허공에 먼지를 피워 올리게 되었다.

"좀 봐주시죠. 이래 봬도 저는 지금 환자입니다."

유난히 유들거리는 리히터의 태도는 란슬로를 더욱 열받게 하기에 충분했다. 하지만 상대가 인질을 잡고 있는 이상 란슬로는 섣불리 공격을 할 수 없었다. 게다가 그 인질은 지금 제정신이 아닌 상태에서 자신을 잡고 있는 자를 최선을 다해서 돕고 있는 상태였기에 그 정도는 더욱 심했다.

"인질극 같은 비신사적인 짓은 하고 싶지 않습니다. 저오 거래를 하나 하실까요?"

갑작스러운 리히터의 제의에 란슬로는 아직 화가 식지 않은 것을 느끼면서도 그의 말을 기다렸다.

"이 여성 분은 놓아드리겠습니다. 그 대신 저를 그냥 보내주실 수는 없겠습니까?"

"……."

란슬로는 잠시 아무 말도 없었다. 자신의 눈앞에 있는 뱀파이어를 그냥 보내주기에는 방금 전에 있었던 일레인의 일이 너무나도 걸렸기 때문이다. 게다가 저자를 믿을 수 있는지에 관해서 불안해서이기도 하다.

"믿지 못하시겠다면 제 쪽에서 먼저 이 여성 분을 보내 드리죠. 어떻습니까?"

"크윽……."

하지만 싸우기에도 자신이 너무 불리한 상태였다. 지금 상대가 잡고 있는, 자신은 모르는 엘프 여성의 경우도 그렇지만 릴을 비롯한 나머지 엘프들도 자신보다는 리히터와의 거리가 더욱 가까웠다. 게다가 그녀들로부터 저항이 없는 것으로 보아 아마도 그녀들을 묶고 있는 밧줄이 특별한 것이라던가 하는 등의 이유에 의한 것이리라. 덕분에 싸우게 될 경우에는 아무것도 할 수 없이 묶여 있는 그녀들도 신경을 써야 한다. 인질만으로도 힘든 상황에 그녀들은 너무 크나큰 방해가 되었다.

"…다음에 너를 다시 만날 때가 온다면 그때는 반드시 널 죽여 버리겠어."

"허락하신 것으로 알겠습니다."

리히터는 곧 자신의 품에 안겨 있던 엘프 여성을 놓아주었다. 그러자 그녀는 곧 정신을 잃고 바닥에 쓰러져 버렸다. 엘프 여성을 놓아준 리히터는 곧 빠르게 란슬로들에게서 멀어지기 시작했다. 달아나는 그의 모습은 마치 어둠 속에 녹아드는 듯한 모습이었다. 물론 그렇다고 해서 이목을 속일 정도는 아니었지만 란슬로는 그냥 이대로 그를 보내주기로 결정했다.

"릴… 괜찮아?"

리히터가 멀리 사라졌다고 생각한 순간 란슬로는 다급히 릴에게 다가가 그녀를 묶고 있던 밧줄을 풀었다. 물론 다른 여자들의 몸을 묶고 있던 밧줄 역시 풀어주었음은 물론이다.

"릴, 괜찮아? 그리고 다른 분들도 괜찮습니까?"

분명 자기 자신들로만 한정하면 별일없이 괜찮았다. 하지만 한 명이 죽은 것은, 그것도 보기 흉하게 비쩍 말라 버린 채 시체가 되어 자신들의 눈앞에서 나뒹굴고 있는 것은 이전까지 한 번도 시체를 본 적이 없는 그녀들에게는 상당히 큰 충격이었다. 그 충격에서 아직 헤어나지 못하고 있는 그녀들이었기에 란슬로는 꽤나 시간이 지난 후에야 그녀들의 대답을 들을 수 있었다.

"괜… 찮아요, 저는."

하지만 모두 이런 식이었다. 다 꺼져 가는 목소리로 힘없이 대답하는 것 말이다. 아무래도 그녀들은 누군가 죽는 것을, 그것도 자신과 가까운 관계에 있던 이가 죽는 것을 본 것은 처음인 듯하였다. 하물며 이렇게 가까이서, 그것도 이렇게 흉측하게 변해 버린 시체라니…….

"셰론 언니가 없어요!"

돌연 한 엘프 소녀가 소리쳤다. 그녀들은 그제야 조금 전 리히터의 위협에서 간신히 벗어날 수 있었던 셰론이라는 이름의 엘프가 사라졌다는 것을 알아차렸다.

"서, 설마……!"

란슬로는 두 주먹을 꽉 쥐었다. 상황이 이렇게 되어 있다는 것에 대한 이유가 빤히 보였기에 그 분노는 더욱 컸다.

"이 비열한 뱀파이어 녀석……!"

란슬로는 굳게 다짐했다. 자신들 엘프를 이처럼 가지고 논 그 백발의 뱀파이어를 결단코 용서하지 않겠노라고.

“흐으으응……."

작고 가는, 하지만 꽤나 긴 교성을 내며 세론은 리히터의 품에 안겨 있었다. 하지만 조금 시간이 지나자 그녀의 입에서는 더 이상 아무 소리도 나오지 않았고 그녀의 아름다운 몸은 이제는 쭈글쭈글하게 쭈그러든 흉측한 뼈와 가죽의 덩어리가 되어 있었다.

“후우, 잘 마셨습니다."

그래도 예의는 있다고 티를 내는 것인지 리히터는 자신의 먹이였던 세론을 자신이 서 있던 나무 밑에 묻어주었다. 그리고는 방금 전까지 자신과 있었던, 지금쯤 자신을 저주하고 있을 엘프 사내를 생각하며 입가에 웃음을 머금었다.

“후훗, 이 레이디의 최면을 풀어드리는 것을 깜빡했군요. 하지만 그렇다고 돌려보내기에는 좀 그랬고 해서……."

그렇다고 그의 변명 같지도 않은 변명을 들을 이는 아무도 없었다. 하지만 리히터는 마치 누군가가 자신의 말을 듣고 있기라도 한 듯 계속해서 말을 이었다.

“다음에 다시 만날 때에는 보다 좋은 만남이 되었으면 하는군요.”

그는 란슬로 일행이 있을 오두막을 향해 정중히 허리를 숙였다.

“그럼 다시 만날 그날을 기약하며……."

그 말을 끝으로 리히터의 모습이 사라졌다. 어둠 속에 녹아드는 그의 모습은 방금의 흡혈로 더욱 힘이 돌아온 듯 조금 전 란슬로의 앞에서 사라질 때보다 더욱 완벽하였다.

젠장, 또 정신을 잃었었군. 그랜드 크로스를 쓴 것도 아닌데 왜 갑자기 뻗어버린 거지?

“끄응…….”

이번에는 또 얼마나 누워 있었을까? 역시나 내가 눈을 뜨자마자 본 것은 나를 내려다보고 있는 세린의 얼굴이었다.

“이제야 일어났네요.”

정신을 차리자마자 자신이 사랑하는 이의 모습을 볼 수 있다는 것이 이렇게 행복한 것이라는 것은, 언제나 느끼는 것이지만 그래도 느낄 때마다 새로웠다. 그만큼 사랑이라는 것은 좋은 것이었다.

“제르 오빠 말로는 온천물에 너무 오랫동안 몸을 담그고 있으면 정신을 잃을 수도 있다고 하더라고요. 게다가 오빠는 온천은 처음이잖아요.”

그랬다는 건가? 그리고 쓰러지기 전에 왠지 머리가 몽롱해지는 데다가 막 일어날 때도 여전히 머리가 헬렐레한 게 수면 주문에 걸렸을 때와 비슷한 것도 같았고…

“그래도 온천이라는 게 좋긴 좋네요. 그냥 더운물에 목욕할 때보다 훨씬 좋은 것 같아요.”

그러고 보니 나도 몸이 개운한 정도가 보통 때보다 훨씬 더하군. 온천이라는 게 좋기는 좋은가 보다.

그런데…

내가 입고 있는 게 목욕 가운 맞지?

“세린… 저기 이 옷은…….”

“물론 제가 입혀줬죠.”

덜컹!

결국 또 보이고—어디를?—말았군. 이제는 익숙해질 때가 되었을 만도 하지만 아직은…

그런데 제르카테스는 뭘 저렇게 궁시렁대는 거야(정답:저 녀석, 조금만 더 있다가 깨어날 것이지. 지금 세린이랑 한참 좋은 때였는데…)?

“자, 이제 돌아가야죠.”

“으응…….”

그녀는 곧 내 손을 잡아당기며 자리에서 일어섰고, 그런 그녀의 모습에 제르카테스는 아쉬운 듯 무언가 말하려고 하였으나 곧 포기하였다.

“그, 그럼 잘 가. 나중에 꼭 다시 한 번 들르고.”

“그럴게요.”

그 말과 함께 나와 세린은 다시 세린의 레어에 돌아왔다. 그리고는 바로 리크라테스의 레어로 이동하려고 했지만 이미 날이 다 저문 뒤라 자고 가기로 결론이 났다. 물론 세린이 또 엄한 짓(…)을 하려고 했지만 간신히 뜯어말리는 데 성공… 했다고 생각했었는데 결국에는 오늘 밤도 당해버렸다(…). 차이점이 있다면 일 벌일 때(…) 서로의 성별이랄까? 결국 그렇게 또다시 밤은 뜨겁게 달아올랐고 그렇게 한 번 한(…) 뒤에야 나는 간신히 잠에 들 수 있었다. 이미 잠들기 전에 맛이 가버린 듯했지만.

엘프의 숲 위쪽으로 펼쳐져 있는 라미언 산맥, 그 산맥 한가운데를 가로지르고 있는 이가 있었다.

“크흑, 크흐흐흑……!”

파파파팟!

어둠 속에서 산속을 가로지르는 검은빛.

헤라즈는 내내 숲을 달리며 울고 있었다. 그가 나무 위에서 나무 위로 몸을 날릴 때마다 수방울의 눈물들이 허공에 맺혔다가 땅으로 떨어졌다.

“티니, 티니…….”

얼마 전에는 라니오스의 입에서 나온 대사가 지금은 헤라즈의 입에서 나오고 있었다. 하지만 그때의 라니오스와 지금의 헤라즈가 느끼고 있는 감정은 달랐다. 라니오스의 감정은 불안함이었지만 지금 헤라즈는 절망을 느끼고 있었다.

사랑과 우정, 그것을 둘 다 손에 넣을 수 있을 것이라 생각했다. 하지만 이미 사랑은 깨지고 우정에는 금이 갔다. 비록 수습하지 못할 수준은 아니었지만 이미 그게 그거였다. 그래도 우정은 자신이 참는다면 수습이 가능했지만 사람의 경우는 절대 그렇게 될 수 없었다.

뱀파이어가 흡혈을 할 경우 그 대상을 자신의 밑에 둘 수 있다. 하지만 그것 역시 두 부류로 나뉘게 된다. 흡혈하는 자가 그 대상에게 자신의 힘을 나누어 줄 경우에는 이성이 남아 있게 되지만 아무 힘도 나누어 주지 않을 경우에는 한 줌의 이성도 남아 있지 않게 된다. 아니, 정확하게 말하면 그 '이성'을 밖으로 표출할 수 없는 상태가 된다. 여전히 이성적인 생각은 할 수 있지만 육체는 본능, 그것도 흡혈 본능에 지배당하게 되니까.

리히터는 티니를 흡혈할 때 아무 힘도 나누어 주지 않았다고 했다. 그것은 그녀가 리히터의 말만을 알아들을 수 있을 뿐, 이제는 짐승과 다름없는 수준이라는 것과 같았다. 그래서 지금 헤라즈는 슬퍼하고 있는 것이었다.

파파파팟―

그가 계속 숲을 달리고 있을 때 무언가 검은 물체가 그의 눈에 들어왔다. 그것은 분명 사람의 형상을 하고 있었다. 그리고 '그것'과 자신이 지나치는 순간 서로의 옷깃이 살짝 스쳤다.

"아, 이거 실례."

상대의 짧은 사과의 한마디. 순간 헤라즈는 흠칫 놀랐다. 사람이라니?! 그것도 이 한밤중에, 이 산속에.

게다가 저런 여유 넘치는 말투는?! 그것도 마치 자신을 잘 알고 있는 사이처럼 친근하게.

이미 10여 미터를 지나친 헤라즈는 흠칫하며 뒤를 돌아보았다. 하지만 조금 전까지만 해도 누군가가 있던 곳에는 이미 아무도 없었다.

‘없다!!’

게다가 이미 주변에, 적어도 자신이 기척을 느낄 수 있는 거리 안에서 인기척은 조금도 느껴지지 않았다. 그 짧은 시간 동안에 자신의 감지 가능 거리를 벗어난 것인가, 아니면…

‘유령이라도 되는 것인가?’

하지만 그는 곧바로 고개를 저었다. 그런 말도 안 되는 일이 있을 리가 없지 않은가? 물론 스펙터나 레이스 같은 유령계의 몬스터도 있기는 하지만 그것은 별개인데다 자신이 그런 몬스터조차 알아보지 못할 리가 없었다. 게다가 그 목소리는 분명히 사람의 것이었다.

“그것은 대체…….”

분명 환청은 아니었다. 하지만 이미 없다. 그렇다면 상대는 그렇게까지 높은 차원의 인물인가? 아니면 정녕 자신이 들은 것은 환청이었다는 것인가?

왠지 자꾸 신경이 쓰이는 헤라즈였다.

방금 전 헤라즈와 마주쳤던, 마치 유령 같은 인상을 주었던 그자는 이미 헤라즈가 인기척을 느낄 수 없을 정도로 먼 곳의 나뭇가지 위에 걸터앉아 있었다.

“많이 약해졌군요.”

그의 입에서 나온 한마디는 그것이었다. 그는 헤라즈의 나약함에 혀를 차고 있었던 것이다.

“제가 있을 때… 아니, 하다못해 영웅전쟁 시절만 해도 저런 나약한 길드 마스터는 용납이 안 되었을 텐데…….”

그는 몸을 일으켰다. 그리고는 헤라즈가 지나간 방향을 바라보며 중얼거렸다.

"만약 당신이 라트라를 이런 개인적인 일에 사사로이 사용할 경우에
는 제가 직접 당신을 처벌하겠습니다. 아직은 그대로 놔드리도록 하죠."

곧 그의 모습이 사라졌다. 마치 어둠 속에 녹아들어 가듯이 사라지는
그의 모습은 헤라즈나 리히터에 비할 바가 아닐 정도였다.

이미 해는 산 아래로 가라앉은 지 오래이고 하나둘 잠자리에 들 시간,
그 시간에도 레노는 깨어 있었다. 그녀는 여전 그 언덕에 앉아 이드를 기
다리고 있었던 것이다.

"오늘도 오지 않으려나?"

보통 사람이라면 벌써 지쳐 쓰러질 만한데도 그녀의 안색은 마치 평소
와 다를 게 없다는 듯 매우 좋았다. 다만 예전처럼 막연히 이드의 유품(?)
이었던 크샤레노를 지킬 때와 달리 이번에는 기다리는 대상이 있었기에
조금은 속상한 감도 있는 듯하였다.

슈우우웅—

그때 레노의 귀로 작지만 공기를 가르는 소리가 들려왔다. 그리고 그
소리는 레노가 매우 기다리고 있던 소리였다.

쉬유우우웅—

소리가 점점 더 가까워지고 있었다. 그리고 곧 그 소리를 내는 물체의
모습을 확인할 수 있었다.

"이드……."

푸른색의 하늘을 가르며 자신이 있는 쪽으로 날아오는 크샤레노의 모
습이 가까워질수록 레노의 얼굴은 밝아졌다.

슈우웅—

이내 크샤레노가 자신의 앞에 내려앉았다. 그리고 조종석이 열리며 자
신이 기다렸던 인물이 모습을 드러내었다. 그는 크샤레노에서 내리자마

자 자신을 기다리고 있던 레노의 모습을 보며 미소를 지었고 레노 역시 미소를 지으며 그의 품에 안겼다.

"이드, 걱정했어요."

"미안. 내가 조금 늦었지?"

이드는 자신에게 안긴 레노의 등을 쓸어주며 그녀를 다독였다. 그렇게 잠시 둘이 포옹을 하고 있자 우리의 호프 애거트는 여지없이 그들 사이에 찬물을 끼얹었다.

"어, 레노 양, 나도 껴안아줘… 캑!"

빠악!

물론 그런 말도 안 되는 소리를 하는 애거트에게 이드는 레노를 대신하여 강력한 주먹 한 방만을 선물해 줄 뿐이었다. 다만 신기한 점은 레노가 가만히 있었다는 점이다.

"아, 오늘 낮에 에이사나도스님과 리노큰사님이 왔다 가셨어요."

"그 두 녀석이?"

"네, 10일 후에 각각 북대륙과 남대륙에 전면적인 침략을 시작할 거라고 하더군요."

"흐음……."

이드는 고개를 끄덕였다. 아마도 그들은 이제부터 세세한 일들은 자신들의 독단으로 처리할 것이리라.

"이제부터는 그들이 알아서 할 일이겠지. 대륙 간의 초차원 결계 덕에 서로 연락하기도 힘들 테니 말야."

"그런가요?"

하지만 그들에게 있어 그 초차원 결계를 넘는 것은 불가능하기까지 한 것은 아니었다. 무엇보다 그 결계는 차원적으로는 완벽히 분단되어 있을지 몰라도 물질적인 방법으로 건너갈 수 있는, 상당히 모순이 있는 결계였으니 말이다.

"내가 살고 있던 시대였다면 수십 수백 억 죽이는 것도 우스운 일이었겠지."

"네?"

문득 자조적인 표정으로 중얼거리는 이드의 모습에 레노는 의아한 듯 그에게 질문하였으나 그는 고개를 저을 뿐이었다.

"아, 조만간 그 두 녀석을 직접 만나러 다녀와야겠어."

"무슨 일로요?"

그녀의 질문에 이드는 미소를 지으며 대답했다.

"지휘관급의 쓸 만한 녀석들을 좀 빌려오려고."

제법 아리송한 대답이었으나 레노는 알아들었다는 듯 고개를 끄덕였다. 이드는 한 손으로 레노의 어깨를 감싸며 발걸음을 옮겼다.

"자, 일단 도시 안으로 가자. 조금 늦었지만 괜찮은 식당에서 저녁이라도 같이 하자."

"좋아요."

곧 이드는 레노의 어깨를 끌어안은 채 마을로 발걸음을 옮겼다.

"어이… 나는?"

결국 왕따당한 애거트는 허둥지둥 둘을 쫓아 내려가기 시작했다.

하이 엘프의 진실

골드 드래곤, 보통 현명함의 대명사로 알려져 있는 그들은 실제로 현명한 드래곤들 중에서도 가장 현명한 드래곤들이다. 그래서인지 그들은 드래곤 중 가장 학문에 관심을 보이며 유희를 하는 등의 바깥을 돌아다니는 것보다는 레어 안에 틀어박혀서 실험이나 연구 등을 하는 것을 더 좋아하는 경향도 짙다. 또한 이들은 드래곤들 중에서 가장 감정 표현이 많은 드래곤으로 블루 드래곤들과는 정반대라 할 수 있겠다(불 같은 성격의 레드 드래곤과는 다른 의미이다). 보통 사람들은 이 부분을 보며 '그렇다면 블루 드래곤과 골드 드래곤은 사이가 별로 안 좋겠군' 이라고 생각할 수도 있는데 사실은 그 반대이다. 보통 얌전히 있지만 사실은 정이 많은 블루 드래곤들과 조용한 것을 좋아하는 골드 드래곤은 상당히 관계가 좋은 편이다. 그들은 바람 속성을 가진 드래곤답게 그 최고 비행 속도와 가속 능력은 전 드래곤 중 최고이다. 다만 선회 능력과 수직 상승 능력 등은 오히려 보통 이하라서 그 속도가 빛을 발하기 힘들다는 것이 문제라면 문제이다(하지만 그 단점도 어느 정도 나이가 든 드래곤들은 능력껏 기술로 커버하기 때문에 결국 최고의 비행 능력을 가진 골드 드래곤이라는 이름을 지키고 있다). 그들의 레이저 브레스는 모든 드래곤 중 가장 그

살상 범위가 좁지만 반대로 관통력과 힘의 집중 정도는 가장 뛰어나다(이 점은 그린 드래곤과 정반대이다). 그리고…….

대충 이런 내용이었지……. 그런데 이전부터 느낀 것이지만 이런 내용의 보고서를 작성한 사람은 대체 누구일까……?

"그런데 대체 그 별장이 어디 있는 거야?"

우리가 리크라테스의 레어의 입구에 도착하자마자 본 것은 난데없는 '공사 중' 팻말이었고 이곳에 도착하자마자 제일 먼저 귀에 와 닿은 소리는 지금 한창 공사 진행 중인 듯 레어 안쪽에서 들려오는 돌 부딪치는 소리와 못질, 톱질, 대패질 등등 말 그대로 '공사 현장에서 나는' 소리들이었다. 지금 이 레어 입구에 떡하니 버티고 있는 이 팻말의 자세한 내용을 설명하자면 이렇다.

공사 중(그 다음 통행이라고 쓴 뒤 그 위에 × 표를 친 흔적이 보였다).

방문에 불편을 끼쳐 드려서 죄송합니다. 현재 근처에 있는 별장에 머무르고 있으니 정히 용건이 급하신 분은 아래의 약도를 참조하여 찾아오시기 바랍니다.

※단, 드래곤 슬레이어를 빙자한 자살 특공대는 사절!

—레어 주인 리크라테스 백

"……."

덤으로 그 팻말에는 제법 귀엽게 그려진 작은 골드 드래곤이 안전모를 쓴 채 허리를 숙이고 있는 그림이 그려져 있었다. 나는 그 황당한 팻말에 할 말을 잃었으나 세린은 그리 생소한 일은 아닌 듯 작게 한숨을 쉬며 어깨를 으쓱해 보였다.

"후우, 리크 오빠는 또 레어를 개조하나 보네요."

“개조오?!”

“네. 리크 오빠는 유행에 민감해서 자주 레어를 고치거든요.”

살다 보면 드래곤도 참 가지가지로 별난 타입들이 있나 보다. 식용―…
물론 당사자의 의사는 전혀 반영되지 않은 상황이었지만―드래곤에 온천을 즐
기는 드래곤도 모자라서 이번에는 유행에 민감한 드래곤이라…….

땡강, 땡강.

뚝딱뚝딱.

쿵쾅! 쿵쾅!

그러는 와중에도 레어 안쪽에서는 열심히 공사 중인 듯 여러 가지 소
리들이 밖으로 흘러나오고 있었다. 그러던 중 누군가 우리들의 기척을
발견한 듯한 드워프가 우리들 앞에 나타났다. 이미 이 정도쯤 되면 누구
나가 전후 사정을 생각할 수 있을 것이다. 그렇기에 나는 새삼 이 드워프
들에게 동정의 마음을 안 가질 수가 없었다.

“자네들, 여기는 대체 무슨 일로 온 겐가?!”

그는 오자마자 다짜고짜 큰 소리로 마치 호통을 치듯 우리에게 물어왔고
나는 그에게 친절하게 대답해 주었다. 아니, 정확히는 막 대답하려고 했다.

“에… 저희는…….”

“이쪽은 위험해. 빨리 돌아가게나!”

하지만 그는 내 설명을 듣기도 전에 말허리를 자르며 ‘돌아가라’는
말을 했고 그의 난데없는 설명은 계속되었다.

“어쩌다 자네들 같은 말라깽이들이 이곳까지 흘러들어 왔는지는 모르
겠지만 여긴 아주 잔인하고, 흉포하고, 성질 드러운 데다가 보석만 디립
다 밝히는 사악한 골드 드래곤이 사는 레어야! 자네들도 우리들처럼 부
려먹힘당하거나 먹이가 되기 싫으면 그 골드 드래곤이 오기 전에 빨리
도망치게나!”

우리는 지금 그 골드 드래곤에게 용무가 있어서 온 건데 도망치라니? 게다가…

우리 엘프를 보고 말라깽이라니?! 그의 다분히 문제가 있는 엘프를 지칭하는 단어에 나는 그만 발끈하고 말았다. 물론 아까 전까지 품었던 드워프에 대한 동정심 역시 말끔히 사라져 버렸다. 당연히 다음에 이어진 것은 처절하다 못해 유치하기까지 한 말다툼이었다.

"뭐예요?! 말라깽이라니요?! 이 짤뚱한 털보가!"

"아니, 어디서 그런 버릇없는……!"

"내 말 틀렸어요? 제 허리도 올까 말까 한 키를 한 주제에 배때기는 이렇게 밀가루 부대처럼 쭈~욱 퍼지기만 해서는."

"그럼 내 말은 어디 틀렸나? 수수깡처럼 키만 멀대같이 커가지고는 당장 부러질 것 같은 말라깽이 주제에!"

"쨱쨱쨱쨱쨱떽떽떽떽떽!!"

"아니, 이것이 정녕 나의 단매… 아니, 도끼에 맞아죽고 싶은 것이냐?!"

결국 그와 나는 크게 말싸움이 벌어졌고, 그사이 우리들 주위로 몇몇 드워프들이 몰려들었다. 물론 그중에서 내 편을 들어줄 드워프는 한 명도 없었다.

"아니, 자네 여기서 뭐 하나? 빨리 일하지 않으면 그 드래곤에게 무슨 짓을 당할지 모른다고!"

"아이고, 내 말 좀 들어보게. 이 말라깽이가 우리 드워프들을 보고 짤뚱한 털보라고 하지 않는가?!"

"아니, 뭬이야?! 뭐가 어쩌고 어째?!"

결국 드워프들은 하나같이 잔뜩 화가 나서는 나에게 뭐라그 해대기 시작했고 결국 몰매 앞에는 장사없다고 했던가? 아무래도 내 입은 하나고 그들의 입은 수십 개가 되다 보니 자연 나는 그들에게 말빨에서 밀리게 되었고 결국 그들의 고함 속에 파묻혀 버리고 말았다.

"%$*·*)$$·&**)·%$·&$·%*·&)(!"

"¥£Å§※ə♂∴♀∀♨°F♨♨♨!"

"↘←↗↓↘→✶——→+P!"

"삐—삭제—자진 검열—미성년자에게 유해한 욕—"

"?!?!?!?!?!?!?!?!?!?!"

"그만두세욧!"

결국 보다 못한 세린이 그들을 향해 소리쳤으나 이미 반쯤 이성을 상실한 그들의 귀에 세린의 말이 들릴 리가 만무했다. 그들은 계속 나를 둘러싼채 폭언을 퍼부었고, 그에 따라 세린의 얼굴은 점점 분노에 물들어갔다. 아무래도 그녀의 표정으로 보아하니 이 드워프들의 앞날이 보이는 듯했다.

"그만두라고 했잖아, 이 털난 똥자루들아!!"

마침내 세린은 폭발하고 말았고 그 결과로 그녀로부터 엄청나게 강한 드래곤 피어가 주변으로 퍼졌다. 당연히 그로 인해 드워프들은 물론이고 나까지 그 공포에 짓눌려야 했다. 물론 세린은 곧 나까지 겁에 질려 몸이 굳은 것을 보고는 곧 드래곤 피어를 풀었지만.

"어헉! 다, 당신은……!"

"이것들이 감히 내 말을 무시해?!"

방금 전까지 열심히 나에게 욕설을 쏟아대며 고함을 쳐대던 드워프들은 언제 그랬냐는 듯 잔뜩 겁을 집어먹고는 쫄아 있었다. 그 기세의 변화는 마치 당장 먹이를 향해 포효를 하며 달려들던 사자가 순식간에 엉덩이를 걷어차인 똥개로 전락한 수준이라고나 할까?

"그리고 뭐? 잔인하고, 흉포하고, 성질 드러운 데다가 보석만 디립다 밝히는 사악한 골드 드래곤? 같은 드래곤으로서 이 대사를 그냥 넘기기에는 이 드래곤 하트가 용납하지 않는데? 게다가 너희가 말하는 그 잔인

하고, 흉포하고, 성질 드러운 데다가 보석만 디럽다 밝히는 사악한 골드 드래곤은 이 몸과 매우 절친한 친.구. 사이거든?"

세린은 그들 드워프들 중 한 명의 얼굴에 자신의 얼굴을 가까이 가져 가며 위협조로 말했고 그 운이 나쁜 드래곤은 세린의 얼굴이 자신과 가 까워질수록 얼굴의 핏기가 빠져나가고 있었다. 덕분에 나는 드워프도 백 옥 같은 피부를 가질 수 있다는 것을 확인할 수 있었지만 이건 별개의 문 제이고…….

"자아, 드래곤 입을 뭘로 막으면 가장 효과가 좋더라?"

저 정도면 나도 그녀가 요구하는 바를 이해할 수 있었다. 그녀는 지금 드워프들에게 삥을 뜯고 있는 것이었다. 물론 저 드워프들도 현명한지 라―…라기보다는 워낙 많이 당해봐서 어떻게 해야 할지에 대해 관록에 붙은 게 아닐까 한다―금방 자신들의 대표를 불러왔고 그 드워프 대표는 곧 드 래곤의 요구를 들어주기 위해 협상에 들어갔다. 물론 그렇다고 해서 고 도의 외교적 수완 따위는 일체 보이지 않는, 협상이라고 하기조차 힘든 일방적인 협상이었지만.

"어, 얼마나……?"

"장난해? 못해도 열 자루는 줘야지!"

"여, 열 자루……!"

아무리 봐도 세린의 말은 '보석 꽉꽉 눌러 담아서 가장 큰 규격의 가 죽 자루로 열 개 분의 보석 내놔' 라는 뜻인 듯했다. 그것은 아무리 보석 을 척척 캐내는 드워프들이라도 무리인 듯 보였다. 그들의 표정이 그야 말로 경악 그 자체였으니까.

"그, 그것은… 게다가 지금은……."

"누가 지금 달래? 나도 알고 보면 용심 좋은 드래곤이라고. 넉넉하게 기 간을 일주일 줄 테니까 그때까지 알아서 마련해 놔. 너네들 마을 어디야?"

“아, 알겠습니다. 저희 마을은······.”

아무리 봐도 얼굴 한가득 불만과 억울함을 담고 있는 드워프 대표였지만 힘없는 자에게 무슨 권리가 있으리오? 힘있는 자가 시키는 대로 하던가, 아니면 순순히 삶을 포기하던가. 이럴 때야말로 약육강식의 원리가 무엇인지 아주 잘 알 수 있는 순간이었다.

“그럼 난 이만 가보도록 하지. 수고하라고.”

“예, 예, 부디 안녕히 가십시오.”

아까 전까지만 해도 나에게 갖은 험한 소리 다 하던 드워프들은 언제 그랬냐는 듯 우리들—정확히는 세린이겠지만—에게 허리를 굽실거리며 전송했고, 세린도 그들에게 손을 흔들며 꽤나 잔인한 미소를 지어 보이는 것으로 마지막까지 그들에게 겁을 주었다. 그렇게 드워프들과 헤어진 우리는 바로 리크라테스의 별장으로 향했다.

“그런데, 세린.”

“네? 또 무슨 일 있었어요?”

하지만 이번에 할 말은 내가 세린에게 서운해할 내용이었다. 물론 진심은 아니었기에 내 입가에는 장난스러운 미소가 피어날 수밖에 없었다.

“아니, 그건 아니고 세린이 아까 화낸 건 그저 그 드워프들이 세린 말을 무시해서뿐이었어? 나보다 그게 더 중요한 거였어? 이거 서운한데?”

“······!!”

그제야 세린은 내가 반장난의 시무룩한 척 표정을 짓고 있는 원인을 안 듯 아차 하는 표정을 지었다. 하지만 문제는 여기서부터였다. 나는 단순히 가벼운 투정을 좀 한 것뿐이었는데 세린에게는 그게 아니었던 것이다. 그녀는 이것으로 또 한 번 아까의 드워프들을 괴롭힐 꼬투리를 건져내고 만 것이었다.

“아, 미안해요, 오빠. 제가 그만 깜빡하고 그 똥자루들한테 그것까지 혼내는 걸 잊었네요. 지금 가서 그것까지 혼내주고 올게요."

"그, 그게 아닌… 이봐, 세린!"

하지만 이미 세린의 모습은 사라져 버렸다. 그리고 한참 나중에서야 들은 이야기지만 덕분에 그 드워프들은 단숨에 보석을 서른 자루나 추가로 뜯겼다고 한다. 물론 그렇게 일주일 내내 쉬지도 못한 채 철야를 해가며 무일푼으로 보석을 캐낸 드워프들이 세린에게 줄 보석을 다 캐낸 바로 그 다음날 심각한 근육통에 걸린 데다가―드워프가 보석 캐다 근육통 걸렸다는 이야기는 이때 처음 들었다―일주일간에 걸친 철야 때문에 누적된 피로로 인해 탈진해 버렸다는 이야기까지 들려왔다. 내심 나도 죄책감을 느끼는 소식이었다.

똑똑. 찰칵―

"누구십니까?"

거 빠르기도 하지. 우리가 별장의 문을 두드리자마자 마치 대기하고 있었다는 듯 문이 열리며 그 안에서 한 명의 금발사내가 나왔다. 아무리 생각해도 그가 리크라테스라고 짐작이 되지만 상당히 지적으로 보이는 외모와 완숙한 분위기는 도저히 그가 일전에 만난 그와 동일 인물이라고 생각되지 않을 정도로 딴판이었다.

"아, 리크 오빠, 저예요."

"오. 세린이냐? 이거 웬일이냐?"

예상대로 그 역시 일전의 두 드래곤처럼 기쁜 웃음을 지으며 세린을 맞아주었고 세린 역시 그를 향해 마주 웃어주었다. 그러자 일전의 두 드래곤처럼 그도 입이 찢어져라 좋아하는 것이었다.

"자자, 일단 안으로 들어와라. 들어와서 차라도 마시고 가라."

그는 절대 그냥 보내지 않겠다는 듯 우리들의 등을 떠밀면서 안으로

들이밀었다. 그리고는 거의 반강제로 소파에 앉게 한 뒤 잽싸게 찻잔과 주전자를 가져오는 것이었다.

"그런데 무슨 일로 찾아온 거야?"

그렇게 우리가 바로 나가지 않을 것을 확인한 후에야 다시 아까의 차분한 모습으로 되돌아온 그는 찻잔을 들어 올리며 우리에게 질문을 던졌다.

"아, 그거는요……."

세린은 이번에도 간단한 설명을 해주었다. 이전에 들은 것과 별 차이가 없는 설명이었고 덕분에 같은 내용을 세 번이나 듣는 나에게는 제법 지겨운 설명 시간이었다. 어찌 되었든 그렇게 세린의 설명이 끝나자 역시 리크라테스 역시 그녀에게 최대한 협력하는 자세를 보였다.

"그런 거라면 언제든지 부탁해도 들어줄 수 있지. 여봐라!"

그렇게 그가 조금은 거만한 말투와 몸짓을 섞어 말하자 저쪽에 있던 문이 열리며 작은 요정 같은 것이 모습을 드러내었다. 그것은 일전에 레미엘과 있을 때와 가르테론트의 레어에서도 본 적이 있던 호문크루스였다. 하지만 레미엘이 데리고 있던 제나라는 호문크루스와 비교했을 때 그 성별과—남자 호문크루스라는 이야기다—입고 있는 옷이 정장이라는 것이 달랐다. 그리고 그 딱딱한 태도도 다르다면 다른 태도였다. 그리고 이것은 나중에 들은 이야기인데 레미엘의 호문크루스인 제나는 이 리크라테스가 개발한 방법에 의해 태어난 호문크루스라고 한다(레미엘이 그 방법을 익힌 경로는 외전 참조…).

"무슨 일이십니까, 주인님?"

"세린을 창고로 안내해 주고 그녀가 원하는 것들을 찾아주어라."

"알겠습니다. 자, 이쪽으로."

그리고는 바로 세린을 데리고 밖으로 나갔다. 일전의 사건 덕분에 거의 반사적으로 불안해짐을 느끼는 나였지만 나가면서 나를 안심시키려는 듯

한 눈빛을 보내는 세린의 모습에 일단 속을 진정시킬 수 있었다. 그것은 그만큼 그녀가 리크라테스를 믿는다는 이야기이니까. 게다가 리크라테스는 그 가르테론트라는 블랙 드래곤 같은 변태가 아닌 데다가—그렇게 믿는다, 믿고 싶다!—사실 날 희롱한다는 것보다는 죽인다거나, 아니면 세린 몰래 납치해서 감금한다든가 묻어버린다든가 한다는 쪽이 더 현실성있고 무엇보다도 나나 그나 지금 상태는 남자이기 때문이다. 이렇게 세 가지씩이나 이유가 갖추어지자 불안감으로 콩닥거리던 내 가슴도 어느새 진정되었다.

"라니오스… 라고 했지, 아마?"

"네? 아, 네."

그는 잠시 유심히 나를 들여다보았다. 하지만 그의 시선은 일전의 가르테론트 때처럼 조금은—사실 '조금' 정도로 끝날 수준이 아니었지만…—느끼하고 거북한 시선이 아니라 단순히 호기심의 의미가 담긴 시선이었다.

"하이 엘프라고 했었나?"

"네."

내 대답에 그는 다시금 좀 전의 '관찰하는' 시선으로 나를 바라보았다. 그리고 대강 아까와 비슷한 정도의 시간이 흐른 뒤 또다시 나에게 질문을 해왔다.

"몇 살이지? 아직 어려도 한참 어린 것 같군."

"배… 101살입니다."

"101살이라……."

그는 소파에 몸을 기대며 턱에 손을 가져갔다. 그는 무언가 깊게 생각하는 듯하더니 곧 다시금 나를 이리저리 훑어보는 것이었다. 비록 그가 일전의 가르테론트와는 달리 믿을 만한—설령 그렇지 않다 하더라도 그렇게 생각하고 싶다…—드래곤이라고는 하지만 일전의 그 사건이 워낙 대형사건이었는지라 내심 움찔할 수밖에 없었다.

“이상하군. 그 정도 마력이라면 못해도 2~3천 살 이상은 할 줄 알았는데.”

다행히도(…) 그는 예전에 음흉한 데다가 느끼하다 못해 끈적하기까지 한 시선으로 내 몸을 훑었던 가르테론트와는 달리 말 그대로 ‘호기심거리’의 시선으로 나를 바라보고 있었다. 그렇게 나를 바라보며 고개를 갸웃하는 리크라테스의 모습에 나는 역시 골드 드래곤은 전형적인 학자가 아닐까 하는 생각까지 해보았다.

“후우, 그 이야기는 좀 있다가 하기로 하고… 내가 세린의 비밀을 하나 가르쳐 줄까?”

“비밀이오?”

“자네는 챠밍 아이에 대해서 알고 있는가?”

챠밍 아이라… 그 정면으로 마주 보게 되면 그 대상에게 단숨에 사랑에 빠지게 된다는 전설 속에서나 나올 법한 그 눈동자를 말하는 것인 것 같은데…

아무래도 그가 지금 이 시점에서 이런 이야기를 꺼낸다는 것은……?

“설마 세린이 챠밍 아이를…….”

“정답이다.”

따로 정답이라고 할 것도 없이 보통 이런 상황이라면 그런 패턴이 나오는 게 일상이니까. 그런데 세린이 챠밍 아이를 가지고 있다니?

“하지만…….”

“알아, 자네가 뭘 말하려고 하는지. 여기서 말하는 챠밍 아이는 자네가 알고 있던 그것과 조금은 다른 것일세.”

“어떻게요?”

세린에 대한 이야기이니만큼 나는 그의 대답을 일 초라도 빨리 듣고 싶은 마음에 가슴이 조마조마할 정도였다. 하지만 그는 그런 내 속을 모르는지, 아니면 알고서는 일부러 그러는 건지 제법 뜸을 들이고 있었다.

"우선 이것부터 한잔 들게나. 지금은 구하기 힘든 '화이트 홀'이라는 와인일세."

그는 벽에 있는 찬장에서 한 병의 술과 두 개의 잔을 가져와 탁자 위에 놓으며 나에게 술을 권하였다. 하지만 아무래도 일전의 일이 있는 만큼 나는 쉽게 그 술을 입에 대지 못하였다. 하지만 리크라테스는 그런 내 모습에 별로 신경 쓰지 않는다는 듯 자신이 먼저 그 술을 한 모금 마신 뒤 천천히 세린에 대한 설명을 해주었다.

"이 이야기는 나와 세린의 아버님이신 아즈라우드님만 알고 있던 이야기이지. 세린 자신도 이 이야기는 몰라. 드래곤에게 챠밍 아이라니, 그런 우스운 일이 또 있겠는가?"

"……(별로 우스울 것까지야…)."

"어쨌든 설명을 하자면 일단 요는 그녀의 챠밍 아이는 우리가 보통 알고 있던 그 챠밍 아이와는 조금 다르다는 것이지. 보통 챠밍 아이라면 그 눈동자를 정면으로 바라보는 순간 그 대상은 바로 챠밍 아이 소유자의 사랑의 노예가 되어버리는 게 보통 알고 있는 바이지. 하지만 세린의 경우는 조금 달라. 물론 눈을 마주친 대상이 호감을 가지는 것에는 대체적으로 큰 차이가 없지만 그것이 세린의 호감과 비례하거든."

"세린의… 호감?"

"그래. 만약 세린이 자신과 눈이 마주친 대상에게 그리 큰 호감을 품고 있지 않다면 그 대상은 그다지 세린에게 호감을 가지지 않아. 하지만 만약 세린과 눈이 마주친 자에게 세린이 굉장한 호감을 가지고 있었던 자라고 하면 그 대상은 순식간에 세린에게 사랑을 느끼게 되지. 반대로 세린이 그 상대를 싫어하는 경우에는 눈을 마주친 상대도 세린이 싫어하는 만큼 세린을 싫어하게 돼."

“흐음… 그렇군요.”

그러니까 간단히 말해서 세린이 호감을 느끼는 만큼 상대도 호감을 느낀다 이거군. 그럼 내가 세린에게 첫눈에 반했던 것은 세린이 나에게 첫눈에 반해서였던 것인가?

“그런데 여기서 문제가 하나 생겼어.”

“문제요?”

“그래. 아무래도 이것은 드래곤이 원래 중성이다 보니 생긴 문제인 것 같은데… 그녀의 챠밍 아이는 남녀를 가리지 않는다는 거야.”

“그, 그래요?”

순간 내 머리 속으로 한 가지 불길한 상상이 스치고 지나갔다. 그렇다면 만약 티니와 세린의 눈이 마주치기라도 하는 날에는……!! 분명 세린도 티니에게 상당한 호감이 있었던 것으로 기억된다. 물론 그 호감은 이성—사실 이성도 아니잖아?!—으로가 아니라 귀여운 동생 정도의 느낌이었겠지만… 어쨌든 그것도 호감은 호감인 것이다. 그것도 긍정적인 쪽의 호감… 그리고 그런 내 생각을 확증시켜 주기라도 하듯 리크라테스는 그런 생각으로 머리가 아파오려는 나를 향해 카운터 태클을 날리는 것이었다.

“게다가 문제가 하나 더 있다면 세린이 느끼는 호감이 어떤 종류이든 상대는 무조건 사랑으로 느낀다는 것이지. 예를 들어서 세린은 단순히 동생 정도로 귀여워하는 것이라도 그 대상은 세린에게 사랑을 느껴 버린다는 거야. 그것도 남녀 가리지 않고.”

“그, 그런……!”

게다가 마치 내 생각을 읽고 있기라도 하는 듯 비유까지 티니에 대한 예로 들어주는 것이었다. 물론 그가 그런 사실을 알 리가 없겠지만 일단 일어난 일은 엄연히 현실이었다. 내심 한편으로는 리크라테스에게는 타인의 마음을 읽어내거나 하는 신통력이 있는 것이 아닌가 하는 생각까지

하고 있었다.

'이거 나름대로 위험한데?'

"뭐, 덕분에 그녀를 처음 만날 당시에는 단순히 좀 예쁜 드래곤이 있다고 해서 마그 녀석과 제르 녀석과 함께 갔던 것뿐인데 알고 보니 자신을 만나러 직접 온 드래곤은 우리가 처음이었더군. 덕분에 세린은 우리에게 꽤나 큰 호감을 가졌던 것 같아. 덕분에 우리 셋까지 세린에게 홀랑 반해 버린 것 같고."

하지만 리크라테스에 관한 것은 둘째 치더라도 일단 중요한 것은 티니에 관한 일이었다. 그 레이너드라고 하는 리치의 말대로라면 티니는 비록 뱀파이어지만 다시 살 수 있다고 한다. 하지만 거기에는 문제가 있었다. 과연 그녀가 자신이 뱀파이어임을 제대로 인지하고 뱀파이어로서 살아갈 수 있을지에 관한 것이었다.

하지만 그것은 아직 알 수도 없었고 정작 그때가 된다 해도 내가 어찌할 수 있는 것도 아니다. 그리고 우선은 티니를 다시 깨워야 그런 걱정도 할 수 있다는 것이다.

하지만 그래도 세린의 챠밍 아이와 티니에 관한 일이 꽤나 신경 쓰이는 것은 어쩔 수 없으려나?

"어이, 이봐. 내 말 듣고 있나?"

"에? 아, 예예."

아무래도 내가 꽤나 오랫동안 생각에 빠져 있었던 듯 리크라테스는 내 어깨를 툭툭 건드리며 나를 불렀다.

"세린 왔다."

"무슨 생각을 그렇게 열심히 하고 있어요?"

그녀는 마치 신기한 것을 발견하기라도 한 듯한 모습으로 생글생글 웃으며 살짝 허리를 숙인 채 나를 바라보고 있었다. 그런데 그렇게 나를 바라보며 미소 짓던 그녀는 내 얼굴로부터 내 앞에 놓인 와인잔으로 시선이 옮겨지는 순간 두 눈이 크게 떠지는 것이었다.

"아니, 이 와인은……!!"

그러더니 다짜고짜 잔을 집어 들더니만 단숨에 그 잔을 비우는 것이었다.

"후아~ 맛 좋다!"

그리고는 엄청 터프한 모습으로 잔을 내려놓는 것이었다. 그런 그녀의 모습에 나는 잠시 할 말을 잃은 채 멍하니 그녀를 올려봐야 했다.

"어, 어머나, 내가 무슨 경망스러운 짓을……."

그녀도 뒤늦게야 자신이 내 앞에서 본모습(…)을 보였다는 것을 알아채고는 '어머나'를 연발했지만 이미 화살은 시위를 떠난 뒤였다. 게다가 그렇게까지 내숭과 능청을 떠는 그녀의 모습에 나는 뒤통수에 땀이 흘러내리는 것을 느꼈다. 리크라테스의 경우에는 워낙 많이 접했는지 어색한 웃음을 지을 뿐 별다른 반응은 없었지만.

"일단은 앉아봐, 잠시 할 이야기가 있으니까."

그는 우리에게 자리를 권하며 먼저 앉았다. 그는 이제부터 제법 심각한 이야기를 하려는 듯 표정이 조금은 굳어져 있었다.

"이번 전쟁이 신족과 마족이 연합해서 이 중간계를 치려는 것이라는 건 알고 있지?"

"네."

그의 질문에 고개를 끄덕이자 그 역시 고개를 끄덕였다. 그는 나와 세린에게 다시금 아까의 그 '화이트 홀'이라는 술을 권하였다. 그 술을 보는 순간 세린의 눈이 번쩍 하는가 싶었으나 이내 내 시선을 의식했는지 곧 평소 조신한(…) 세린으로 돌아왔다.

"그것에 대해서 좀 더 자세히 들려주지."

그가 잠시 말에 뜸을 들이는 동안 나도 잔을 들어 그 술의 맛을 보았
다.

"후아……."

정말 탄성이 나올 술이었다. 뭐랄까? 순하면서도 뭔가 톡 쏘고 그러면
서도 담백하고…….

"이봐, 듣고 있나?"

아무래도 또 잠시 딴세상에 가 있었나 보다. 리크라테스가 이번에는
내 눈앞에서 손바닥을 펴 보인 채 좌우로 흔들고 있으니 말이다.

"흠흠, 일단 본론을 이야기해 주지."

하지만 리크라테스가 그런 말을 꺼낼 즈음에는 이미 네 병의 '화이트
홀'이 나와 세린의 손에 의해 절단난 뒤였다. 뭐, 이건 상관없는 이야기
인가?

"너희들, 하이 엘프에 대해서 얼마나 알고 있지?"

어라? 갑자기 웬 하이 엘프?

"하이 엘프… 라니요? 그게 무슨 상관이라도……."

"있지, 그것도 아주 많이."

리크라테스의 표정이 굳어졌다. 그의 표정은 방금 전까지 세린을 보며
허허 웃을 때의 그와는 완전히 다른 사람으로 착각하게 할 정도였다. 그
는 무겁게 가라앉은 시선으로 나와 세린을 한 번씩 둘러보고는 말을 이
었다.

"우선은 하이 엘프가 어떤 존재인지 이야기해 주어야 할 것 같군. 라
니오스 군, 자네는 하이 엘프의 정체가 무엇인지 알고 있나?"

하이 엘프의 정체…

알고 있다, 슬플 정도로 정확하게.

"네."

"그럼 이야기가 빠르겠군. 세린, 세린은 하이 엘프가 뭔지 알아?"

하지만 세린은 하이 엘프의 진정한 정체를 모르는 듯 의아한 표정을 지으며 리크라테스를 바라보았다.

"에? 분명 하이 엘프라면 무한의 수명과 생명을 가지고 있는, 신의 선택을 받은 엘프의 수호자……."

"보통은 그렇게 알고 있지, 심지어는 우리 드래곤들까지."

그렇다. 하이 엘프, 그들은 신의 선택을 받지도 않았으며 엘프의 수호자는 더욱 아니다. 그들은 신의 미움을 받아 영원한 저주 속에서 살아야 하는 불행한 이들일 뿐인 것이다.

"분명 그들은 신과 관계되어 있으며 확실히 무한의 수명과 생명을 가진, 드래곤조차 능가하는 최강의 생물… 이라고 하기에는 모순이 많지만, 어쨌든 진정한 최강임에는 부정할 수 없는 존재들이지."

그렇게 말한 뒤 리크라테스는 잠시 입을 닫았다. 짧지만 긴 시간, 그렇게밖에 말할 수밖에 없는 시간이 지나고 주변의 공기마저 긴장되어 무겁게 가라앉은 뒤에야 그의 굳게 다물린 입술이 다시 떨어졌다.

"그들은……."

꿀꺽.

목으로 마른침이 넘어가는 것을 느꼈다. 이미 알고 있는 이야기이지만 그것을 타인의 입으로 전해 듣는 것은 처음이었다. 게다가 나 혼자만 알고 있었기에 내심은 진실이 아닐 거라고 억지로 나 자신에게 인식시키려 했던 적도 있었던 이야기가 지금 내가 아닌 이의 입에서 나온다고 생각하니 매우 긴장되고 불안하기도 했다.

"그들은 기둥이다, 이 세계를 받치는……."

"……."

역시 그가 알고 있는 바와 내가 알고 있는 바는 같았다. 그리고 리크라테스의 설명은 계속되었다.

"태고에 신이 이 세계를 만들었을 당시에는 세계에 생명력도, 마나도, 그 어떤 것도 살아가기에는 너무나도 척박했지. 물론 지금과 비교했을 때 이야기지만."

갑자기 태고 적 이야기를 꺼내자 세린은 의아한 표정으로 리크라테스를 바라보았다. 물론 나는 이미 내가 알고 있는 이야기와 거의 같았기에 별로 의아할 것은 없었지만 다른 의미로는 꽤나 놀라고 있었다. 바로 그의 이야기가 내가 알고 있는 바와 너무나도 같았기 때문이다.

"그래서 그 당시에는 신이 직접 이 세계를 관리했지. 그런데 언제인가부터 신은 자신이 세상에 너무 관여하는 것이 싫어졌던 것 같더군. 아니면 귀찮아졌을까? 다음은 네가 말해 볼래?"

그는 지긋한 시선으로 나를 바라보며 이어서 설명할 것을 요구했다. 그의 요구대로 이어서 설명하려던 나는 문득 '리크라테스도 설명하기 귀찮아진 건가?' 라는 생각에 잠시 웃음이 나왔다.

"그래서 신은 스스로 마나와 생명력을 만들어내어 이 세계 전체에 전해줄 수 있는 존재를 만들어내었어. 그것이 바로 하이 엘프지."

그렇다. 그들은 신의 축복을 받은 것도, 엘프의 수호자도 그 무엇도 아니다. 단지 세계의 균형을 위해 필수적으로 존재하는 존재일 뿐이다.

"그들은 이미 알고 있다시피 강대한 능력을 가지고 있었지. 하지만 처음에는 그들도 정해진 수명이 있었어. 그런데……."

"뭐라고?!"

내 설명에 리크라테스는 크게 놀라 자리에서 벌떡 일어나며 소리를 질렀다. 아무래도 과거에는 하이 엘프에게도 수명이 있었다는 것을 그는 몰랐던 것 같다.

"그게 무슨 소리야, 하이 엘프에게도 수명이 정해져 있었다니?"

"설명해 드릴게요. 일단 들어주세요."

내 한마디에 그는 곧바로 얌전하게 자리에 앉아 내 말에 경청할 준비를 했다. 내심 그 모습에 '귀엽다' 라는 어이없는 생각까지 하게 할 정도로 그가 방금 보여준 태도는 너무나 깜찍했다.

"그런데 어느 날 하이 엘프들이 이 세계 전체를 대상으로 무언가 큰일을 저질렀던 것 같아요. 아, 저도 이 부분에 대해서는 잘 몰라요. 하지만 아무래도 고대 왕국의 흥망성쇠와 큰 관계가 있었던 것 같아요."

"흐음… 하긴 하이 엘프의 숫자가 급격히 줄어든 것이 아마 고대 왕국이 멸망할 당시였다고 했던 것 같은데… 그럼 그때까지는 그들에게도 수명과 제한된 생명이 있었다는 건가?"

그런데 이번에는 세린이 무언가 의아한 것을 느꼈는지 머리 위로 의문부호를 띠며 나와 리크라테스를 번갈아 보며 질문했다.

"잠깐요."

"응? 궁금한 거라도 있어?"

"그럼 리크 오빠는 무슨 이유로 하이 엘프의 수가 줄었다고 생각한 거예요?"

세린의 질문에 나도 순간 그것에 대한 궁금증이 생겼다. 덕분에 나도 리크라테스에게 대답을 요구하는 시선을 보내었고 우리 둘의 모습에 그는 너털웃음을 터뜨리며 대답을 해주었다.

"푸훗, 역시 사랑하는 남녀가 같이 있으면 서로 닮아가는 건가? 좌우지간 내 생각에는 그들이 모두 봉인된 줄 알았지."

"봉인이오?"

이번에는 내가 궁금할 차례였다. 봉인이라니?

"어라? 몰랐던 거야? 그럼 넌 왜 지금 와서 하이 엘프가 이렇게 보기힘들 거라고 생각했어?"

“그거야······.”

나야 하이 엘프가 왜 그렇게 수가 줄었는지에 대한 정확한 이유를 알고 있으니까 그런 거지만 세린은 잘 몰랐을려나?

아, 그러고 보니 뒷내용에서…

“아, 생각났어요. 지금 얼마 남지 않은 하이 엘프도 오랜 세월을 견디지 못하고 스스로 자신을 봉인하거나, 아니면 미쳐서 날뛰다가 다른 이들에 의해 봉인되었다는 것.”

“그래, 게다가 인간 따위나 아니면 그런 비슷한 녀석들에게 그런, 힘 제어도 제대로 하지 못한 채 미쳐 날뛰는 하이 엘프를 봉인할 힘이 있었겠냐? 대부분 우리 드래곤에 의해 봉인이 되었지. 덕분에 그 당시에 수많은 레전드 급과 얼티메이트 급의 드래곤 어르신들께서 죽어 나가시고 골로 가버리셨지. 미쳐 날뛰는 하이 엘프를 막다가 말야.”

하긴 게다가 모름지기 죽이는 것보다 사로잡는 것이 최소한 세 배는 어렵기 마련이다. 하이 엘프의 경우는 죽여도 다시 살아나기 때문에 반영구적으로 그들을 막기 위해서는 봉인이 가장 좋은 방법일 테니(반영구적이라 하는 이유는 아주 가끔 정신 나간 족속들—주로 인간—이 그런 봉인된 존재들의 봉인을 풀기 때문이다).

아마도 그 때문에 더욱 많은 인명 피해… 가 아니라 용명피해(龍命被害)라고 해야 할까? 어쨌든 그렇게 많은 피해가 났었던 것이겠군. 게다가 만약에 실수로(?) 하이 엘프가 죽기라도 하면 말짱 도루묵이 되어버렸을 테니—하이 엘프인 관계로 다시 부활할 테니까—그 고충은 이루 말로 할 수준이 아니었을 것이다. 물론 이것은 그들에게 수명이 없어지고 무한의 생명을 얻게 되었을 때의 이야기가 되겠지만 그들이 그렇게 된 것은 리크라테스가 말하는 고대 왕국의 쇠락 시기와 거의 맞물리는 시기이니 그가 그렇게 생각하는 것도 무리는 아닐 것이다.

"조금 의아하다고는 생각했어. 아무리 우리 드래곤들에게도 전성기였던 그 시절이었다고는 하지만 그렇게 많았던 하이 엘프를 막을 숫자는 결코 되지 못했었을 텐데 말야. 우리 드래곤은 인간처럼 꾸역꾸역 번식하는 존재가 아니니까. 뭐, 어쨌든 설명 계속해 봐."

"네, 결국 그 무언가에 의한 사건으로 하이 엘프들은 신의 분노를 사게 되고 분노한 신께서는 수많은 하이 엘프를 죽이셨죠."

그리고 덕분에 잠시나마 세계의 균형이 기우뚱하게 되었다. 아무래도 전 세계에 마나와 생명력을 공급하던 하이 엘프들이 갑작스럽게 마구 죽어 나갔으니 말이다. 그리고 덕분에 찬란한 마법 문명을 꽃피우고 있던 고대 왕국도 갑작스러운 마나와 생명력의 고갈로 인해 그때부터 쇠락의 길을 걷게 되었다.

"하지만 그로 인해 세계의 균형이 무너지자 신께서는 그제야 무언가 잘못되었다는 것을 알게 되셨죠."

그러던 중 어느새 우리는 테이블에 올려져 있던 또 한 병의 '화이트 홀'을 동 내버렸고 덕분에 리크라테스는 잠시 내 말을 듣는 걸 멈춘 채 다시 찬장에서 한 병을 더 가져와야 했다. 다행히(?) 그는 나와 세린이 빈 술잔을 들어 올려 보이자 알았다는 듯 냉큼 가져오는 것이었다.

그런데 이 술 되게 맛있네? 게다가 이렇게 척척 가져오는 걸 보면 의외로 양이 많은지도… 많이 있으면 꼭 몇 병 얻어가야지. 어쨌든 그가 또 한 병의 '화이트 홀'을 가져와 나와 세린의 잔에 그 내용물을 채운 뒤 나의 설명은 계속되었다.

"하지만 신께서는 더 이상의 하이 엘프를 창조하지 않으셨어요. 그리고 하이 엘프의 생식 능력조차 없애 버리셨죠. 그 대신 각 하이 엘프의 수명과 생명을 무한으로 만들고 그 능력을 더 증대시킴으로써 한 명의 하이 엘프가 만들어내는 마나와 생명력의 양을 늘렸죠. 그렇게 해서 지금의 세계까지 이렇게 유지되어 온 것이라고 알고 있어요."

물론 그렇게 해도 워낙 많은 수의 하이 엘프가 죽었다 보니 자연 고대 시대와는 비교할 수도 없을 정도로 이 세계에 퍼져 있는 마나와 생명력의 양이 줄어들었지만 그것은 어쩔 수 없는 일이었으리라. 그리고 지금 생각해 보면 그때 신의 손에 의해 죽게 된 하이 엘프들은 오히려 행운아였으리라.

가만, 이제 와서 생각해 보니까 하이 엘프는 생식 능력이 없다고라?! 가만있자… 내가 어제 세린이랑 할 때 분명히 사정을 했던 것 같은데. 게다가 여자일 때는 월경도 했었고… 그런데 대체 생식이 안 되는 이유가 뭐지?

하지만 일단 그런 사소한 것은 접어두더라도 만약 그 내용이 사실이라면, 나는 죽었다 살아나도―근데 난 진짜 죽어도 살아나잖아?―세린과 아이를 가질 수 없다는 이야기가 되는데.

'으아악, 싫다! 안 돼! 아들이든 딸이든 좋으니까 나는 아이를 가지고 싶단 말야!!'

"어이, 이봐. 자네."

또 혼자의 세계에서 한참 허우적대고 있었나 보다. 저렇게 둘이 나를 조금은 보통 때와 다른 의미의 걱정스러운 눈으로 나를 바라보고 있는 것을 보니 말이다.

"또 무슨 생각을 한 거예요?"

"자네는 혼자만의 세계에 빠지는 게 버릇인가 보군."

"아, 예, 조금… 아하하하."

이런 상황에서는 역시 어색하게나마 허허 웃는 방법뿐이 없을라나? 조금은 개성적인 방법으로 이런 상황을 벗어나고 싶은데.

"뭐, 설명 계속하게나."

"네. 그 다음은 대강 아실 것이라 생각하지만 급격히 줄어든 하이 엘프로 인해 세계의 마나와 생명력은 급격히 줄어들고 그렇게 해서 지금의 상태가 되었다는 것입니다."

이것으로 내 설명은 끝이 났고 세린과 리크라테스는 각각 무언가를 깊이 생각하는 듯 턱을 짚으며 생각에 잠기었다. 그러던 중 리크라테스는 문득 무언가 생각이 났는지 손가락을 튕기며 다시금 나를 보며 질문했다.

"그런데 이상한 것이 하나 있군."

"물어보시죠."

"신께서 더 이상 하이 엘프의 수를 늘리지 않았다고 했는데 왜 자네가 태어났지?"

"아……!"

"그 외에도 너라는 존재에 대해 여러 가지로 따질 것들이 많아. 하지만 오히려 너무 많다 보니 직접 그것을 주제로 본격적인 이야기를 하려고 했다가는 아마도 '날 새는' 정도로는 결코 끝나지 않겠군."

그러고 보니 그 점에 대해서는 한 번도 생각해 본 적이 없었다. 분명 신께서는 더 이상 하이 엘프를 창조하지 않으셨다고 했는데… 그리고 여러 가지로 나라는 존재가 이렇게 여기 있다는 것은 분명 여러 가지로 이상한 점일 텐데…….

"하지만 이거 하나는 따져 보도록 하지."

"……?"

"혹시 자네는 하이 엘프를 창조한 신이 누구인지 알고 있나?"

"그것은…….'"

오늘은 여러모로 몰랐던 사실, 그리고 전에는 그다지 신경 쓰지 않고 넘어갔던 부분들에 대해 여러 가지로 알게 되는 날이었다. 무엇보다도

이 리크라테스라는 드래곤과 함께 토론하는 것은 상당히 즐거운 일이기도 했다.

"자네도 모르는 것 같군. 사실은 나도 모르네. 그리고 자네가 무슨 기록에서 그런 정보를 얻었는지는 모르겠지만 기록이 잘못되어 있을 수도 있고 번역을 잘못한 것일 수도 있으니 너무 그 내용만 믿지는 말게나."

"네……."

"하지만 오늘 이것으로 확신이 섰군. 역시 하이 엘프는 단순히 이 세상의 숙주였어."

"그렇군요……."

하지만 토론 자체는 즐거워도 그 주제는 그다지 유쾌한 일이 아니었다. 뭐니 뭐니 해도 나도 하이 엘프니까.

"뭐, 좋아. 하이 엘프에 대한 토론은 이쯤 해두고 왜 하이 엘프가 이번 대전에 중요한 역할을 하는지 이제 가르쳐 주지."

그는 한참 이야기를 하느라 목이 말랐는지 옆에 놓인 잔을 하나 더 가져와 자신의 앞에 놓고 거기에 와인을 부었다. 그리고 그것을 한 모금 마셔 목을 축인 뒤 다시 설명에 들어갔다.

"내가 아는 바로는 이미 수백 수천도 아닌 수만, 또는 수십만 년 전에 이미 대부분의 하이 엘프는 봉인되었지. 하지만 거기서 문제가 발생한 거야. 봉인된 하이 엘프는 봉인되지 않았을 때에 비해 만들어내는 마나와 생명력의 양이 훨씬 적으니까."

그의 말에 우리는 그가 말하고자 하는 의미를 알았기에 고개를 끄덕였다.

"게다가 그들이 유지하는 것은 이 중간계만이 아냐. 신계, 마계, 그리고 환계 등 아직 우리가 모르는 곳까지 그들에게 의존하고 있지. 이 세계는 그 구조가 다른 세계에 비해 특별한 곳이라 다중의 세계가 하나의 차원에 겹쳐져 있어. 그리고 아까 말한 그 사건 때문에 지금 중간계에서 가장 멀리 떨어진 곳 중 하나인 신계와 마계는 붕괴 직전에 이르렀어."

"네에?!"

그렇다면 지금 그들이 벌이려는 전쟁에 대해서는 어느 정도 이해가 간다. 그들은 지금껏 살고 있던 고향을 잃어버리고 어쩔 수 없이 이 중간계를 빼앗기 위해 쳐들어오는 것이다. 살기 위해서.

"이제 알겠나? 이제 우리들은 두 가지 중 하나를 선택해야 해. 이 중간계에 쳐들어온 침입자인 신족과 마족들을 쫓아내 죽이든지, 아니면 이 힘이 떨어져 위태위태한 세계에 다시 마나와 생명력을 불어넣기 위해 봉인되었던 하이 엘프들을 다시 깨우든지."

이미 분위기는 또다시 무거워져 있었다. 그것도 아까 전보다 훨씬 더. 리크라테스는 아까보다도 더욱 진지한 표정으로 말을 이었다.

"어차피 이대로 가면 환계 등의 나머지 세계도 차례차례 붕괴되겠지. 그리고 마지막으로 중간계까지 부서질 거야. 물론 이것은 최악의 경우를 가정한 것이지만 지금의 하이 엘프들이 감당할 수 있는 정도까지 이 세계는 부서져 나가겠지. 결국 하이 엘프들을 깨울 수밖에 없어."

그는 자리에서 몸을 일으켰다. 그리고는 몸을 돌려 벽 구석에 위치한 책장으로 걸어가 책 하나를 꺼내 집어 들었다.

"우리 드래곤은 싸우지 않는다. 최대한 신족, 마족들과 교섭해 보도록 할 생각이야. 하이 엘프 녀석들을 부활시킨 뒤 다시 때려잡으려면 또다시 난리도 아닐 테니까."

그의 말을 듣던 중 나는 한 가지의 의문점이 생겼다. 물론 꼭 그런다는 보장은 없어도 대부분의 하이 엘프들은 이미 수많은 세월을 살아오면서 그로 인해 정신 상태가 상당히 불안하다고 알고 있다. 물론 세계에 마나와 생명력을 공급하기 위해서는 하이 엘프들을 봉인에서 풀어줘야 하지만 그렇다면 대체 그 '맛이 간' 하이 엘프들을 언제 봉인할 것인가? 너무 빨리 다시 봉인하면 깨우나마나가 되어버린다. 그렇다고 이 세계가 그들에게서 충분한 마나와 생명력을 받을 때까지 기다리려면 그때는 이미 이 중간계는 쑥밭이 되어 있을지도 모르는 일이다. 이래저래 정말 골치 아픈 일이 되어버리는 것이다.

"그럼 그들이 미쳐 날뛰는 것을 언제쯤 다시 봉인시킬 거죠?"

"물론 가장 좋은 경우는 그들이 미치지 않고 순순히 얌전하게 있을 때이겠지. 아니면 미쳐 있더라도 우리가 생각하는, 한마디로 '닥치는 대로 때려부수고 죽이는' 타입으로 미치지만 않으면 일단은 다행이지. 일단 교섭의 여지가 있으면 그걸로 좋은 거야."

그는 계속해서 책장을 둘러보며 몇 권의 책을 더 꺼내었다. 어느새 그가 그렇게 꺼낸 책은 거의 십여 권에 이르고 있었다. 그것은 각각 대략 300페이지 정도 되는—소설책 한 권 정도—듯 그 두께는 각 권이 대략 1.5에서 2센티 정도였다. 그는 계속 책을 살펴보며 설명을 계속했다.

"물론 그렇다고 해서 그냥 앉아서 손가락이나 빨고 있을 수도 없는 노릇이니만큼 최대한 준비는 해볼 생각이야. 일단은 마법으로 감옥을 만들어서 그들을 가둘 생각이야. 감옥이니 아마 봉인보다 일곱 배는 더 어렵겠지. 하지만 아무래도 정신 멀쩡한 하이 엘프들이 있다면 우리에게 협력해 줄 수도 있고 그런 하이 엘프가 많으면 많을수록 상황은 좋아지겠지."

그 뒤로도 한참을 책장을 뒤적거리던 그는 그제야 찾을 것을 다 찾은 듯 우리에게 다가왔다. 그리고는 나에게 그 어림잡아 스무 권은 넘을 듯한 책들을 건네는 것이었다.

"자, 이게 내가 조사한 하이 엘프의 대한 내용과 기타 너에게 필요할 것 같다고 생각한 자료들이다. 만약에 부족한 것 있으면 또 오고."

“아, 예······.”

그런데 막상 생각해 보니 한 가지 의아한 점이 있었다. 물론 그런 것을 그냥 넘어가지 않는 내 성격상 바로 그에게 그 의문점을 질문했다.

“저기··· 리크라테스님은 왜 이렇게 저에게 잘해주시나요?”

“응? 왜, 궁금해?”

“꼭 궁금하다고 할 것까지는 없지만······.”

“그건 말이지······.”

턱.

그는 갑자기 싱긋 웃으며 내 머리 위로 손을 얹고는 슬슬 문질렀다. 그것은 마치 나를 동생 대하듯 하는 느낌을 받았다. 그리고 그것은 그의 자연스러운 태도만큼이나 나에게도 왠지 모를 편안함을 주었다.

“글쎄, 왜일까나?”

“······.”

“일단은 네가 마음에 들어서라고 해두지. 무언가 더 할 말은 있어?”

“···아니오.”

그 말을 끝으로 그는 머리 뒤로 각지를 끼며 몸을 돌렸다. 그 모습은 내심 멋지다는 생각을 주기도 했다. 이것은 아무래도 정말 그가 멋지다기보다는 내 눈에 무언가 씌인 것 같다는 생각이 들기는 했지만, 어쨌든 멋지게 보이는 것은 멋지게 보이는 거다.

“자, 이걸로 내가 해줄 수 있는 것은 다 해줬어. 이제는 자네 동생인지, 양다리 애인인지, 아니면 첩인지 하는 그 아가씨를 도와주면 되는 거라고.”

“무, 무슨 말씀을 그렇게······.”

“자자, 난 바쁘다고. 이제부터 인간과 신, 마족을 설득하기에 앞서 우리 드래곤들부터 설득해야 한단 말야.”

“리크라테스님…….”

나직하게 부른 ‘리크라테스’ 라는 이름. 이제는 그것이 왠지 나에게 있어 대단히 존경스러운 이름이 되었다. 뭐랄까, 쟈밀같이 올려다보기 힘들 정도로 높은 나무를 올려다보는 그런 존경이 아닌 바로 옆에 있는 푸근한 무언가… 라고 해야 하나? 그런 친근감과 편한 느낌이 드는 것이었다(드래곤한테 그런 감정이라니!).

“뭐야, 설마 지금 나한테 반한 건 아니겠지? 왜 그런 시선으로 나를 보는 거야?”

“…….”

“아, 싫다. 이래서 절정미남은 괴롭다니까. 같은 남자까지 첫눈에 반하게 하다니 말야.”

“…그게 아니라요.”

아무래도 방금 전 ‘존경스럽다’ 라는 느낌, 취소해야 할지도.

“응? 그럼 뭔데?”

“저기… 형이라고 부르면 안 될까요?”

“에엑?!”

역시 아무리 생각해도 나조차도 황당하다고밖에 할 수 없는 부탁에 리크라테스는 순식간에 대경질색하며 높은 톤의 비명을 질렀다. 하지만 나는 한 번 더 간곡하게 아까의 ‘황당한 부탁’ 을 하였다.

“부탁이에요. 저의 형이 되어주세요.”

“끄응… 하이 엘프와 드래곤의 의형제라…….”

역시 그도 내 부탁에 너무나도 황당함을 느끼고 있는 것 같았다. 하지만 나도 작정하고 나선 것이기에 그가 단호한 거절을 하더라 하더라도 쉽게 불릴 생각은 없었다.

“좋아. 대신 나중에 물리기 없는 거다.”

"네!"

다행히 그의 입에서는 허락의 말이 떨어졌고, 덕분에 나의 기분은 순식간에 최고조를 달리게 되었다. 왠지 그와 있으면 세린과 있을 때의 행복함과는 조금 다른, 뭐라고 해야 할까? 즐거움… 정도? 그리고 그 외에도 왠지 편안한 감정. 형제가 있었다면 이런 감정이 아니었을까 한다. 그래서 이번 기회에 우리 둘 사이를 좀 더 그 '형제'에 가깝게 만들고 싶어진 것이다.

"그럼 이제부터 '리크라테스님'이 아니라 그냥 '리크 형'이라고만 부르면 돼."

"네, 리크 형. 그리고 저도 그냥 란이라고 불러주세요."

"자자, 소원 성취했으면 이만 가보라고. 아무래도 이제부터는 바빠진다고. 낭비할 시간 따위는 없어."

"네!"

"자식, 기합 들어갔구나."

"리크 오빠, 그럼 다음에 만날 때까지 안녕히 계세요."

"리크 형, 안녕히 계세요!"

"그랴그랴, 란도 세린도 잘 가라."

그렇게 오늘은 왠지 기분 좋게 끝을 맺으며 다시 세린의 레어… 가 아닌 프로튼 왕실, 그중에서도 티니가 있는 곳에 돌아올 수 있었다.

그리고 이제 남은 것은 티니가 과연 어떻게 다시 눈을 뜨느냐인 것이다.

이미 라니오스와 아힌세르린은 자신의 별장을 떠난 뒤 한참 시간이 흘렀지만 리크라테스는 여전히 문 앞에 손을 든 채 서 있었다.

그리고 그 자세로 또다시 얼마나 시간이 흘렀을까. 그는 그제야 들고 있던 손을 내리며 열려 있던 별장의 문을 닫았다.

"후우, 저런 존재가 나보고 형이라니……."

그는 문 옆의 벽에 몸을 기대며 다시금 손을 들어 자신의 손바닥을 바라보았다. 분명 인간 모습으로 폴리모프해 있는 그의 모습이었기에 손바닥 역시, 적어도 지금은 인간의 그것이었다.

"이게 꿈인가… 생시인가?"

이윽고 그는 벽에서 몸을 떼며 몸을 돌렸다. 그는 아무도 없는 계단을 올려다보며 질문했다.

"그러면서도 물리기없다고 못을 박아두는 저를 보면 참 약았다고 생각하시나요?"

"글쎄?"

순간 아무도 없던 계단 위에서 한 명의 사람이 나타났다. 185센티미터 정도의 키에 숏컷으로 깨끗하게 다듬은 푸른색 머리카락을 한 사내였다. 그는 마치 당연하다는 듯, 비록 경장 차림이라고는 하나 몸에는 갑옷을 걸치고 허리에는 검이 매달려 있었다. 그의 모습은 오히려 그가 갑옷을 입지 않았을 때가 있을 리가 없을 거라고 생각할 정도로 자연스러웠다. 그것은 결코 하루 이틀에 이루어질 수 없는 것임을 미루어볼 때 그가 얼마나 숙련된 자인지도 짐작할 수 있게 해주었다.

"만약에 그때 가서 저 녀석이 취소하자고 하면 안 된다고 하게?"

"설마요. 제게 그럴 권리가 있겠습니까?"

"호오, 그거 포기하겠다는 발언 맞지? 이거 대단한 발견인데?"

청발사내, 제이의 농담 섞인 질문에 리크라테스 역시 양 어깨를 으쓱해 보이며 가볍게 대답했다. 그의 얼굴에는 애초에 너무 분에 넘친다는 듯 조금의 미련도 있지 않은 표정만이 남아 있었다.

"후훗, 네 녀석의 입에서 그런 말을 들을 줄은 꿈에도 몰랐어."

“하하, 저도 포기할 줄은 압니다.”

“난 네가 포기라는 것을 하는 걸 처음 보는 것 같은데.”

“하하하, 그럴 리가요.”

“정말이야.”

리크라테스는 곧 방금 전까지 라니오스, 세린과 함께 이야기를 나누었던 테이블로 가 제이에게 자리를 권하며 그 위에 있던 술병과 술잔들을 치웠다. 그리고는 다시 찬장으로 가 새 술잔을 집으며 제이에게 질문했다.

“어떤 걸로 드시겠습니까?”

“음… 난 그냥 레비넌스로 하지.”

리크라테스는 제이의 말이 떨어지기가 무섭게 바로 레비넌스라는 표지가 붙은 와인을 가져와 잔에 부어 그의 앞에 내밀었다. 제이는 잔을 들어 한 모금만을 마신 뒤 다시 잔을 내려놓았다.

“여전한가 보군, 직접 술을 만드는 취미 말야.”

“자신이 만든 술이 숙성되는 것을 지켜보는 것은 의외로 재미있는 일입니다. 특히 저희들같이 아무리 써도 시간이 남아나는 존재들에게는 말입니다.”

“하긴 그런 취미를 가지고 있다고 해서 이상할 것도 없고 내가 따질 것도 없지.”

둘은 잠시 동안 본래의 목적과는 상관없는 잡담을 나누며 서로 마주 웃었다. 그것은 두 존재가 서로 간에 얼마나 많은 친분을 쌓았었는지 보여주는 것이기도 했다.

“후우, 역시 나한테 술은 안 맞아. 따뜻한 홍차나 한 잔 줘봐.”

“잡담은 여기서 그만… 입니까?”

“그런 의미이기도 하지.”

리크라테스는 방금 전까지 잡담을 나눌 때와는 조금은 다른 미소를 지으며 제이에게 차를 내어주었다. 그는 제이가 자신이 만들어준 홍차를 한 모금 마시는 것을 바라본 뒤 다시 이야기를 시작했다.

"참, 그런데 쟈밀님과 루나님, 라오님과 레이님, 그리고 레디님은 안녕히 계십니까?"

"뭐, 그 녀석들이야 언제나 기운 팔팔이지. 다들 잘 지내."

"그거 다행이군요."

"다행이라고 할 것까지야……. 그런데 이제 잡담은 그만 하도록 하고……."

제이는 양손으로 깍지를 끼며 허리를 앞으로 숙였다. 그리고는 깍지 낀 손을 턱으로 가져가며 묘한 미소를 지었다.

"정말 생각없는 거야? 너 정도 되는 녀석이 있으면 우리도 편해질 텐데."

"하하하, 그 말씀, 꼭 반드시 스카웃을 빙자한 납치 호송을 해서 데려가 부려먹고 말겠다는 의미로 들리는군요."

말 그대로 '포섭 제의'를 받은 리크라테스는 싱긋 웃으며 고개를 저었다. 자신의 제의를 거부하는 그의 모습에 제이는 얼굴 한가득 아쉬운 표정을 지었다.

"역시 우리 쪽으로 올 생각은 없는 건가?"

"물론입니다. 저는 당신들과 달리 지금처럼 편하고 자유롭게 살고 싶을 뿐입니다."

"어이, 그렇게 이야기하니까 우리가 마치 마구잡이로 혹사당하는 노동자처럼 되어버리잖아."

또다시 농담 분위기가 된 것에 제이는 너털웃음을 지으며 양 어깨를 으쓱했다. 그리고 그것은 리크라테스 역시 마찬가지였다.

"게다가……."

"……?"

"게다가 전 포츈님을 제대로 마주하고 대할 자신이 없어요."

"역시 그게 가장 큰 문제인가?"

"그런 셈이죠."

제이는 리크라테스가 포츈에 대한 이야기를 꺼내자 그제야 납득했다는 듯 고개를 끄덕였다. 제이 자신도 포츈 앞에 서면 불안해지는 것을 경험했기 때문이다.

물론 포츈이라고 해서 언제나 무서운 것은 아니었다. 아니, 정확히 말하면 그녀를 대하기 불안한 것의 직접적인 원인은 가끔 그녀가 보여주는 위압적인 분위기가 아니었다. 그 정도는 자신들의 바로 위에 군림하는, 상급자로서 어찌 보면 당연하기도 한 것이기에 그다지 큰 불만이나 거부감은 없었다. 무엇보다 그녀를 대하기 어렵게 만드는 원인은 그녀가 도대체 언제, 어디서, 무슨 일을 저지를지 모르게 하기 때문이었다. 실제로 자신을 비롯해서, 특히 쟈밀이 그녀에 의해 제법 적지 않은 피해를 보기도 하는 일이 많았다. 천하의 대악당인 레이조차 겁에 질려 온몸이 굳어버릴 정도이니 이미 그것만으로도 그녀의 악랄한(?) 행각의 위험도는 검증된 것이나 다름없었다.

"그래도 여전 미련이 남는데? 뭐니 뭐니 해도 우리보다도 오래 산 인생의 대선배인데 말야."

"이런이런, 늙은이 취급하지 마십시오. 지금의 저는 그 누구도 아닌 골드 드래곤 리크라테스일 뿐이니까요."

그 말을 하는 순간 리크라테스의 얼굴이 묘하게 일그러졌다. 그러면서도 입가에는 자조적이기도, 회한적이기도 한 알 수 없는 미소가 짧게 피어났다 사라졌다.

"그런데 언제까지 이렇게 놀고 있을 셈이지? 게다가 거짓말까지 하고 말이야."

"무엇을 말씀하시는지 잘 모르겠군요."

짓궂은 미소를 지으며 능청을 떠는 리크라테스의 모습에 제이는 살짝 인상을 찌푸렸다. 그는 거칠게 자신의 머리를 긁으며 리크라테스에게 따지듯이 반문했다.

"농담하는 시간 아니라고 했지! 지금 우리가 무대를 만들어낸 이 전쟁, 하지 않으면 안 돼. 왜 교섭의 여지가 있다고 거짓말을 한 거지?"

"……."

리크라테스의 표정이 굳어졌다. 그리고 그것은 제이 역시 마찬가지였다. 그렇게 수분 동안 서로가 아무 말 없이 서로의 눈동자만을 바라보며 무언의 눈싸움을 하고 난 뒤에서야 다시금 리크라테스의 입이 열렸다.

"…적어도 아직은 '희망'이라는 것을 남겨두고 싶습니다."

"그것뿐이야?"

"네, 그것뿐입니다."

제이는 오른손으로 자신의 이마를 짚으며 나지막하게 한숨을 쉬었다. 지금의 자신으로서는 이 무언가로 인해 답답하게 막힌 기분을 진정시킬 방법이 이것 외에는 생각이 나지 않았다.

"어차피 라니오스는 다 알게 돼 있어. 그래도 거짓말을 할 거야? 그것을 알고서도?"

"네, 아직 그분은 단순히 방금 전 저의 의동생이 된 한 명의 하이 엘프 라니오스일 뿐이니까요."

힘없게나마 리크라테스는 다시 한 번 미소 지었다. 그의 미소에 제이 역시 잠시 멍하니 그의 미소를 바라보기만 하였다.

"그럼 앞으로 너는 어떻게 할 거야?"

“아까 란에게 말한 대로입니다. 이제부터 드래곤들을 설득해서 중재에 나서겠습니다. 그리고 하이 엘프들의 봉인을 풀 겁니다.”

“성공할 확률이 0이라 해도?”

“예.”

리크라테스는 단호하게 고개를 끄덕였다. 그는 굳은 결의에 찬 표정으로, 하지만 어딘가 슬픈, 그러면서 무언가 공허한 눈빛을 한 채 중얼거리듯이 말했다.

“아까도 몇 차례나 말씀드렸지만 지금의 저는 그 무엇도 아닌 하나의 골드 드래곤 리크라테스입니다. 더 이상 저에게 예전의 모습을 강요하지 말아주십시오. 그랬다가는 제가 저 자신이 아니게 될지도 모르니까요.”

“어이, 애트.”

“그 이름으로 부르지 말아주십시오! 저는 과거를 잊고 과거와의 끈을 끊고 살아왔기에 지금의 제가 된 것입니다. 더 이상 저에게 괴로움을 안겨주지 마십시오! 저에게 과거를 강요하지 마십시오!”

“……”

“물론 ‘그때’가 되면 싫어도 모두 떠올리겠죠. 하지만 저는 적어도 지금만이라도 아무것도 모른 채 있고 싶습니다. 이 짧은 시간의 즐거움마저 빼앗아가지 말아주십시오.”

양손으로 머리를 부여잡은 채 고개를 숙인 리크라테스의 모습은 처참했다. 그리고 비참했다. 그의 모습은 자신을 억누르는 그 무언가에 겁에 질려, 그 ‘무언가’에서로부터 도망치고픈 처절한 감정이 그대로 드러나는 듯했기에 그것을 바라보는 제이 역시 애처로운 감정을 느낄 수밖에 없었다.

“…미안하다.”

“……”

“네 말대로 너는 골드 드래곤 리크라테스일 뿐이다. 적어도 지금 이 순간만은.”

“…….”

“하지만 너는 적어도 우리를 잊지는 않았다. 그것은 비록 싫다 하더라도 아직은 과거에 미련이 있다는 것이 아닐까?”

“…….”

“어쨌든 네가 아직까지 우리들을 기억해 주고 있다는 것… 그 점에 감사한다.”

“……!!”

제이의 ‘감사한다’ 라는 말에 리크라테스는 황급히 고개를 들어 올렸다. 하지만 이미 그의 모습은 사라지고 없었다. 언제나 그랬듯 애초에 존재하지 않았다는 듯이.

“감사하실 것… 없습니다.”

이제 자신의 별장 안에는 이 별장을 관리하는 호문크루스 한 명뿐이 남지 않은, 게다가 그 호문크루스는 지금 자신의 주변에 없어 아무도 그의 말을 들을 이가 없는 상황이었지만 그는 천천히 입을 열었다. 그가 말하는 대상은 이미 자리를 뜬 제이였다.

“잊지 않은 게 아니라… 잊지 못한 거니까요.”

그는 다시 고개를 밑으로 떨구었다. 이윽고 그의 뺨을 타고 한줄기 가는 눈물이 흐르고 지나갔다.

뱀파이어로의 전환

이제는 티니를 구할 수 있다는 생각에 들뜬 나는 무리할 정도로 속도를 냈고 덕분에 꽤나 서둘러서 다시 아이어에 돌아오게 되었다.

"다녀왔어."

"아, 오셨군요."

레미엘은 마치 기다리고 있었다는 듯 우리가 그의 집무실로 들어갈 때부터 우리가 들어오는 문 쪽으로 시선을 고정시키고 있었다. 아마도 궁내 하인이나 기사, 또는 마법사에게 미리 들었겠지.

"조금 늦으셨군요. 4일이나 걸리다니."

"그래도 그만한 재료들을 4일 만에 모은 게 어디야."

"뭐, 하긴 그렇지만요."

그리고 아직 약 일주일 정도의 기간이 남아 있으니 적어도 늦은 건 아니잖은가?

"그런데 말이야, 대체 무슨 이유로 이런 재료가 필요한 거야? 게다가 대부분이 드래곤에 관련된 것들뿐이라고."

"맞아요. 드래곤 뿔, 드래곤 피, 드래곤 하트, 드래곤 스케일, 드래곤 본……. 다른 재료들은 그렇다 쳐도 드래곤의 몸 부위는 거의 다 있잖아요?! 티니를 드래곤으로 만들기라도 하는 건가요?!"

나도 그렇지만 세린도 꽤나 이해가 안 가는 데다 제법 쌓였는지 언성을 높여가며 레미엘에게 따지고 들었다. 하지만 레미엘은 예의 그 웃음을 지으며 슬쩍 우리의 질문을 회피했다.

"글쎄요. 하지만 저는 모른다고요. 어디까지나 제가 아닌 레이너드님이 하시는 일이잖아요."

아무래도 본인은 어물쩍 넘어가겠다는 속셈이 다분히 보였으나 그의 말대로 그는 별 관련이 없었기에 우리는 할 말이 없었다. 그가 관련된 것이라고 해봐야 우리에게 레이너드를 알선… 이라고 하면 어감이 너무 나쁘고 소개해 준 정도?

"잠시만 기다리시죠. 방금 전 통신을 넣었으니 곧 레이너드님이 오실 겁니다."

"응."

레미엘은 우리에게 자리를 권하며 시녀를 불렀고 우리가 자리에 앉은 뒤 얼마 지나지 않아서 금방 시녀가 차를 가져왔다.

"흐음, 그건 그렇고……."

막 찻잔을 들어 입가에 가져가던 나는 순간 온몸으로 느껴지는 레미엘의 기괴한 시선에 온몸이 따끔해지는 것을 느꼈다. 그는 묘~한 시선으로 나를 이리저리 훑어보더니만 역시 묘~한 미소를 지으며 쿡쿡대는 것이었다.

"훗훗훗, 란 형, 축하드립니다. 쿠후쿠후."

"무, 무슨 소리야?"

게다가 무슨 축하한다는 표현을 저렇게 음험하게 해?! 이래서는 축하하는 게 아니라 마치 약 올리거나 놀리거나 염장 지르거나 도발하는 것 같잖아(근데 이거 다 같은 의미잖아?!)?

"드디어 하룻밤을 치르신 겁니까아? 이거 경사도 보통 경사가 아니군요. 어이구야, 다시 한 번 축하드립니다그려."

"으힉……!"

"흐갹……!"

그의 발언에 나와 세린은 크게 놀랐다. 그리고 더불어 거의 동시에 얼굴이 잘 익은 사과마냥 붉어지기 시작했다.

"네, 네가 그걸 어떻게……."

그랬더니 이 레미엘 녀석의 대답도 일품이었다.

"어라? 진짜였습니까? 설마 했는데."

콰당—

덕분에 나와 세린은 당황하다 못해 이번에는 연이어지는 황당함에 바닥을 뒹굴어야 했다. 게다가 레미엘은 양손을 모아 쥔 채 비스듬한 각도로 천장을 바라보며 두 눈을 초롱초롱 빛내고 있었다.

"아, 벌써부터 상상이 가는군요. 란 형과 레아시아 공주의 뜨거운 사랑, 불타는 밤. 오오, 그것은……."

"멋대로 상상하지 마!!"

"레미엘 전하! 체통을 지켜주셨으면 하는군요!"

하지만 이미 레미엘은 다른 세계로 가버린 듯 우리들의 말을 듣지 못한 채 점점 더 평소에는 보지 못했던 어이없는 장면들을 연출하기 시작했다.

"아아, 이것은 운명인가, 숙명인가, 아니면 필연인가?! 한 명의 하이엘프의 가슴에 피어오른 사랑의 불꽃은 지금 이 순간 맹렬히 불타올라서 이 어두운 밤을 대낮처럼 밝히는구나~"

"이봐."

"침대 위에서 불타오르는 사랑. 점점 더 그 열기를 더해가며 뜨거워지는 사랑, 그리고 그 옆에서 떨어지는 꽃잎 하나!"

그는 뭐가 그리 신이 나는지 이제는 옷까지 반쯤 풀어헤친 채 제법 섹시한 포즈까지 잡아가며 원맨쇼를 하고 있었다. 사실 섹시하기는커녕 우리들의 눈에는 역겹고 짜증나기만 했지만.

'저놈, 왠지 하는 짓이 아아크 같아……'

평소에는 침착, 냉정에다가 가끔은 음험, 음모가의 분위기를 주었던 레미엘의 모습이 저렇게 망가지는 것을 보니 정말 할 말이 없었다. 바람기가 조금… 이 아니라 매우 문제이기는 했지만 어쨌든 지금의 모습은 그러했던 평소의 모습과 너무나도 차이가 난다는 점은 나와 세린에게 적잖은 충격을 주고 있었던 것이다.

"아아, 그리하여 둘은 정신적인 것에 이어 육체적으로까지 영원의 서약을… 응?"

찰칵―

"전하, 레이너드 전하께서 오셨……!"

마침 그때 타이밍 좋게 집무실의 문이 열리며 시녀 한 명과 일전에도 보았던 그 레이너드라는 리치 공왕이 들어왔다.

"저, 전하?"

"자네… 지금 뭐 하는 건가?"

"아, 이거요? 그게 조금… 아하하하."

아주 멋지게도 지금 레미엘은 책상 위에 올라가서는 상의를 반쯤 벗어 어깨 부분을 반쯤 드러낸 채 다리를 드러내곤 옆으로 비스듬하게 앉은, 일명 '유혹적인 가녀린 소녀 포즈(…)' 로 있었던 것이다. 그 탓에 막 들어온 시녀와 레이너드는 크게 당황한 듯 보였고 레미엘 역시 어색한 웃음을 지으며 그들을 무마시키려고 하였다. 덕분에 일단은 '레미엘 전하'

라고 불러야 할 레이너드는 당황감으로 인해서인지 레미엘을 그냥 '자네' 라고 부르는 실수를 하고 말았다.

"어째 오늘의 레미엘 전하는 평소와는 조금 다르시군요."

하지만 그는 얼마 지나지 않아서 다시 이성을 회복했는지 원래의 호칭을 사용하여 레미엘을 불렀다. 게다가 이상하게 은근히 '전하' 라는 단어를 강조하는 듯한, 아무래도 이 레이너드라는 리치, 완벽주의자인 것 같다.

"흠흠, 잠시 장난을 하고 있던 것뿐입니다. 그리고 거기… 메리엘 양 이었죠? 이 일은 아무에게도 이야기하지 말아주셨으면 하는데요."

역시나 레미엘은 방금 자신이 보였던 추태에 대한 이야기가 궁내에 퍼지는 것은 싫었는지 방금 전까지의 장난기 넘치다 못해 푼수 같기까지 하던 표정은 순식간에 사라지고 조금은 매섭기까지 한 눈매로 시녀에게 경고를 주었다. 사실 나나 세린 정도면 전혀 그가 무서울 리가 없지만 그 시녀는 그렇지 않은 듯 가볍게 몸을 떨며 조금은 과장되게 고개를 끄덕였다.

"네? 네, 알겠습니다. 절대 발설하지 않겠습니다."

"그럼 가보세요."

"네."

그렇게 시녀는 곧 퇴장했고 나와 레미엘, 세린, 그리고 레이너드 이렇게 넷만이 남게 되자 레미엘은 책상 밑의 장치를 조작해—책상 밑에 손을 집어넣고 꼼지락대는 것을 보니 그런 것 같다—책장 뒤에 있는 통로를 열어 우리들을 그곳으로 안내했다.

"티니……."

그곳에는 며칠 전과 다름없이 몇 개의 거대한 유리관이 있었고 그중 하나의 유리관 안에는 양팔이 으스러지고 한쪽 다리가 잘린, 그리고 목에 두 개의 작은 구멍이 난 티니가 들어 있었다. 다시금 그녀의 그런 끔찍한 모습을 보니 또다시 그 리히테라는 뱀파이어에 대한 적개심이 끓어오르기 시작했다.

"내 그 녀석을 반드시……."

…라고는 하지만 아직은 나에게 힘이 부족했다. 내가 비록 단독으로 드래곤과 싸워 힘으로 드래곤을 압도할 수 있는 유일한 종족이라 할 수 있는 하이 엘프라고는 하지만 그것은 어디까지나 먼 미래의 일이다. 아직 너무나도 어린 나에게는 드래곤은커녕 저 리히터라는 뱀파이어조차 힘겨운 상대였다. 그렇다고 해서 지금의 나에게 그를 죽이기 위해 칼을 갈 수 있는 풍족한 시간이 있는 것도 아니었다.

"이제 마지막으로 필요한 것은 대량의 하이 엘프 혈액이네. 준비는 되었나?"

레이너드는 나를 바라보며 준비 상태를 물어보았다.

"물론이죠. 언제라도 좋아요."

"…그럼 따라오게. 아, 레미엘 전하와 레아시아 전하께서는 이제 자리를 비켜주시겠습니까? 아마 반나절에서 하루 정도면 끝날 듯싶군요."

"그러도록 하죠. 레아시아 전하, 가실까요?"

"그러도록 하죠."

하지만 세린은 역시 내가 걱정되는지 나가면서 나를 향해 한마디 하는 걸 잊지 않았다.

"오빠, 만약에 무슨 일 생기면 가만히 있지 말고 꼭 어떻게 해서라도 도망쳐야 해요!"

"…으응."

왠지 레이너드의 뒤통수로 땀이 흐르는 것을 본 것 같기도 한데…….

설마 리치가 땀을 흘릴 리가 있겠어?

"자, 따라오게."

그는 몸을 돌려 이곳과 연결된 다른 방으로 향했다.

“저기, 잠깐 물어볼 것이……..”

“음? 뭔가?”

내 부름에 그는 다시금 몸을 돌려 나를 바라보았다. 비록 후드를 쓰고 있어 얼굴을 볼 수 없는 상태였지만 그 어두운 후드 속에서조차 나는 두 개의 빛은 보는 이들을 서늘하게 하기에 충분했다.

“저기… 이런 질문을 하면 실례가 될지도 모르겠지만, 괜찮을까요?”

“나야 별로 개의치 않네. 해보게.”

“리치는, 아니, 마법사는 오래 살면… 그러니까…….”

“자네는 미쳐 버린 리치를 어떻게 하는지가 궁금한 모양이군.”

그때 레이너드가 웃었다. 아니, 웃었는지 눈으로는 볼 수 없었고 소리조차 나지 않았지만 무의식적으로 느낄 수 있었다. 그는 웃고 있었다.

“자네는 죽음의 신에 대한 이야기를 아는가?”

“네?”

“우리의 목숨은 모두 죽음의 하위신, 람델톤님에게 맡겨져 있지. 우리의 LSC(Life Store Core, 생명력 저장 핵)는 모두 그분에 맡겨지지. 우리들의 LSC는 리네크의 수도, 네클린에 있는 람텔톤의 대신전에 있는 그분의 성지에 보관되네. 만약 우리가 잘못된 길을 가고 있다면 자연적으로 그분의 의지에 의해 말 그대로 ‘신의 심판’ 을 받아 죽게 되겠지. LSC가 깨져서 말이야. 덕분에 우리 리치들은 마법사이기도 하지만 가장 성실한 신의 종자 중 하나이기도 하지. 수백 년 전까지만 해도 상상도 하지 못했던 일이지만 지금은 오히려 우리 마법사들 사이에서는 당연하기까지 한 이야기이지. 이제 이해가 되었는가?”

“네, 네에…….”

“덕분에 리치가 되려면 우리 리네크의 리치 길드와 람텔톤 교단에 정식으로 통보 및 신고 절차를 밟아야 하지. 물론 정신적 안정성 등에 대해 간단한 테스트도 거쳐야 하고 말이야. 이제는 리치도 법적인 절차와 허가를 밟아야 가능한 시대인 것일세."

"예에⋯⋯."

"아직까지는 그 보기 좋지 못한 외모와 과거의 인상 덕분에 '리치' 라는 존재가 그리 유쾌하지 못한 존재로 알려져 있지. 하지만 대부분의 마법사가 리치가 되는 이유는 죽기 싫어서, 또는 보다 오래 살고 싶어서가 아닌 아직 마치지 못한 연구를 마저 끝내기 위해, 아니면 보다 많은 지식의 탐구를 위해서라네."

"하아⋯⋯."

그는 내가 어느 정도 이해했다고 생각했는지 다시 몸을 돌리며 발걸음을 옮겼다.

"이런, 내가 조금 흥분했나 보네. 우선 따라오게. 아무래도 자네 역시 저 소녀를 빨리 깨우고 싶지 않은가?"

"물론이죠."

레이너드가 나를 데리고 간 방은 그다지 큰 방이 아니었다. 하지만 이 방의 분위기로 보아하니 아무래도 여기는 키메라를 만들기 위해 원본 생명체를 해부하는 곳 같았다. 그렇지 않고서야 이곳에 족쇄, 메스, 수술대 비슷한 것 등이 왜 있겠는가?!

'기분 나빠. 이래 가지고서는 마치 내가 키메라를 만들기 위한 재료가 되는 것 같잖아?!'

다만 그나마 위안이 되는 점이라면 장소가 레미엘의 실험실이라서 그런지 해부실—이미 나에 의해 이렇게 명명되었다—이라는 장소에 맞지 않게 굉장히 깨끗했다. 오히려 향긋한 향수 냄새까지 날 정도이니 할 말 다한 셈이다. 보통 키메라의 해부실 하면 주변에 말라붙은 핏자국과 바닥 여기저기에 널브러진 살점과 내장 등을 상상하겠지만 이곳은 오히려 하얀색 위주의 깔끔한 느낌을 주고 있었다.

…그래 봐야 키메라 해부실―어찌 되었든 이렇게 명명하겠다―이라는 점에는 전혀 변함이 없지만.

그러고 보니 혹시 모르겠다. 하이 엘프와 다른 생명체를 섞어서(…) 키메라를 만들면 하이 엘프처럼 죽었다 다시 살아나지는 못한다 해도 최소한 늙지는 않을지도.

"무슨 생각을 그렇게 하고 있나? 이쪽으로 오게."

이런, 또 너무 길게 생각하는 버릇이 도졌군. 그것도 이번에는 아주 쓸데없는 생각으로 말이야. 내가 그런 영양가 전혀 없는 생각들을 하는 동안 그는 이미 방구석에서 작은 기구를 든 채 나를 향해 손짓하고 있었다(어감 참 더럽다…).

"아, 예……."

그가 들고 있는 것은 가늘지만 기다란 바늘이었다. 나는 그의 맞은편에 있는 작은 의자에 앉으며 그에게 팔을 내밀었다.

"거기 앉아 있지 말고 여기에 눕게나. 그쪽이 더 편할 걸세."

"하지만……."

그는 옆에 있는 간이 침대를 가리키며 거기에 누우라고 하지만 왠지 기분상 꺼림칙한 것은 어쩔 수 없지 않은가? 게다가 이 모서리에 달린 족쇄와 고정대―아무래도 실험 대상들이 해부를 하는 동안 날뛰지 못하게 하기 위해서겠지…―들은 그런 내 기분을 더욱 꺼림칙하게 하고 있었다.

"아무래도 기분상 문제인 듯하군."

레이너드는 최대한 나를 배려해 주겠다는 듯 어디서 가져왔는지 널찍한 하얀 천을 꺼내서 내가 누울 '모서리에 족쇄가 달린 간이 침대의 탈을 쓴 실험대' 위에 깔았다.

"이걸로 조금은 나아졌나?"

“네에…….”

그의 말 그대로 ‘조금’ 나아진 것뿐이지만 이 이상 어린아이처럼 불평하기에는 레이너드에게 너무 미안한 데다가 자존심이 허락하지 않았다. 때문에 나는 더 이상 아무 말 하지 않고 그 위에 누웠다.

“그럼 시작하겠네. 아마 꽤나 고통스러울 걸세. 차라리 마취를 하겠나?”

“아니요, 이대로 시작해 주십시오.”

비록 직접적이지는 않다고 해도 티니가 뱀파이어가 되는 데에는 내 잘못이 컸다. 그렇게 생각한다. 그래서 하다못해 지금의 이런 고통이라도 티니를 위해 느끼고 싶었다. 그것이 비록 일종의 자학이라고 하더라도.

“…알았네. 그럼 시작하겠네.”

그 말이 끝남과 동시에 레이너드는 내 팔에 아까 전부터 들고 있던 바늘을 꽂았다. 그리고 곧 상당한 고통이 온몸을 엄습했다.

“아……!”

“무슨 일이지요, 레미엘 전하?”

한참 레미엘과 함께 티타임을 즐기던 아힌세르린은 돌연 레미엘이 작은 탄성을 내지르자 의아한 시선으로 그를 올려다보았다.

“그러고 보니 레이너드 전하께 그 피 뽑는 기구의 출력 조절하는 방법을 안 가르쳐 드렸네요. 이걸 어쩐다……?”

“…….”

순식간에 아힌세르린의 얼굴이 기묘하게 일그러졌다. 그녀는 조금은 음침해진 말투로 천천히 레미엘에게 질문했다.

“레이너드 전하는 그 기구의 사용법을 모르시나요?”

“제가 개발한 기구입니다. 아마 사용하시는 건 오늘이 처음이신 듯한데…….”

아힌세르린의 얼굴이 더욱 구겨졌다. 그리고 그녀의 온몸으로부터 조금씩 드래곤 피어가 뿜어져 나오기 시작했다. 레미엘은 그녀의 몸으로부터 뿜어 나오는 위압감에 움찔하면서도 아직은 어색하게나마 웃음을 잃지 않은 채 자리에 앉아 있었다.

"출력이 얼마나 센데요오?"

아힌세르린의 말끝이 기묘하게 늘어졌다. 하지만 아직까지는 레미엘의 표정에 웃음기가 남아 있었다. 그래 봐야 지금 이 순간에도 그 웃음은 마치 아지랑이처럼 서서히 사라져 가고 있었지만……

"글쎄요. 전에 보니까 꽤나 세기는 센 것 같던데……."

"그러니까아 얼마나 센데요오?"

이제는 은근히 협박조였다. 결국 얼렁뚱땅 넘기지 못한 레미엘은 있는 그대로 사실을 실토하고 말았다.

"최고 출력이 아마도 10초에 2.5리터 정도의 혈액을 뽑아낼 수 있는 걸로 알고 있는데……."

"……."

결국 아힌세르린의 얼굴이 처참한 수준으로 일그러졌다. 그것은 이미 여자는커녕 엘프의 얼굴이라고 해줄 수가 없는 정도였다.

"지금 출력은 어느 정도에 맞추어져 있지?"

이제는 반말을 하는 아힌세르린이었지만 레미엘은 지금 그런 걸 의식할 수 있는 정신 상태가 아니었다. 그는 애써 오줌이 나오는 것을 참고 있었다. 심지어는 그의 방 근처를 지나가는 시녀나 시종들은 그 자리에서 오줌을 지리며 주저앉았고 기사들조차 온몸을 덜덜 떨며 그 자리에 굳어버릴 정도였다.

레미엘은 직감적으로 느꼈다.

'사실대로 말하면 나는 죽는다……!'

하지만 지금 자신의 온몸을 짓누르고 있는 이 위압감과 공포감은 자신에게 거짓말하는 것을 용납하지 않았다.

"아마도… 최대 출력에……."

당연하지 않은가? 몬스터 따위에게 살살 대할 이유가 없었으니까. 게다가 그들이 날뛰지 못하게 묶어둘 족쇄까지 준비되었는데 무엇이 아쉬워서 최대 출력을 안 하겠는가?

"그으래애?!"

"하, 하지만… 아무래도 마취나 수면 주문을 하지 않았을까 하는데……."

"변명은 필요없다!"

물론 그 말을 들은 세린의 얼굴은 이미 생명체의 수준을 초월해 있었다. 그리고 그 생명체의 수준을 초월한 '괴물체'는 이미 암흑 모드―눈가에 그림자+두 눈에서 광채+등 뒤로 어둠의 오로라―에 접어든 채 레미엘에게 서서히 그 암흑의 손길을 뻗치고 있었다. 물론 레미엘은 이미 잔뜩 겁에 질려 두 다리의 힘이 풀린 채 자리에 주저앉아 버린 상태였다.

"어디 그 고통, 네 녀석도 느껴봐라!"

뿌득―

"끄악!"

빠득―

"꽤엑!!"

우지직―

"흐꺄가가각!!"

짜악, 철썩―

"뜨아아아아!!"

뿌드드득―

“우게기그고가쿠—!!”

뿌그르르르—

“꾸르르르르르륵……”

레미엘은 그날 절실히 느꼈다. 그가 느낀 그날의 교훈(?)은 이것이었다.

‘여자는 무섭다. 그것도 사랑에 빠진 여자는 더 무섭다!’

내심 여자에 대해 가볍게 생각하고 있던 레미엘은 그날을 기해 그 생각을 뜯어고쳐야 했던 것이다.

“끄으으으윽……!!”

정말… 엄청난 고통이었다. 이 이상 말할 게 없었다. 고통에 또다시 고통의 연속이었다.

“또 한 통 끝났네.”

잠시 통증이 사라졌다. 하지만 이대로 쉬고 있을 수도 없었다. 나는 곧바로 내 옆에 놓인 알약을 한 줌 집어 입 안에 털어 넣은 뒤 곧바로 그 옆에 있는 포션을 한 병 들어서 벌컥벌컥 마셨다.

“리커버리……”

휘이잉—

그리고 이어지는 레이너드의 회복 주문, 그리고 또다시 순식간에 찾아오는 몸의 활력.

“그럼 또 시작하겠네.”

어느새 혈액이 담긴 통을 떼어내고 다시금 새로운 빈 병을 연결해 놓은 그는 나에게 허락을 구했다.

“아무래도 상당히 고통스러운 듯한데. 역시 마취를 하는 게 좋지 않겠나?”

하지만 나는 거의 반사적으로 고개를 저었다. 이미 이것은 티니에 대한 속죄도 속죄였지만 내 자존심의 문제에도 연결이 된 것이었다.

"…알았네. 그럼 계속하겠네."

이런… 이봐요, 레이너드 씨. 이럴 경우에는 강제로라도 마취를 시켜 줘야 하는 거 아니에요?

'혹시 이 아저씨 은근히 내 고통을 즐기는 거 아냐?'

하는 생각이 들 정도로 고통스러웠고 또 내가 거부하는 대로 곧바로 마취 없이 피를 뽑아대는 레이너드가 원망스러웠다.

"끄아아아아아!!"

그리고 그렇게 몇 번, 아니, 몇십 번을 더 회복과 피 뽑기를 번갈아가며 했을까? 결국 나는 계속되는 이 고문 아닌 고문에 정신을 잃고 말았다.

"하아, 하여튼 이 아이도 꽤나 고집 센 아이네. 상당히 아팠을 텐데 이렇게까지 버틴 걸 보면 말이야."

라오는 정신을 잃은 채 창백한 안색으로 간이 침대 위어 누워 있는 라니오스를 보며 작게 한숨을 쉬었다.

"하지만 그 점이 더 귀여운 아이야."

'게다가 정말 쟈밀을 닮았단 말이야.'

쪽—

그녀는 허리를 숙여 라니오스의 뺨에 키스를 하였다. 그 모습을 바라보던 레이너드는 그녀와 라니오스의 관계가 궁금해진 듯 조심스럽게 질문을 꺼내었다.

"저기… 그 소년은……."

"누가 질문해도 좋다고 했어?"

"흐읍……!"

하지만 라오는 그의 질문을 허락하지 않았다. 그녀가 레이너드를 흘깃 바라보는 순간 순식간에 강한 위압감과 공포감이 레이너드의 온몸을 짓눌렀다. 그것은 드래곤 정도는 발끝에도 못 미칠 정도의 절대적인 공포였다.

"자, 잘못… 용서… 용서를……."

"흐음… 조금 심했나?"

그녀의 한마디와 동시에 레이너드를 짓누르던 위압감이 마치 거짓말같이 사라졌다. 한쪽 뺨에 손가락을 가져다 대며 '조금 심했나?'라고 중얼거리는, 귀엽기까지 한 그녀의 모습은 도저히 그녀가 방금 전까지 그렇게 강한 위압감을 발산했던 장본인이라고는 도저히 생각하지 못할 모습이었다.

"이 아이는 우리에게도 대단히 중요하고 소중한 아이야. 설명 끝. 더이상은 알려고 하지 마. 그리고 발설하지도 마."

"예……."

하지만 레이너드는 그 짧은 대답 하나에조차 크게 놀라야 했다. 대체저 하이 엘프 소년은 무엇인가? 대체 무엇이기에 저런 존재, 자신은 그능력의 끝을 짐작조차 하지 못할 저런 존재가 '대단히 중요하고 소중한'이라고 하는 것인가?

라오는 곧 엉망진창인 티니의 몸이 들어 있는 유리관으로 시선을 돌렸다. 다만 아까와 다른 점이 있다면 지금의 그녀의 몸은 붉은 피가 가득한 유리관 안에 들어 있다는 점이었다. 그녀는 티니가 들어 있는 유리관 주변의 장치들을 이리저리 조작하며 레이너드에게 설명을 해주었다.

"이 드래곤의 부위들은 이 아이를 강화시키는 데에 쓸 거야. 아무래도이게 메인이지. 나머지 재료 역시 그 대부분은 기존에 이 아이를 속박하던 뱀파이어의 영향력을 파괴시키거나 다른 요소들을 강화시켜 주는 데에 쓰는 거고."

"네……."

"그리고 왜 저 아이의 피가 필요했는지 알아? 대단한 목적은 아냐. 혹시 모르니까 이 아이를 영원히 저 아이에게 종속시키기 위해 필요한 것이지.”

“……?”

“아직 이해가 안 되니? 지금 내가 하고 있는 것은 저 라니오스라는 아이의 피 안에 이 티니라는 아이를 가두고 종속시키는 거야. 물론 하이 엘프만의 능력도 부활을 제외한 상당수의 능력이 이식되겠지만 말이야. 이것으로 저 아이는 라니오스에게서 벗어날 수 없어. 하긴 지금으로서는 저 티니라는 아이가 라니오스에게서 벗어나고 싶어할 것 같지 않지만 그래도 만에 하나라는 게 있으니까.”

“…….”

“물론 라니오스가 원하면 얼마든지 저 아이의 속박을 풀어줄 수 있지만 그건 본인이 알아서 할 사항이고.”

라오는 그 뒤로도 제법 긴 시간 동안 티니가 들어 있는 유리관에 달린 장치와 기구들을 이리저리 조작하며 중간중간마다 새 재료들을 첨가하기도 했다. 물론 레이너드는 그렇게 열심히 움직이는 라오의 움직임을, 정확히 말하면 그녀가 하고 있는 작업의 과정을 하나도 빼놓지 않고 자신의 시선 속에 담아두고 있었다.

“자, 다 끝났다! 이제는 시간만 지나면 돼!”

탁—

그녀는 상큼하게 웃으며 티니가 들어 있는 유리관을 가볍게 손바닥으로 쳐 보았다. 이미 으스러지고 잘려져 있던 그녀의 양팔과 한쪽 다리는 언제 그랬냐는 듯 깨끗하게, 오히려 예전보다 더욱 깔끔하게 복원되어 있었다. 비록 피 속에 담겨 있어 자세히 알 수는 없어도 뽀얀 그녀의 피부가 더욱 매혹적이 되었다는 것은 이전에 그녀의 하얀 피부를 본 이는 알 수 있을 것이다. 그렇게 라오는 몸을 돌리며 레이너드에게 작별의 말을 하려고 했다. 하지만 그녀는 무언가 의아함을 느껴야 했다.

레이너드가 여전 티니가 들어 있는 유리관에서 시선을 떼지 않았기 때문이다. 비록 그가 뼈밖에 남지 않은 리치인만큼 표정을 읽어낼 수는 없었지만 적어도 그의 표정이 이 일의 '성공'이라는 단어와는 전혀 인연이 없다는 것만은 확실하다고 느끼는 라오였기에 그녀는 그 이유에 대해 질문을 하였다.

"응? 너 왜 그래? 무슨 문제 있어?"

"…직접 보시면 아실 겁니다."

왠지 모를 불안함을 느끼면서 라오는 천천히 몸을 뒤로 돌렸다. 그리고 그녀의 시선이 다시금 티니에게로 고정되는 순간 그녀는 그대로 굳어져 버렸다.

"우에에에엑?!"

난데없는 그녀의 괴성이 실험실 전체를 울렸다. 라오는 티니가 들어 있는 유리관으로부터 한 발짝 물러서며 당황스러운 투로 중얼거렸다.

"나, 나는 모르는 일이야……."

목소리에 이어 뒤늦게나마 그녀의 얼굴도 경악으로 물들어갔다. 사실 그렇게 경악할 것까지는 없는 일이었으나 자신 정도 되는 존재가 아무리 사소할지언정 저 정도로 눈에 띄는 실수를 저질렀다는 사실에 라오는 놀라고 있었다.

"대, 대체 어디가 어떻게 잘못된 거지? 나, 나는 완벽했어. 완벽했다고……."

그 모습을 바라보며 문득 레이너드는 생각했다. 저런 거대한 존재도 실수라는 것을 하고, 경악이라는 것도 할 줄 안다고.

티니는 꿈을 꾸었다. 자신이 저 리히터라는 뱀파이어에게 당해 죽음을 눈앞에 두었던 순간 라니오스가 자신을 구해주는 꿈을. 그리고 그가 자신을…….

"흐음…….."

기나긴 꿈의 길을 지나 다시 그녀가 눈을 떴다. 그녀가 눈을 뜨자마자 제일 먼저 본 것은 약한 조명과 함께 자신을 둘러싸고 있는 가구와 집기들이었다. 그리고 그 다음으로 본 것은 자신의 옆 또 다른 침대 위에 누워 있는 라니오스의 모습이었다.

"란… 오빠."

무의식 중에 흘러나온 그의 이름. 그 이름을 말하는 목소리는 너무나도 가냘프고 아름다운 목소리였다. 그리고 티니는 그의 이름을 중얼거린 즉시 또 한 번 놀라야 했다.

"말을… 할 수 있어."

비록 전에도 성대에 힘을 주어서 억지로 말을 할 수는 있었다. 하지만 이것은 다른 것이었다. 그녀는 자신의 입 안에 몇 년 동안 그 존재를 느낄 수 없었던 혀의 존재를 확인할 수 있었다.

"말할 수… 있어……!"

그녀의 눈에 눈물이 맺혔다. 그것은 너무나도 기쁜 나머지 나온 기쁨의 눈물이었다.

"란 오빠……."

그녀는 문득 라니오스를 돌아보았다. 비록 약한 조명이었으나 예전부터 어둠 속에서 생활을 한 어째신이었던 그녀에게 이 정도면 충분히 밝았다.

문제는 그의 안색이 너무나도 창백했다는 것이다. 비록 지금은 안정이 된 듯 편안한 표정으로 자고 있었지만 그전에 굉장한 고생을 한 듯 그의 안색은 파리했고 조금은 초췌해진 느낌도 없지 않았다. 아무리 생각해도 그것은 지금의 자신이 완치된 것과 관련이 없을래야 없을 수가 없어 보였다.

"죄송해요… 죄송해요……."

또다시 그녀의 눈에 눈물이 흘렀다. 하지만 이번에는 아까와 정반대의 이유로 그녀는 울고 있었다.

"하지만… 그래도… 저는 란 오빠가 좋아요… 이건… 어쩔 수 없어요."

티니는 라니오스의 입술에 자신의 입술을 가져갔다. 그리고는 자신의 혀로 라니오스의 입술을 살짝살짝 핥아주었다. 그녀는 그런 방식으로 자신에게 다시 혀가 생긴 것에 대한 기쁨을 만끽하고 있었다.

"으으음……."

그녀가 막 라니오스의 귀를 핥을 무렵, 라니오스가 정신이 들은 듯 그의 입으로부터 가는 신음성이 흘러나왔다. 그 소리에 순간 깜짝 놀란 티니는 재빨리 몸을 일으켰다. 라니오스가 깨어난 뒤에도 계속 그를 애무해 주기에는 그녀의 양심과 체면이 허락하지 않았기 때문이다.

"으으음……."

아직도 온몸이 쑤시는군. 마치 누군가가 내 몸속에 들어가서 가시로 쿡쿡 찌르고 있는 것 같단 말이야.

"흐아아아암……."

게다가 계속 피 뽑고, 약과 포션, 그리고 회복 마법으로 회복시킨 다음 바로 또다시 피 뽑고, 또 회복시킨 다음 바로 피 뽑고, 또 회복…….

이렇게 수십 번을 반복했으니 몸이 남아날 리가 없었다. 얼마나 몸이 후줄근한지 차라리 한 번 죽었다 다시 살아나고 싶을 정도였다. 지금 몸에 힘이 들어가기는커녕 감각을 느끼는 것조차도 제대로 안 되는 정도이니 할 말 다 한 셈이다.

"음냐……."

역시 몸 상태가 엉망이어서 그런지 눈에 초점도 잘 안 잡히는군. 그런데 지금 하얀색과 금색으로 이루어진 무언가가 내 눈앞에서 얼쩡거리는 거 같은데……. 일단 모양새를 보니 사람이나 엘프나… 어쨌든 그런 종류인 듯한데.

"누구……?"

"저, 저예요……."

상대는 마치 나를 잘 알고 있다는 듯 반갑게 '저예요' 라고 말하고 있었다. 그 목소리는 매우 가냘프고 톤이 높은 아름다운 목소리였다. 저 목소리로 노래를 부르면 굉장히 어울릴 듯한데…….

하지만 문제가 있었다. 내가 아는 이들 중 저런 목소리를 가진 이가 없었다는 것이다. 아니, 게다가 이 목소리는 지금까지 들어본 적이 한 번도 없는 목소리였다.

"저기… 누구시죠?"

라고 말할 즈음에서야 눈의 초점이 제대로 맞춰지기 시작했다. 그리고 내 눈에 보인 것은, 목소리는 몰라도 외모만큼은 너무나도 익숙한 존재였다.

"너, 너는……?!"

"네. 저예요, 주인 오빠."

이 세상에서 나에게 '주인' 이라는 단어를 붙일 이는 한 명뿐이었다. 그렇기에 나는 얼굴 한가득 미소를 지을 수 있었다. 너무나도 반가운 이가 지금 내 앞에 있었으니까.

"티니, 티니구나. 이제 괜찮아?"

"네, 저는 이제 괜찮아요. 말도 할 수 있어요."

그녀의 눈가에 물기가 맺혔다. 물론 슬퍼서 우는 것은 아니었다. 그녀의 얼굴은 활짝 웃고 있었으니까.

"다행이다. 우웃……!"

너무나 반가운 나머지 나는 그녀를 꼬옥 껴안아주려고 했으나 역시 아직은 몸이 따라주지를 못했다. 역시 무리한 정도가 심했는지 아직까지도 몸에 힘이 들어가지 않는 것이었다.

"괘, 괜찮아요, 주인 오빠?"

"으, 으응. 괜찮아. 조금 힘이 안 들어가는 것뿐이야."

무리도 아니지… 그렇게 피 뽑기와 회복을 반복했으니. 오히려 몸에 걸린 부담이 이 정도로 그친 것을 다행이라고 해야 할까?

"티니, 손을 잡아줘 볼래?"

"네."

내 말이 떨어지자마자 그녀는 두 손으로 내 손을 덥석 잡았다. 그녀는 내 손을 잡는다는 것만으로도 좋은지 생글생글 웃고 있었지만 그녀가 내 손을 잡는 순간 내 표정은 굳어졌다. 물론 티니는 그런 내 표정의 변화를 보고는 내 눈치를 보았다. 아마도 자신이 무언가 또 잘못했을지도 모른다고 생각하는 것이겠지.

'어라? 방금 뭐지?

나는 티니의 등 뒤로부터 순간 무언가 이상한 선 비슷한 것이 움직인 것 같은 느낌을 받았다. 하지만 적어도 지금 이 장소에는 나와 티니밖에 없었다. 비록 지금의 내 몸 상태가 엉망이라고는 하지만 이런 작은 방 안의 기척조차 감지하지 못할 정도로 형편없지는 않았다.

'착각이었나? 역시 몸이 안 좋으니 착시 현상까지…….'

그것은 그렇다 쳐도, 티니가 내 손을 꼬옥 쥐었을 때에도 전혀 따뜻한 온기가 없다는 것에 나는 잠시 표정이 굳어지고 말았다. 아니, 오히려…….

"저기, 무슨 문제라도 있나요, 주인 오빠?"

"응? 아, 아냐."

오히려 차갑기까지 했다. 너무나도 차가웠다. 그녀의 손은 마치 시체의 그것이라도 되는 듯 너무나도 싸늘해서 조금의 온기도 느낄 수 없었다. 싸늘한 그녀의 손은 백옥같이 하얗다 못해 조금은 창백하기까지 해진 그녀의 피부 색과 함께 대리석으로 만들어진 조각상을 연상하게 하였다.

그리고 문제 한 가지가 더 눈에 띄었다. 아까 전부터 생각한 것이지만 왜 지금의 티니를 구성하고 있는 색깔이—얼굴을 제외하면—하얀색과 금색뿐이었는지 이제야 이해할 수 있었다. 그중에는 딱 두 군데에 아주 약간의 분홍색을 띤 부분(!!)도 있었다(이게 뭘 의미하는지 모르겠다면 그냥 모르는 대로 넘어가라!).

"저기… 티니, 일단 뭐라도 걸치고 이야기를……."

"에? 아아……?!"

그제야 티니도 자신이 실오라기 하나 걸치고 있지 않다는 것을 눈치챘는지 얼굴을 붉혔다. 그리고는 잽싸게 자신이 누워 있던 침대 위의 시트를 가져와 몸에 감았다.

그런데 여기서 문제가 하나 더 생겼다. 정확히는 이미 발생했던 문제를 이제야 발견한 것이겠지만 어쨌든 방금 내 눈에 들어온 티니의 모습은 정말로 엄청나게 놀라운 것이었다.

"티니… 잠깐 뒤로 돌아봐."

"네? 으응, 알았어요."

역시 무언가가 있었다. 그것도 티니의 허리와 엉덩이 사이쯤의 부분에. 그것도 그냥 넘어갈 수 있는 가벼운 일이 아니었다.

"티니, 잠깐 그 시트 좀 치워볼래?"

"…네."

그녀는 별말없이 순순히 자신의 몸을 감싸고 있던 시트를 벗었고 다시금 알몸이 되었다. 하지만 지금은 알몸이 어쩌고 한 것보다 중요한 문제가 있었다.

"티니, 너……."

“네? 무슨 일인데 그래요, 주인 오빠?”

“너, 꼬리가 있어.”

“네에?!”

그제야 그녀도 자신의 뒤에 무언가 이상한 것이 있다는 것을 눈치 챈 듯 고개를 뒤로 돌렸다. 물론 그 다음은 거의 정해진 내용이었다.

“꺄악! 이게 뭐야!”

그 꼬리는 내 손가락 한 개에서 한 개 반쯤 하는 굵기를 가진, 대략 1.2미터의 길이를 가진 매끈한 감촉의 꼬리였다. 그 꼬리를 이루는 색깔은 검은색이었지만 이 약한 조명 속에서조차 그 보는 각도에 따라 그 색감이 미묘하게 달랐다.

“꺄악! 꺄악!”

깜짝 놀란 티니가 여기저기로 움직이며 꺅꺅거릴 때마다 그녀의 꼬리도 그녀의 감정에 따라 여기저기로 꿈틀거렸다.

아무래도 아까 전 티니가 내 손을 잡을 때 그녀의 뒤로부터 본 그것은 헛것이 아닌 그녀의 꼬리였던 것 같다. 아마 그때 너무 기분이 좋아서는 자신도 모르게 꼬리를 흔들었던 것 같은데……

벌컥.

쾅당—

“무슨 일이십니까?!”

“란 형, 티니 양, 무슨 일 있습니까?!”

“란 오빠, 티니야! 무슨 일이야?!”

아무래도 티니가 소리를 지르는 게 너무 컸는지 바로 문밖에 있었던 것 같은 세 명, 엘즈마이어, 레미엘, 세린은 문을 열자마자 그대로 굳어 버리고 말았다.

“아, 아아……” ×4

티니를 포함한 넷은 잠시 서로 아무 말도 하지 못한 채 작은 음성만을 내며 굳어 있었다. 특히 티니의 경우에는 마치 신경이 날카로워진 고양이 마냥 꼬리가 위로 비짝 솟아 있었고 게다가 알몸인 채 서 있었으니…….

"꺄아아아악!!"

쿵쾅쿵쾅!!

쿠당탕탕!!

티니도 여자이고, 게다가 아직 부끄러움 많은 어린아이인지라 당연히 그 반응은 정해진 대로였다. 다만 그 과격함이 조금 심했는데 그녀는 침대고 뭐고 무게는 전혀 상관하지 않은 채 손에 잡히는 대로 방 안에 무단 침입한 셋을 향해 집어 던진 것이었다.

"나가! 나가! 나가!"

"죄, 죄송합니다. 레이디……!"

"티, 티니 양, 그렇게 화내지 마시고……."

"티니야, 진정해!"

"나가! 나가란 말이야! 나가라고!"

"아, 알겠습니다……!"

"티니 양, 지금 나가니까 진정해요."

"티니야, 언니도 지금 나갈게. 이제 진정해."

아마도 티니가 저렇게 날뛰는 것은 아무래도 자신의 나체를 보였다는 것보다는 꼬리가 달려 있는 모습을 보여서 저러는 것일 가능성이 크다. 나의 경우야 티니는 부끄러워하면서도 내가 부탁하거나 시키면 다 보여주고 시키는 대로 다 해주지만―어, 어이… 언어 사용에 좀 더 주의를―아무래도 타인의 경우에는 힘든 것이리라.

물론 그 세 명의 범인이야 티니가 그렇게 악을 쓰는 것을 보자 금방 다시 밖으로 나간 뒤 문을 닫았지만 아까 전 그들의, 특히 엘즈마이어의 그 당황한 표정은 내 기억 속에 오래오래 남을 것 같다. 엘즈마이어의 그 표정은 마치 한 폭의 추상화를 연상… 하게 하는 정도가 아니라 아예 능가할 수준이었으니까. 그것은 평소에 굳어 있다 못해 얼음장 같을 정도로 차가운 표정을 하고 있는 엘즈마이어라고는 도저히 상상할 수 없게 하는 모습이었다.

하지만 일단 잠시 일을 만들었던 그들이 나간 다음에는 또 하나의 일이 터져 버렸다.

"흐아아앙~!"

결국 참지 못한 듯 티니는 그대로 바닥에 주저앉은 채 울음을 터뜨렸다. 게다가 지금 이 사태를 해결할 수 있는 건 나뿐이었다.

"흐아아앙~! 으앙~! 으아아앙~!"

그녀의 모습 역시 평소의 그녀라고는 상상할 수 없는 모습이었다. 비록 나에게 자주 애교를 부리기는 했지만 그래도 본직이 어쌔신이어서 그런지 언제나 침착한 모습을 보이던 그녀와 지금 이렇게 바닥에 주저앉은 채 울음을 터뜨리는 그녀와는 도저히 매치가 되지 않았던 것이다. 지금의 그녀는 말 그대로 어린아이였다.

"티니야……."

"흐아앙~ 오빠… 으앙~ 으하하항~"

그녀는 도저히 그칠 기세를 보이지 않은 채 계속해서 울고 있었다.

"으차."

마침 그나마 다행히도 드디어 몸에 힘이 들어가기 시작했고 덕분에 나는 누워 있던 침대에서 일어나 시트를 걷어 들고 그녀에게 다가갔다.

나는 아직도 아무것도 걸치지 않은 채 주저앉아 울고 있는 티니에게 시트를 걸쳐 주곤 달래기 시작했다.

"자, 티니. 그만 울어. 뚝."

"하지만, 훌쩍, 하지만, 훌쩍."

“자자, 그만 울어. 오빠 부탁이다. 알았지?”

“훌쩍. 네에. 훌쩍.”

다행히 내가 다독거려 주자 그녀는 금방 울음을 그쳤고 나는 잠시 동안 그런 그녀를 꼬옥 껴안아준 채 등을 토닥거려 주었다.

“자아, 티니 착하다. 그런데 왜 그렇게 우는 거야?”

물론 그 이유야 알고 있지만 아무래도 이렇게 이야기를 시작하는 것이 편하겠다 싶어서 일단은 이 질문으로 이야기의 말문을 열었다.

“꼬리, 꼬리… 훌쩍.”

자신한테 꼬리라는 물건이 생겼다는 게 여간 충격이 아닌가 보다. 하지만 그러면서도 그녀의 꼬리는 그녀의 감정에 따라 바닥에 늘어진 상태에서도 조금씩 꿈틀대고 있는 것을 보니 순간 웃음이 나올 뻔한 것을 간신히 참아내었다.

“괜찮아, 괜찮아. 이런 거 있어도 티니는 예쁘니까.”

너무나도 고전적인 방식이지만 우는 여자 아이 달랠 때는 역시 이게 최고다. 아니나 다를까, 점점 티니의 울음이 줄어드는 것을 확인할 수 있었다.

“…정말이죠?”

“그럼!”

“이상한 거 아니죠?”

“이상할 리가 없잖아? 이 정도면 오히려 더 예뻐.”

게다가 이 정도는 그렇게 아주 큰 문제는 아니니까. 어차피 뱀파이어는 자체적으로 어느 정도의 변형 능력이 있고 정 안 되면 티니한테 폴리모프 마법을 가르쳐 주면 되는 거지.

…그런데 대체 어느 타이밍에 티니에게 이제 자신이 뱀파이어라고 이야기해 줘야 하는 거지?

“그런데… 주인 오빠.”

“응? 무슨 일이야?”

“제가 그때 그 뱀파이어에게 쓰러진 다음에… 그 다음에 어떻게 되었던 거예요?”

“아아, 그건……”

설명할 타이밍은 의외로 빨리 왔다. 하지만 망설여지기도 했다. 과연 그녀가 이제 자신은 뱀파이어라는 사실을 받아들일 수 있겠는가에 대해 걱정이 되었다.

그렇다고 해서 계속 미루고 감출 수 있는 것도 아니고 그런다고 해서 해결될 일도 아니다. 그렇게 생각한 나는 결국 티니에게 지금까지의 대강의 설명을 해주었다.

“…그렇게 돼서 이렇게 된 거야.”

“……”

역시나 상당히 충격이었던 것 같다. 그녀는 잠시 동안 반쯤 넋이 나간 표정으로 바닥에 앉은 채 비스듬하게 천장을 올려다보고 있었다.

“저기… 티니.”

“괜찮아요.”

그대로 놔두면 계속 상심해 있을 것 같았기에 나는 무언가 위로의 말을 건네려 하였으나 그전에 티니에 의해 가로막혔다.

“괜찮아요. 오빠 곁에 있을 수 있고 오빠가 절 싫어하지 않아줄 모습이면 전 상관없어요.”

“…고마워.”

“으으응, 아니요. 오히려 제가 감사해야죠.”

그녀의 모습에 나는 저절로 입가에 웃음이 피어났고 티니 역시 웃음 짓는 내 모습에 활짝 웃었다.

“자, 일단 일어나자. 계속 맨바닥에 앉아 있으면 안 되지.”

“네.”

이럴 때 보면 정말 귀엽단 말이야. 마치 강아지 같다는 생각도 들고…

“저기요, 주인 오빠.”

“응?”

“저기… 저기……”

그녀는 나를 불렀으면서도 무언가 수줍은 듯 얼굴을 붉히며 몸을 비비 꼬았다.

“무슨 이야기를 하려는 건데?”

“저기… 정말로 지금 모습도 괜찮은 거죠?”

그녀로서는 내심 불안한가 보다. 혹시나 안 괜찮은데도 자신에게 거짓 말을 하는 게 아닌가 하는…….

“물론. 뱀파이어든 어떻든 티니는 티니니까.”

이런 류의 대사는 어느 시대, 어느 장소, 어느 대상에게도 많이 써먹는 패턴이지만 그만큼 효과는 확실했다(하긴 그러니까 그렇게 긂이 써먹는 거겠지만). 내가 그렇게 대답해 주면서 그녀의 머리를 슬슬 쓰다듬어 주자 그녀는 생긋 웃으면서 내 뒤를 따라오려고 했다. 하지만 막 방을 나가려고 했던 나는 그런 그녀의 행동에 제동을 걸어야 했다.

“티, 티니. 일단 뭐라도 좀 걸치고……”

“네? 꺄아……”

그녀는 아직도 아까 전 내가 걸쳐 주었던 시트 한 장만을 몸에 걸치고 있는 상태였다. 때문에 나는 문밖에 있는 레미엘들에게 티니가 입을 만한 옷을 부탁해야 했다.

찰칵.

“이봐, 레미엘.”

“네? 무슨 일이시죠?”

아까 전의 그런 소동이 있었음에도 레미엘의 얼굴 표정은 마치 아무 일 없었다는 듯 평소와 다름없었다. 하긴 언제나 싱글싱글 웃고 있는 그런 점이 레미엘의 특징이라면 특징이지만 오히려 그 웃음은 그의 기묘한 이미지와 맞아떨어져 그에게 '무언가 숨기고 있는 너구리' 같은 인상을 주고 있다는 게 문제였다.

하지만 일단 지금은 그런 거 따질 때도 아니고 레미엘이 음모나 흉계를 꾸미는 것도 아니기에 나는 그냥 그의 웃음을 순수하게 받아들였다.

"티니가 입을 옷 좀 가져다 줘."

"티니 양이 입을 옷이라… 알겠습니다."

그는 말이 끝나기가 무섭게 옆에 지나가던 시종을 불러 한 벌의 옷가지를 가져왔다. 그런데 신기한 점은 나나 세린이 그녀의 사이즈에 대해 아무 말도 안 했음에도 그는 시종에게 티니가 입을 옷의 사이즈를 척척 말해 주었다는 것이다. 마치 전부터 잘 알고 있었다는 듯.

"이봐, 레미엘."

"네? 또 무슨 일이신지……?"

"너, 어떻게 티니의 사이즈를 알고 있는 거지?"

하지만 궁금해하는 건 나 혼자뿐이었던 것 같다. 엘즈마이어의 경우야 아무래도 레미엘과 함께 지내는 때가 많은 만큼—어감이…—그럴 수도 있었다 치지만 세린의 경우에는 그게 아니었기에 나는 슬며시 세린에게 그 이유에 대해 질문을 하려고 했다. 하지만 내가 세린에게 질문을 하기 전에 레미엘이 먼저 내 질문에 대한 대답을 해주었다.

"그거야 방금 봤지 않습니까? 모름지기 남자라면 한 번 본 여자의 신체 사이즈는 결코 잊지 말아야 하는 겁니다."

"…이봐."

그럼 난 남자도 아니라는 거야 뭐야? 게다가 포기했다는 듯 고개를 젓는 엘즈마이어의 모습은 예상대로였다 치지만 왠지 모르게 동조의 표정을 짓는 세린은 대체 뭐야?!

…설마?

"저기, 세린. 혹시 세린도 한 번 보면 알 수 있어?"

"물론이죠."

당연하다는 듯이 고개를 끄덕이는 세린의 모습에 나는 왠지 몸이 한쪽으로 휘청하는 것을 느껴야 했다. 대체 어떻게 하면 한 번 몸을 본 것만으로도 신체 사이즈를 가늠할 수 있느냔 말이야?! 보통 신체 사이즈를 재려면 줄자로 몸에 직접 재는 게 보통 아닌가?

"오빠 사이즈도 알고 있어요. 83—59—78. 맞죠?"

"……."

세린이 말한 내 3—사이즈는 아마도 일전에 가르테론트가 재었던 그 사이즈와 같은 것 같은데.

"아니, 뭐라고요?! 란 형의 3—사이즈를 재었다는 것은?!"

게다가 이놈의 레미엘은 뭐가 그리 좋은지 갑자기 혼자 흥분해서는 펄펄 뛰는 것이었다. 그는 당장이라도 충혈될 것 같은 정도로 크게 두 눈을 부릅뜬 채 나와 세린을 번갈아 바라보았다.

"설마… 란 형, 단둘이 갔을 때……?!"

"그만 말해!"

"첫 경험(!)은 여자로서……?!"

"그만 좀 입 닥쳐!"

"아아~ 부럽다. 나도 란 형… 이 아닌 란 누나와 하고 싶어."

"작작 좀 떠벌리랬지?!"

빠악—

"쿠악!"

매를 버는구나, 매를 벌어! 이놈은 도대체 왜 이렇게 나한테 미련을 가지는 거야? 혹시 나한테도 챠밍 아이가 있기라도 하는 건가?

…라고 해봐야 이렇게까지 나한테 집착 가지는 건 레미엘뿐이잖아?

"멋… 진… 펀치… 입니다."

썩—

꽤나 흥분을 한 상태에서 나간 주먹이라 그랬는지 조금 힘이 세게 들어간 듯 레미엘은 결국 기절해 버렸다(그전에 허공에서 한 바퀴 반을 회전했다). 그가 쓰러지자 엘즈마이어가 우리에게는 전혀 뭐라고 하지 않고 그저 한숨을 내쉬며 시종에게 들것을 가져오게 하였다.

그런데 왜 방금 전의 엘즈마이어가 어깨 높이까지 주먹을 쳐들고 있었을까? 설마 그도 레미엘을 한 대 패고 싶었던 것일까 하는 생각이 들었지만 설마 그 같은 충신이 감히 그런 행동을 하겠느냐는 생각을 하며 고개를 저었다.

"전하를 의료실로 모셔가도록."

"예."

"…어차피 특별히 다치신 데는 없겠지만."

마지막 한마디를 중얼거리며 그는 우리에게 가벼운 목례를 해 보였다(더불어 아무도 듣지 못할 정도의 작은 목소리로 '하여튼간…' 이라고 중얼거렸다고 한다). 그리고는 엘즈마이어 역시 다른 시종들과 함께 레미엘을 따라 의료실로 걸음을 옮겼다.

"…자, 일단 티니한테 옷을 갖다 줘야지."

"네."

이미 이 복도에는 나와 세린뿐이 남지 않았고 덕분에 아무도 티니를 보지 못하게 하면서 방 안으로 들어갈 수 있었다.

"아, 오셨어요?"

티니는 침대 위에서 시트로 몸을 감은 채 앉아 있었다. 나는 그녀에게 레미엘이 주었던 옷가지를 건네주었다.

"일단 이거라도 입어둬."

"네."

티니는 곧 자신의 몸을 감고 있던 시트를 벗어버린 뒤 내가 준 옷을 입기 시작했다. 나와 세린은 이미 뒤돌은 채 그녀가 옷을 다 입기를 기다리고 있었다.

"저기, 오빠……."

"응? 무슨 문제 있어?"

"이 옷, 속옷이 없는데요?"

"……."

레미엘 이 바보, 멍청이, 한심이에 해삼, 멍게, 말미잘! 왜 또 속옷은 안 챙겨준 거야?! 게다가 저건 꽤나 짧은 스커트잖아?! 대체 무슨 생각을 하고 속옷을 안 챙겨준 건지…….

"그, 그래? 그럼 그건 내가 줄게. 내 방에 가자."

"네."

나는 아직 내가 예전 '여자 아이'였을 때 입던 옷을 버리지 않았다. 그 옷들이 티니에게 딱 맞는 사이즈였기 때문에 덕분에 여기 올 때도 내가 몇 벌 챙겨 가지고 왔다. 티니에게 맡기면 도저히 예쁘게 입고 오질 않으니까.

"어라? 티니 너……."

세린은 막 내 방에 가기 위해 몸을 돌린 티니의 뒷모습을 보고는 잠시 놀란 듯 작은 탄성을 질렀다. 그녀의 치마 밑으로 가늘고 긴 꼬리 하나가 나와 있었으니까.

"아… 이거요?"

"그, 그래. 그건 대체 뭐야?"

당황스러운 말투의 질문에 티니는 아직 여전히 부끄러운 듯 약간은 어색한 웃음을 보이며 한 바퀴 몸을 돌려 보였다.

"보시다시피 꼬리예요."

"그러니까 그게 왜 달려 있냐고?"

"…글쎄요."

아무래도 이미 티니는 자신에게 꼬리라는 게 생겼다는 데에 관해서는 별 감정이 없는 것 같았다. 아무래도 내 생각에는 '오히려 더 예뻐' 라는 내 한마디에 더 이상 아무 걱정을 하지 않기로 한 듯하다. 내 부탁 내지 명령이라면 스스로의 의지로 뭐라도 하는 티니니까.

"저도 그건 잘 모르겠어요. 정신을 차려서 보니 이게 있었으니까요."

"그럼 가급적이면 다른 사람들 눈에 보이지 않게 하는 게 좋겠어. 남들 눈에 띄어서 별로 좋을 건 없을 것 같으니까."

"그래, 일단 꼬리는 치마 안쪽으로 숨기든가 해."

"네."

티니는 고개를 끄덕였지만 잠시 아무것도 하지 않은 채 서 있었다.

"왜 그래, 티니?"

하지만 그래도 티니는 가만히 서 있었다. 조금씩 꼬리가 꿈틀거리기는 했지만 말 그대로 조금이었다. 그리고 더불어 티니의 표정도 조금씩 당황감에 물들어갔다.

"저, 저기… 아직은 생각대로 잘 안 돼요."

"……." ×2

새로 생긴 신체의 부분이라서 그런가? 게다가 티니는 한 손을 들어 올리며 불쾌한 듯 인상을 찌푸렸다.

"그런데 이상해요. 이렇게 햇빛을 쬐고 있으니까 되게 불쾌하고 기분 나쁘네요."

"그거야……!!"

그거야 티니가 뱀파이어니까 그런 거지. 가만, 그런데 지금은 대낮이다. 보통의 뱀파이어라면 도저히 살아남을 수 없는 상황임에도 티니는 그저 한 손을 들어 올리며 '기분이 불쾌해요' 라고 하는 정도라니. 확실히 그녀는 보통 뱀파이어는 아니라고 확신할 수 있었다.

"그러고 보니까 너한테 태양빛은 안 좋겠구나. 빨리 방으로 들어가자."

"네."

사실 아직 티니가 지금처럼 멀쩡하게 살아 있으니까(!) 이렇게 가볍게 넘어가는 거지 만약 티니가 태양빛 때문에 재가 되었다고 생각하면…….

"으으으, 끔찍해!"

"네?" ×2

그런데 여기서 문제가 생겼다. 방금 내가 말한 '끔찍해' 라는 한마디로 인해 일이 터져 버린 것이다. 세린의 경우야 내가 한 말의 영문을 모른 채 고개를 갸웃할 뿐이었지만 티니의 경우는…….

"여, 역시… 보기 흉한 거죠?"

"아, 아냐. 티니, 그게 아니라…….'"

"역시 이런 흉한 물건, 차라리……!"

나의 순간적인 말 실수로 인해 티니는 방금 전까지의 부끄럽게나마 귀엽게 웃던 그 표정은 온데간데없이 사라져 버렸다. 지금의 티니는 어떠한가 하면…….

"없애 버릴거야, 이딴 것! 이익, 이익, 이이익!!"

"티, 티니. 진정해, 진정하라고!!"

"티니, 오해야, 오해라고!"

그녀는 내가 말한 것의 의미를 '역시 꼬리가 달려 있으니까 흉하군. 끔찍해' 로 잘못 이해한 것 같았다. 그로 인해 그녀는 지금 또다시, 아니,

아까 이상으로 펑펑 울고 갖은 악을 다 쓰면서 자신의 꼬리를 잡아당기
며 뽑아버리려고 안간힘을 쓰는 것이었다.

"이익, 이이익, 이이이익!!"

"티니이~!!"

오늘 또 한 번 커다란 교훈을 얻었다. 아니, 정확히 말하자면 기존에
알고 있던 교훈 한 가지인 '같은 행동도 하는 때와 장소에 따라 그 파급
효과가 달라진다' 에 대한 체험을 아주 뼈저리게 할 수 있었다고 해야 할
것이다(우리 나라 속담으로 흔히 '참외밭에서 신발 끈 묶기' 라고 하지요).

난데없이 생겨난 티니의 꼬리에 대해 당황하고 있는 것은 비단 라니오
스들만이 아니었다. 그녀가 사랑하는 대상인 라니오스의 보호자 격이라
고 할 수 있는 쟈밀과 티니의 수술(?)을 담당했던 라오 역시 크게 당황한
채 반쯤 얼이 빠진 표정으로 그들의 영상이 담겨 있는 수정 구슬을 바라
보고 있었다.

"이렇게 되었다니까요. 내 수술은 분명히 완벽했고, 완벽하고, 또 완
벽했는데… 이상해요, 이상하다니까요."

라오는 아직도 자신의 눈앞에서 벌어지는 사태에 대해 도저히 납득,
이해할 수 없다는 듯 온몸으로 항변을 하고 있었다. 덕분에 그녀의 옆에
있는 쟈밀만 잔뜩 마음 고생을 하고 있었다.

"이상해, 이상해, 이상해, 이상해, 이상해, 이상……."

"그만 좀 떠벌려. 시끄럽다!"

그렇게 끝도 없이 '이상해!' 를 연발할 것 같았던 라오였지만 결국 참
다못한 쟈밀이 비전필살기인 '밥상 뒤집기' 의 자세를 취하는 것을 보고
는 잽싸게 입을 다물었다. 물론 그녀의 성격상 언제까지나 입 다물고 있
지는 않았지만 말이다.

"하지만 이상……."

"알았으니까 좀 조용히 해봐라. 나도 충분히 이상하다고 생각하고 있으니까."

"네에……."

방금 전까지 신나게 떠들면서 쟈밀의 심기를 괴롭히던 그녀였지만 쟈밀 역시 지금 상당히 심각한 상태라는 점을 알게 된 라오는 더 이상 떠들지 않기로 결심하고는 얌전히 자신의 앞에 놓인 차만 홀짝거렸다.

"저기… 그런데요."

문득 무언가 생각이 난 듯 지금까지 둘의 분위기에 압도되어서(?) 아무 말도 하지 않은 채 옆에서 얌전히 차만 따르고 있던 아바돈이 웅얼거리듯이 둘에게 말을 걸었다. 물론 지금 쟈밀과 라오의 신경이 제법 날카로워졌다고는 하지만 아무 상관 없는 아바돈에게 화풀이할 정도로 날카로워진 것은 아니었기에 둘은 비교적 양호한 자세로 대답할 수 있었다.

"응? 뭔데?"

"저 티니라는 분의 꼬리……."

"응? 그게 왜?"

"그게… 제 꼬리와 상당히 닮은 것 같아서요."

아바돈의 대답에 쟈밀과 라오는 의아한 표정을 지었다. 겉으로 보기에 그에게는 꼬리라는 것이 없어 보였기 때문이다.

"꼬리? 어디에?"

"여기요."

아바돈의 말이 끝나는 순간 곧바로 라오와 쟈밀은 아바돈의 꼬리가 어디에 있는지 확인할 수 있었다. 그의 허리에 감겨 있던, 허리띠 종류의 것으로만 알고 있었던 검은빛의 물체가 바로 그의 꼬리였던 것이다. 그것은 티니의 것과 비슷하게 대략 손가락 한 개에서 한 개 반 정도의 굵기를 가진 길이 1.5미터를 조금 넘은 길이의 꼬리였다. 그의 꼬리를 이루고 있는 검은색은 그의 꼬리가 움직일 때, 그리고 보는 각도가 바뀔 때마다 그 색이 미묘하게 바뀌었는데 그것의 아름다움은 티니의 꼬리 이상이었다.

"와아~ 예쁜 색깔이다."

그리고 그 색깔에 매혹된 듯 라오는 순식간에 아바돈의 앞에 다가갔다. 그리고는 양손으로 그의 꼬리를 덥석 잡고는 자신의 눈앞에 가져가서는 놓아줄 생각을 하지 않은 채 계속해서 탄성을 연발하며 그의 꼬리의 자태(…)와 색을 감상하고 있었다.

그렇게 한참 동안 시간이 지나자 아바돈은 그녀의 손길에서 자신의 꼬리를 빼내기 위해 가볍게 꼬리를 꼼지락거렸지만 그래도 라오는 여전 놓아줄 생각을 하지 않았다.

"저기… 이제 좀 놓아주실……."

"지금 명령하는 거야?!"

순간 라오의 표정이 딱딱하게 굳어졌다. 그녀는 일전에 레이너드에게도 선보인 적이 있었던 일명 '겁주기'를 사용하고 있었던 것이다. 아바돈은 순식간에 분위기가 달라지며 공포 분위기를 연출하는 라오의 모습에 할 말을 잃은 채 잠시 새하얗게 굳어버렸다.

"뭐야? 설마 지금 겁먹은 거야? 상급 악마씩이나 한다는 녀석이?"

"저, 저기… 그러니까……."

하지만 보통의 존재라면 누구나 압도될 만한 기운을 내뿜는 라오의 모습에 아바돈은 전혀 당당해질 수 없었다. 게다가 아바돈은 상급 악마라고 해도 아직은 너무 '어린아이'였다. 당연히 이 정도는커녕 이 정도의 흉내나 낼 듯한 압도감조차 느껴본 적이 거의 없었기에 그의 공포감은 다른 이들에 비해 한층 더 심한 것이었다.

라오도 이미 그것을 잘 알고 있는 상태에서 장난으로 라오를 놀려본 것뿐이었기에 이내 '겁주기'를 그만두고 아바돈을 향해 생긋 웃어 보였다.

"장난이야. 그렇게 무서워하지 말라고."

"예, 예에……."

그렇지만 아직도 아바돈은 방금 전까지 자신을 억누르던 위압감의 느낌이 생생한지 손으로 주먹을 쥐었다 펴 보이며 자신이 아직 살아 있다는 것을 실감했다.

"일단 계속 이야기해 봐. 그러니까 네 말은 저 아이의 꼬리가 네 꼬리와 비슷하다 이거 아냐?"

"예, 그렇습니다만."

"하지만 그걸로는 아직 증거가 모자라군."

"예에……."

모처럼 용기 내어 한 말이었거늘 쟈밀은 별로 내키지 않는다는 듯 넘겨 버리자 아바돈은 왠지 속이 울컥하는 것을 느꼈다.

"하지만 그 성의는 받아두지. 고맙다."

'고맙다'는 말을 하며 싱긋 웃음 짓는 쟈밀의 모습에 아바돈은 방금 전까지의 좋지 않던 기분이 한 번에 날아가는 것을 느꼈다. 그리고 언제 그랬냐는 듯 환하게 미소 지었다.

"가, 감사합니다."

"감사는. 내가 고맙다고 하는데 왜 네가 감사를 하냐?"

그때까지도 열심히 아바돈의 꼬리를 만지작거리며 신기해하던 라오는 문득 아바돈을 바라보았다. 아바돈 역시 갑자기 자신을 빤히 쳐다보는 라오의 시선에 그녀를 바라보았다. 하지만 아까 전의 사건으로 인해 그녀를 바라보는 아바돈의 시선은 상당히 불안하기도 한 시선이었다.

"저기… 무슨 하실 말씀이라도……."

순간 라오의 미간이 찌푸려졌다. 그녀는 아바돈의 꼬리에서 손을 떼며 벌떡 일어서더니 검지손가락으로 세게 아바돈의 이마를 튕겼다.

딱—

"아야야……."

라오의 딱밤 튕기기 공격(?)에 꽤나 충격이 큰 듯 아바돈은 두 눈을 질끈 감은 채 양손으로 자신의 이마를 문지르기 시작했다. 그리고 라오는 여전 좁아진 미간을 한 채 양 허리에 손을 짚으며 아바돈에게 설교를 시작했다.

"너, 말이야! 사내 녀석이 왜 그렇게 힘이 없어?! 남자라면 당장 죽어도 할 말은 딱 부러지게 하고 죽는다는 자세로 살아야지 말이야. 어?!"

"하, 하지만……."

"하지만? 하지만이라고 했냐? 네가 그러고도 사나이야?! 네가 그러고도 남자야?!"

또다시 라오에게서 공포 분위기가 연출되기 시작했고 결국 보다 못한 쟈밀이 그녀를 뜯어말렸다.

"자자, 라오, 이제 그만 하라고. 아바돈이 뭐가 잘못한 게 있다고 그렇게 괴롭히고 그래?"

"…치이."

"히잉……."

결국 울음을 참지 못한 아바돈은 쟈밀의 품에서 훌쩍거리기 시작했다.

"흐흑, 히꾹, 이힝……."

"이, 이봐……."

그의 울음에 라오 역시 제법 당황한 듯 엉겁결에 그를 향해 손을 뻗었다. 하지만 직접 그의 어깨 등을 잡거나 하지는 못했다.

"잘못, 훌쩍, 잘못했으니까, 한 번, 한 번만 용서해 주세요."

아바돈은 우는 외중에도 두려운 시선으로나마 라오를 바라보며 용서를 구하고 있었고 그의 태도에 라오는 그만 얼이 빠져 버렸다.

"야, 야. 아바돈."

"예에……."

"너 말이야……."

상황이 이렇게까지 예상하지 못했던 방향으로 흘러가자 라오는 자신의 엄지손톱을 깨물며 화풀이를 하였다. 하지만 곧 손을 뻗어 그의 머리를 쓰다듬어 주며 그를 달래기 시작했다.

"그만 울어라. 남자가 이게 뭐냐?"

"예에."

"그리고… 그리고 말이야. 아까 내가 심하게 말한 건 미안하니까… 미안하니까 미운 감정 가지지 말고."

"……?"

사과의 말을 하면서도 내심 부끄러운 듯 라오는 고개를 돌려 아바돈의 시선을 애써 외면했다. 하지만 아바돈은 내심 따뜻한 모습을 보여주는 라오의 모습에 뺨을 발갛게 물들이며 양손을 모아 쥐었다.

"라오님……."

"에이 씨. 난 갈래. 분위기가 이상하잖아!"

쾅—

하지만 라오 역시 꽤나 쑥스러웠는지 그 한마디를 마지막으로 재빠르게 쟈밀의 방에서 모습을 감추었다. 그녀가 방금 빠져나간 방문은 그녀의 힘을 버티지 못한 채 결국 ㄱ 자로 부러져 있었다.

하지만 쟈밀은 여기서 듣지 말아야 할 대화를 듣고 말았다. 문밖으로 나간 라오는 누군가와 대화를 하고 있었고, 그 '라오가 대화하는 상대'의 목소리는 자신이 익히 알고 있는 목소리였다. 오히려 뼈에 사무칠 정도로 잘 알고 있다는 점이 문제였을 정도다.

"아야야야, 갑자기 그렇게 문을 열면 어떻게 합니까? 놀랐잖아요."

“아니, 레이 오빠, 여기서 뭐 하는 거예요?”

“아, 아하하, 라오 양이십니까? 여기서 뭘 하냐니요. 저는 그저 우연히 여기를 지나가고 있었을 뿐인데요.”

“헤에~ 정말인가요?”

“아하하, 정말이고말고요. 제가 무슨 용무가 있어서 여기에 서 있겠습니까?”

순간 쟈밀의 두 눈에 붉은 빛이 켜졌다. 붉게 빛나는 그의 두 눈에는 살기와 광기가 번들거렸고 온몸으로 강렬한 위압감과 공포감이 퍼져 나갔다. 그것은 아바돈 자신이 그 위협의 대상이 아님에도 불구하고 아까 전의 라오에게서 느꼈던 위압감 이상이라고 생각할 정도였다.

“레이… 역시 네놈이구나아ㅡ!!”

쾅ㅡ

그는 마치 쏘아져 나가듯 맹렬한 기세로 달려나갔고 단숨에 방의 문짝을 부수어 버렸다. 그리고 곧 이어 아바돈의 귀로 상당히 듣기 거북한 소리들이 들려오기 시작했다.

“잡았다, 이놈! 역시 네놈이 원흉이구나!”

“하하하하, 설마요. 쟈밀마저 저를 의심하시는 겁니까?”

“그럼 네놈을 의심하지 누굴 의심하겠냐?! 말해! 대체 티니에게 무슨 마수를 뻗친 거냐?!”

“마수라니요… 저는 그저 그녀의 수술 도중에 아바돈 군의 피를 조금 섞은 것뿐… 헙……!”

“오냐……! 한마디로 손을 대기는 대었다는 거로구나!”

“호오, 한마디로 제 수술에 오점이 남은 이유가 레이 오빠 때문이라는 거죠?”

“아… 저기… 우리… 말로 하죠……? 폭력은 나쁜 거라고요.”

“너나 실컷 나쁘다고 생각해라!” ×2

쿵쾅쿵쾅쿵쾅쾅쾅쿵쾅쿵쿵쾅쾅쾅— ×2

콰르르르르르르르르르르르르르르릉— ×2

우지끈와지끈뿌지끈와르르르르릉— ×2

와지랑와지랑와지랑와지랑와지랑— ×2

푹팍퍽푹팍팍팍퍽푹푹팍푹팍팍팍— ×2

뚜쉬뚜샥뚜두두두두퍼퍼퍼퍼퍽— ×2

그렇게 얼마나 오랜 시간에 걸쳐 구타가 이루어졌을까? 그것의 기술 수준은 이드가 애거트를 패던 때의 그것과 비교할 수준이 아니었다. 게다가 그런 초강력 절정 무적 구타를 둘이서 했으니 그 효과는 두 배 이상 이었다. 게다가 구타 시간도 장난이 아니어서 그들은 말 그대로 ‘날 새도록’ 구타를 자행하고 있었다. 물론 그 구타의 강도 역시 애거트를 패던 이드의 수준을 넘어 있었다.

“하아, 하아. 어떠냐? 이제 좀 반성할 생각이 드냐?”

“헤엑, 헤엑. 레이 오빠 너무 나빠요.”

하지만 구타로 인해 생긴 자욱한 먼지가 가라앉는 순간 쟈밀과 라오는 경악했다. 그리고 곧 이어 분노하기 시작했다. 그 분노는 조금 전의 그것 이상이었다.

그들의 앞에는 이미 형체를 알아보고 할 수준을 넘어 가루가 되어버린 허수아비 한 개가 있을 뿐이었다(이미 그것이 허수아비인지 알아볼 길도 없을 수준으로 변형되었지만 일단 변형되기 전에 허수아비의 모습을 하고 있었으니 허수아비라고 해주자).

“호잇, 이것이 바로 허수아비 분신술.”

어느새 천장에 거꾸로 매달린 채 여유만만한 웃음을 짓는 레이의 모습에 쟈밀과 라오는 뚜껑이 열리고 끈이 끊어지는 것을 느껴야 했다.

"호오, 그래애?!"

"이번에는 놓치지 않을 거예요, 레이 오빠!"

"아하하… 이거 상황이 좀 무섭게 되어가는데요? 아무래도 저는 도망쳐야겠네요."

"서!" ×2

곧 레이의 모습이 사라지는가 싶더니 거의 동시에 쟈밀과 라오의 모습도 사라졌다. 그리고 혼자만이 남겨진 아바돈은 언제나처럼 변함없는 그들의 모습에 너털웃음과 함께 가벼운 한숨을 쉬며 방금 전의 난동으로 인해 어질러진 방과 복도를 정돈하기 시작했다.

"재활 운동?!"

"그렇다니까요."

레미엘은 당연하다는 듯 꽤나 시원하게 대답했지만 적어도 나에게는 전혀 그렇지 않았다. 지금 그는 티니에게 재활 운동을 시키자는 것이었다.

"형도 아시다시피 티니 양은 여전 귀가 뾰족하긴 해도 이젠 엘프가 아닙니다. 뱀파이어라고요. 때문에 막 뱀파이어가 된 티니 양에게 뱀파이어의 생활 방식을 가르치자는 겁니다."

"하지만……."

내가 무언가 반박을 하려고 하자 레미엘의 옆에 있던 뱀파이어, 케라트웬이라는 자가 내 말을 자르고 들어왔다.

"뱀파이어를 간단하게 보지 않으셨으면 하는군요. 저희들도 나름대로 정해둔 규칙과 예법이라는 것이 있습니다. 당신이 알고 있는 '무질서하고 흉포한 뱀파이어'라는 족속은 능력도 미천하고 자아라는 것조차 존재하지 않는 '짐승' 정도밖에 못하는 벌레 같은 존재들입니다. 그런 녀석들은 저희들에게도 성가시기만 하죠."

그는 우리가 생각하는 것 이상으로 진지해 심각할 정도로 얼굴을 굳힌 채 열변을 토하고 있었다. 전체적으로 말라서 그런지 신경질적으로 생긴 그가 그렇게 열변을 토하니 왠지 모르게 그가 지금 하고 있는 것은 열변이 아닌 히스테리를 부리는 것이라고 생각될 정도였다. 게다가 그의 날카로운 음성까지 곁들여지니 그 생각은 더욱 확고해졌다.

"저도 명색이 비교적 고위라고 자부하는 뱀파이어입니다. 비록 저기 계시는 소녀 분보다는 한참 모자랄지언정 보통의 당신들이 뱀파이어라고 부르는 '짐승'과는 격이 달라도 한참 다른 존재라 자부하고 있습니다."

나는 그의 말 중 의문 가는 점이 하나 생겼다. 그것은 대체 그가 어떻게 티니가 고위 뱀파이어인지 알아보았는지에 관한 것이었다.

"저기… 잠시 질문 하나만 할게요. 어떻게 티니가 고위 뱀파이어라는 것을 알아내신 거죠?"

"어려운 일도 아닙니다. 당신들 엘프의 경우로 예를 들자면 인간들이나 다른 종족들은 당신들 엘프의 나이를 정확히 짐작하기 힘듭니다. 특히 빨리 늙어버리는 인간에 비해 당신들은 오랫동안 젊음을 유지하니까요. 하지만 당신들 사이에서는 아무리 외모가 젊어 보인다 해도 상대의 나이를 대강은 추측할 수 있지 않잖습니까? 그것과 같은 것입니다."

"아……."

그의 비교적 자세한 설명에 나는 그가 어떻게 해서 티니가 어느 수준의 뱀파이어인지를 알아내었는지에 대해 대강이나마 이해가 갔다. 그리고 더불어 레이너드가 말한 대로 그녀가 이제는 굉장히 고위의 뱀파이어라는 것도 알게 되었다.

'…다행이라고 해야 하는 것일까?

분명 티니는 다시 멀쩡하게 내 앞에 서 있고 게다가 전에는 없었던 혀도 다시 생겨나 이제는 그녀의 아름다운 목소리를 들을 수도 있었다. 하지만 아직 뱀파이어라는 존재에 대한 편견 때문인지 그녀가 뱀파이어라는 사실은 그녀를 바라보는 나의 시선에 무언가 걸림돌이 되고 있었다.

"당신 같은 위대하신 분을 만나뵙게 되어 이 케라트웬 롯 델트켈은 무상의 영광을 느낍니다."

어느새 그는 티니를 향해 정중히 허리를 숙이며 예를 표하고 있었다. 하지만 티니의 경우에는 이렇게 상대가 자신에게 허리를 굽히는 일을 접하는 것은 처음인 듯 얼굴에는 한가득 당혹감이 어려 있었다.

"부디 리히터님의 실책을 극복해 주셔서 저희 뱀파이어, 카말리아 일족에게 과거에 누렸던 영예를 다시 한 번 거머쥘 수 있도록 해주시옵소서."

그는 이제는 엎드린 채 티니에게 절을 하고 있었다. 그는 자신이 할 수 있는 최고의 굴복의 자세를 취한 것이었다. 다만 그의 입에서 '리히터' 라는 이름이 나오는 순간에는 나와 티니의 인상이 살짝 찌푸려졌지만 그것은 어디까지나 잠깐이었다.

"이, 일어나세요. 저는 아직 뭐가 뭔지……."

"명이시라면……."

아직 자신에 대해서 잘 파악하지 못하고 있는 티니였기에 그의 굴복적 행동은 그녀에게 너무나도 당황스러웠던 것 같았다. 그리고 티니의 말이 떨어지기가 무섭에 케라트웬은 잽싸게 자세를 일으켰다.

"다름이 아니오라 제가 이렇게 당신의 앞에 서게 된 것은 레미엘 전하의 부탁이기도 하였기 때문입니다."

"부탁……?"

"네, 저분께서 설명하셨듯이 저는 당신에게 기본적인 뱀파이어 일족으로서의 몸가짐부터 뱀파이어 로드로서 가져야 할 규범과 태도 등에 대해 가르쳐 드릴 것입니다."

"에에?! 뱀파이어 로드?!"

그의 입에서 나온 '뱀파이어 로드'라는 단어는 충분히 나를 놀라게 하였고 덕분에 나는 별로 멋지지 못한 목소리로 삐져 나오듯 외치고 말았다. 그런데 그때였다, 그 케라트웬이라는 뱀파이어가 차가운 눈빛으로 나를 쏘아본 것은.

그의 그 시선은 마치 실처럼 가느다란 무언가로 온몸을 감아낸 채 베어내는 듯한 느낌이었다. 이 정도의 살기를 시선 하나만으로 전할 수 있다는 것은 분명 그가 보통의 뱀파이어는 결코 아니라는 것을 알 수 있는 것이기도 했다.

그의 시선에서는,

'감히 나와 이분과의 대화를 망치려고 하다니, 네놈 죽고 싶은 것이냐?!'

라는 의미가 확고하게 전해지고 있었다. 물론 그렇다고 해서 내가 그의 시선에 움츠러들 리는 없었다. 저 정도에 움츠러들기에는 나는 근래 들어 너무 많은 공포감을 접해보았기 때문이다(세린부터 시작해서 기타 등등).

갑작스러운 그의 눈빛 공격에 당황해서 잠시 움찔하기는 했지만 나는 곧 제법 여유까지 가지며 그의 시선을 받아주었고 짧은 시간 동안이지만 그와 나 사이에 팽팽한 신경전이 벌어졌다. 하지만 그것도 말 그대로 순간이었다. 곧 티니가 나를 째려보고 있는 케라트웬의 시선을 눈치 채었던 것이다.

그런데 또 문제는 거기부터였다. 순간 티니의 얼굴이 차갑게 식으며 굳어졌다. 그리고는 이내 무서운 시선으로 케라트웬을 쏘아보는 것이었다. 그렇게 케라트웬을 노려보는 티니의 모습은 그 전례를 찾아볼 수 없을 정도로 섬뜩한 모습이었다.

"흐읍……!"

순간적으로 자신의 온몸을 엄습하는 공포감에 케라트웬은 그 자리에서 얼어붙어 버렸다. 그의 턱은 덜덜 떨리고 있었고 눈동자는 그의 불안정한 현 정신 상태를 반영하듯 크게 부릅떠진 채 이리저리 제 마음대로 구르고 있었다(사, 사팔?).

　간접적으로 그녀의 살기를 느끼는 나에게조차도 그 압력이 여실히 전해질 정도였다. 그것은 여파만으로 이미 방금 전 케라트웬의 그것을 능가하고 있었던 것이다. 물론 레미엘 역시 티니가 뿜어내는 살기에 크게 놀란 듯 겉으로는 최대한 아무렇지 않은 척해 보여도 표정이 굳어 있는 것을 알 수 있었다.

　하지만 이것은 드래곤 피어와는 그 느낌이 상당히 달랐다. 드래곤 피어의 경우에는 단순히 무겁게 찍어누르는 듯한 강력할 살기였다고 하면 지금의 티니가 내비치는 살기는 차갑고 끈적한 무언가가 온몸을 옭아매며 죄어드는 느낌 같다고 해야 하나? 드래곤 피어가 공포감보다 위압감 쪽이 더 크다고 한다면 반대로 이쪽은 위압감보다는 공포감 쪽이 더욱 컸다.

　"란 오빠는 저의 주인님이십니다. 당신이 저를 인정한 이상 란 오빠에게도 예의를 갖춰주세요. 만약 그렇지 않을 경우에는 그에 맞는 처벌을 하겠습니다."

　"예, 예에."

　방금 전의 티니는 내가 알고 있던 티니와 달랐다. 그녀는 공포스러웠다. 공포적이기보다는 위압적이라고 할 수 있는 드래곤과 달리 그녀의 공포는 섬뜩한 느낌을 주는 공포였다. 상대의 숨통을 옭아맨 채 죄어드는 그런 느낌의 것이었다. 그것도 서서히 죄어들면서 상대의 고통과 절망을 유도하는 식의 암흑적인 공포였다. 물론 그런 공포의 외중에서도 케라트웬의 표정에는 '믿을 수 없어'라는 뜻이 역력히 내비쳐지고 있었지만 그는 결국 승복하기로 한 듯 체념에 가까운 이해의 표정을 지었다. 하지만 역시 티니가 그들에게 있어 군주가 될 존재라서 그런지 한편으로는 경외감의 감정도 엿보였다.

　'역시 뱀파이어인가……?'

하지만 내심 또 걱정되는 점이 있었다. 그리고 그것이 가장 걱정되는 점이기도 했다. 설마 뱀파이어가 되었다고 티니의 성격이 바뀌거나 하지는 않을까 하는 것이었다. 하지만 그것은 내가 '조금'은 도와주거나 관여할 수 있을지 몰라도 결국은 그녀에게 달린 문제였다.

"그런데 저를 가르치기 위해서 오셨다고요?"

"예, 아무리 당신이 차기 뱀파이어 로드가 되신다 하더라도 저희 일족에 대한 예법은 배우셔야 합니다. 아니, 오히려 그런 높으신 분이 되실 몸이니 더욱더 그렇겠죠."

"흐음……."

"그리고 물론 저희 뱀파이어만이 할 수 있는 고유한 능력에 대해서도 배우게 되실 겁니다."

티니는 그에게 허락 여부를 대답하기 전에 앞서 먼저 나의 표정을 살폈다. 하지만 나 역시 저 케라트웬이라는 자의 의견에는 그다지 반대할 만한 것이 없었다. 하지만 그전에 앞서 나는 아까 전에도 의문을 느꼈던 한 가지 의문점에 대해 확실하게 짚고 넘어가기로 했다.

"잠깐요. 아까 전에 티니가 차기 뱀파이어 로드라고 했는데 그건 어떻게 확신하는 거죠?"

꽤나 어려운 답변이 나올 것이라고 생각한 것과는 달리 케라트웬의 답변은 간단했다.

"글쎄요. 당신들에게 설명하기는 어렵지만 그래도 설명을 하자면……."

"……?"

"저분에게서는 지배자의 권위… 라고 할까? 그런 것이 느껴집니다."

"하아?"

"당신들 엘프나 인간들은 모르겠지만 저희 뱀파이어는 그 상하 관계가 뚜렷합니다. 그리고 대개 그 상하 관계는 각자가 가진 절대적 능력에 따라 갈리게 되지요. 이분은 저를 지배할 수 있다는 느낌을 받는군요."

아무래도 뱀파이어들은 서로 교감 비슷한 것을 많이 하는 것 같았다. 그들은 인간이나 엘프, 어쩌면 드래곤까지도 상회하는 정신적 교감 능력을 가지고 있는 것인지도. 비록 그것이 지배를 위한 것일지라도 말이다.

"그럼 언제부터 시작할 건가요?"

"당신께서 허락하신다면 지금 당장부터 시작할 것입니다. 아무래도 이제 며칠 지나지 않아서 전쟁이 일어날 테니까요. 물론 그것에 대한 선택은 로드인 당신에게 있지만……."

"그럼……."

티니는 이번에도 자신의 의견을 말하기 앞서 나를 바라보며 허락을 구했다. 물론 나에게는 거부할 이유가 없었으므로 순순히 고개를 끄덕여 주었다.

"티니, 빨리 다 배우고 와야 해."

"네!"

내 응원 섞인 한마디에 티니는 크게 대답하며 힘있게 고개를 끄덕였다. 그 모습에 케라트웬은 이마로 땀을 흘리며 어색한 미소와 함께 우리 사이에 끼어들었다. 아무래도 그가 보기에 무언가 어색한가 보다. 그런데 뭐가?

"저기… 교습은 티니님께서 다른 곳에 가서서 배우시는 것이 아니라 제가 이곳에서 가르쳐 드릴 겁니다. 그리고 하루 종일 하는 것도 아니므로 두 분께서 떨어지실 이유는 없는데……."

"……." ×2

그의 친절한 설명에 나와 티니는 왜 그가 어색한 미소와 함께 땀을 흘렸는지 이해할 수 있었다. 그리고 더불어 나와 티니의 얼굴에도 어색한 미소와 커다란 땀방울이 맺히는 결과를 만들어내고 말았다.

"그럼 오빠, 금방 갖다 올게요."

“그래.”

“그럼 이쪽으로…….”

티니는 곧 케라트웬을 따라 복도 저편으로 가버렸고 이제 이곳에는 나와 레미엘만이 남게 되었다. 나도 티니를 기다리는 겸 세린도 보러 가기 위해 막 방문을 나서려고 하는데 레미엘이 나를 불러 세웠다.

“아, 형, 잠시만요.”

“응? 뭔데?”

나는 다시 소파에 앉으며 그의 말을 기다렸고 레미엘은 장난기가 섞인 미소와 함께 내 눈을 바라보며 찻잔을 들어 올렸다.

“이런이런, 차가 다 식었군요. 그건 그렇고, 제가 왜 티니 양의 선생님 역을 케라트웬 공에게 맡겼는지 아십니까?”

“글쎄?”

레미엘의 짓궂은 미소가 더욱 짙어졌다. 그는 찻잔을 다시 탁자 위에 내려놓으며 대답을 하였다.

“간단합니다. 우선은 레이너드 전하의 추천도 있었고… 뭐니 뭐니 해도 적응 교육 경험이 가장 풍부한 분이 케라트웬 경이었거든요.”

“흐음…….”

“게다가 저분은 자신의 자식들에게도 교육을 시켰거든요. 덕분에 아직 어린 티니 양을 교육시켜 드리는 데에는 케라트웬 공이 최적이라는 결정을 내렸습니다.”

“에에?!”

레미엘의 추가 설명에 나는 크게 놀랐다. 그 이유는 ‘뱀파이어도 생식이 가능하다’는 레미엘의 말 때문이었다.

“아니, 뱀파이어도 자식을 남길 수 있어?!”

“네. 모르셨나요?”

"몰랐지. 게다가 뱀파이어가 자식을 남겼다는 이야기는 아직까지 들어본 적도 없는걸."

"하긴 모르실 만도 하겠군요. 뱀파이어가 자식을 남기는 전례는 거의 없었으니까요. 오죽하면 뱀파이어가 자식을 낳는 것보다 드래곤이 해츨링을 낳는 쪽의 확률이 몇 배는 높다고 하겠습니까? 뱀파이어라는 이들은 '성욕' 이라는 것 자체가 없다고 하더군요."

"흐음……."

"어쨌든 결론을 말하자면 뱀파이어도 생식이 가능하기는 가능하다! 라는 거죠."

레미엘의 친절한 설명에 나는 고개를 끄덕였다. 하지만 레미엘은 아직 할 말이 끝나지 않은 듯 자세를 고쳐 앉으며 재차 입을 열었다.

"이건 제가 정말 하려는 말이 아니었고… 제 진짜 목적은……."

"나와의 하룻밤 신청이라면 거절하겠어."

그의 말을 끊으며 한 내 대답에 레미엘은 순간 힘이 빠졌는지 얼빠진 얼굴로 소파에 몸을 파묻었다. 그리고는 너털웃음을 지으며 양 손바닥을 펴 보이곤 좌우로 흔들어 보였다.

"설마요. 물론 그것도 용건이었다면 용건이었다고 할 수 있지만 지금 제가 할 부탁의 초점은 그게 아닙니다."

"그럼?"

레미엘은 묘한 웃음을 지으며 내 쪽으로 허리를 숙였다. 과거의 경험으로 미루어보았을 때 저런 자세를 취한다는 것은 정말 중요한 이야기를 하기 위해서라는 것을 알고 있는 나였기에 자연 손에 힘이 들어가는 것을 느꼈다.

"이번 전쟁 때 엘프들도 전쟁에 참여하실 겁니까?"

"응? 으응. 아마도 그럴 것 같아. 아무래도 중간계 전체가 걸린 문제니까."

내 대답에 레미엘의 미소가 더욱 짙어졌다. 하지만 곡선을 그리고 있
는 그의 입과는 달리 가늘게 떠진 그의 두 눈은 날카롭게 빛나고 있었다.

"그렇다면 부탁을 해도 되겠습니까?"

"뭔데?"

"이번 전쟁에 참가하신다면 부디 엘프 분들을 저희 프로튼에 소속하
는 방식으로 해주실 수는 없을까요? 아, 물론 그만큼 보급 등의 뒤처리
문제 역시 저희 프로튼이 다 떠맡을 준비는 되어 있습니다."

아무래도 레미엘은 우리 엘프들을 자신의 나라인 프로튼 편이라고 해두
고 싶은가 보다. 그리고 그것은 단순히 선전을 위한 것은 아닌 듯하였다.

"물론 그럴 이유가 있으니 그러는 거겠지?"

"물론이죠."

"들어볼 수 있을까?"

레미엘은 너무 숙이고만 있어서 허리가 아팠는지 몸을 뒤로 젖히며 각
지를 껴 무릎 위에 얹었다. 그는 입가에 묘한 웃음을 띠며 나에게 자신이
생각하고 있는 바를 이야기해 주었다.

"물론 겉으로는 단순히 광고적 효과를 노리는 것이지만… 란 형이 생
각하시는 대로 본심은 따로 있습니다."

"그 정도야 알고 있으니까 설명 계속해 봐."

"저는 일종의 스파이 활동을 하고 싶은 겁니다."

그의 말은 너무나도 황당했다. 지금 그가 우리 엘프에게 감히 '명령'
이라는 것을 하려 하고 있다고 생각되었기 때문이다.

"말도 안 되는 소리 하지 마. 나는 그렇다 쳐도 다른 엘프가 너의 명령
을 들을 거 같아? 게다가 그런 것은 나에게는 무리라고."

"물론 알고 있습니다. 당신들 엘프들이 특별히 할 일은 없습니다. 그

저 당신들이 원하는 대로 움직이시면 되는 겁니다."

걸으로 보기에 레미엘의 웃음은 평소와 그리 큰 차이 없는 종류의 웃음이었지만 그 웃음의 원인을 알고 있는 나에게는 결코 그 웃음이 평범해 보이지 않았다. 그는 아직도 대륙 정복의 의지를 포기하지 않은 채 계속 그 계획을 진행시키고 있는 것이었다.

"저희는 그저 몇 명 정도를 당신들의 보급을 명목으로 따라다니게 하면 되는 겁니다."

"……."

지금의 레미엘은 내가 알고 있는 레미엘 중 가장 위험한 레미엘이었다. 그는 여전 좀 전부터 짓고 있는 웃음을 지우지 않은 채 계속 설명을 이어갔다.

"대륙 곳곳을 정탐하기 위해, 그러면서도 크게 의심받지 않게 하기 위해 대륙에 여관을 깔아보기도 했죠. 형도 알고 계시는 '악의 총본산' 이 그것입니다. 그곳은 정말로 악의 총본산일지도 모릅니다. 평범한 여관처럼 보일지도 모르겠지만 란 형이 크로이츠에서 보신 듯이 무기와 식량을 몰래 비축해 두고 직원으로 위장해서 기사들을 심어두는 등 이미 전쟁을 위해 갖출 건 다 갖추고 있으니까요."

"……."

"하지만 그걸로는 마땅한 정보를 얻기가 힘들더군요. 도둑 길드와의 접선도 시도해 보았지만 그들은 국가에 소속되는 것을 싫어하고… 저희가 독자적으로 정보 집단을 만들려고도 해보았으나 역시 아무리 해도 머츠론은커녕 크로이츠의 발치도 쫓아가지 못하겠더군요. 그때는 새삼 정보 수집 능력이란 것은 쉽게 얻을 수 있는 게 아니라는 걸 뼈저리게 느꼈습니다. 덕분에 여전 프로튼의 정보 능력은 대륙 최하위를 달리고 있죠. 심지어는 제후국 규모의 국가들까지 합쳐도요……."

어느새 레미엘의 미소는 사라져 있었다. 그는 크게 한숨을 쉬며 주전자에 담겨 있느라 아직 따뜻한 차를 잔에 새로 따르며 설명을 계속했다.

"때문에 지금이 기회인 겁니다. 능력이 안 되면 기회라도 잘 잡아야지요."

"…인간은 너무 복잡해. 왜 그렇게까지 자기들끼리 싸워야 하는 거지? 그것도 지금처럼 커다란 적을 눈앞에 둔 상태에서마저 말이야."

정말 나는 죽어도 인간이라는 종족을 이해할 수 없을 것 같았다. 인간으로 지내던 어린 시절은 말 그대로 '세상에 대해 아무것도 모르던 시절'이었고, 철이 들 때쯤에는 이미 한 명의 엘프였다. 물론 영원을 사는 하이 엘프인만큼 계속 살아가다 보면 언젠가는 인간에 대해 조금이라도 이해할 때가 올지도 모른다. 하지만 지금의 나로서는 인간의 사고방식이라는 것은 조금도 이해하지 못할 것이라는 생각뿐이 들지 않았다.

"…그래서 인간은 인간인 겁니다. 저로서는 이렇게밖에 설명해 드리지 못하겠군요."

"레미엘……."

"인간과 엘프. 상당히 닮은 종족이지만 이렇게 다른 이유는 무엇일까요? 인간과 엘프의 얼마 안 되는 차이점 중 하나는 바로 '탐욕스러움'이 아닐까요?"

"글쎄… 그럴지도."

순간 레미엘은 내 얼굴 앞에 자신의 얼굴을 가져다 대었다. 그는 아까와는 달리 밝게 웃으며 내 볼에 자신의 입술을 가져다 대었다. 일전에도 당해본 적이 있었기에 아까 전까지만 해도 조금은 짐작하고 있었던 일이었지만 마악 그 긴장(?)이 느슨해지려 했던 순간이었고 레미엘은 용케 그 순간을 포착한 건지, 아니면 우연인지는 모르겠지만 어쨌든 또다시 내 볼에 입술을 붙인 것이었다.

쪽—

"야, 야……."

"지금도 그렇지 않습니까? 레노아 양과 수많은 귀족 영애들, 하다못해 이 궁전에 널린 시녀들로도 만족하지 못하고 란 누나에게까지 손을 뻗치고 있는 걸 보면 말입니다."

"너란 녀석은 정말……."

"지금은 란 누나가 아닌 란 형이니만큼 입술 위에는 아무래도 안 될 것 같아서 볼에다만 합니다. 괜찮겠죠?"

그의 어처구니없는 행동에 나는 화도 내지 못하고 어정쩡하게 있었다. 그것을 눈치 챈 레미엘은 신나게 한바탕 떠들고 나서는 내가 정신을 차리기―화를 내기―전에 재빨리 방 밖으로 나가 버렸다.

"하하하, 밤이 늦었군요. 전 이만 자러 가겠습니다. 란 형도 편히 주무세요."

탁―

나는 레미엘이 문을 닫고 나간 후에서야 뒤늦게나마 간신히 방금 일어난 사태에 대한 정리가 되기 시작했다. 하지만 이미 범인이 도망가 버린 관계로 화풀이가 불가능해진 나는 그저 손을 들어 올려 뺨을 쓰다듬기만 했다.

"…레미엘."

그리고 나도 방을 나섰다. 레미엘이 나와 티니를 부를 때부터 이미 밤이었기에―티니가 뱀파이어인 관계로 밤에 활동하는 쪽이 더 유리하다. 그리고 케라트웬 역시 뱀파이어였기에 그를 생각해서 밤에 교습을 시작한 것이다―한참 이야기를 하고 난 지금은 그야말로 한밤중이 되어 있었다. 게다가 나도 뒤늦게나마 졸리다는 것을 느꼈기에 더 이상 복잡한 생각 하지 않고 바로 침실로 향했다.

서로의 운명은 엇갈려만 가고…

“장인 어른, 따님을 저에게 주십시오!”
“누구보고 지금 장인 어른이라는 거야?! 에잇!”
퍼퍼퍼퍽―
“꾸에에엑~ 장인 어르은~”
“아니, 이놈이 아직 정신을 못 차렸나?! 누구보고 지금 장인 어른이라는
거야?!”
빠바바바바바바바박―
“꾸웨에에에엑~ 장… 인… 어른…….”
“이놈이 정말 포기할 줄을 모르는구나. 안 되는 건 안 되는 줄 알아?!
뇌라! 내 발목을 잡는다고 누가 허락해 준다고 하더냐?!
어디서 감히 내 딸을 넘보는 게냐?!”
“포기 못합니다요… 부디 따님을…….”
푹팍푹팍푹푹팍팍푹팍푹팍팍팍―
“꾸우우우어에에에에에에에에에에엑!!”
“씨익, 씨익. 뇌라! 언제까지 잡고 있을 생각이냐?! 에에이!
정말 질기구나… 여봐라! 삽 좀 가져와라! 아예 이놈을 묻어버릴 테다!”

―???

그와 그녀의 사정

　쟈밀과 라오가 레이를 쫓아 방을 나가 버린 지 벌써 거의 반나절이 지났다. 하지만 아직도 그들은 돌아올 기미를 보이지 않았고 쟈밀의 방에 혼자 남겨진 아바돈은 이미 방 정리를 끝낸 채 쟈밀을 기다리고 있었다.
　"후우, 쟈밀님은 언제 오시려나……?"
　달칵―
　아바돈이 그 말을 중얼거리는 순간에 딱 맞춰서 방문이 열렸다. 쟈밀이 돌아온 것이라고 생각한 아바돈은 반갑게 웃으며 방문 쪽으로 다가갔다.
　"어서 오세요, 쟈미……!"
　하지만 들어온 상대는 쟈밀이 아니었다. 아바돈은 쟈밀 없이 혼자서만 돌아온 라오의 모습에 조금은 두려운 기색을 하며 조심스럽게 그녀에게 질문했다.
　"저기… 라오님, 쟈밀님은……?"
　"아직 레이를 쫓아다니는 중이야. 나는 쫓아가다 질려서 그냥 포기하고 와버린 거고."

"예에……."

"아마 쟈밀 성격상 최소한 삼 일 정도는 지나야 포기하고 돌아올 거야. 그러니까 괜히 목 빼면서 기다리지 말고 좀 쉬고 있어. 아무리 그래봐야 허탕 치고 올 게 뻔하고, 보통 그렇게 돌아온 쟈밀은 평소보다 더 심하게 부려먹을 테니까."

"하아……."

'부려먹는다' 라는 말에 아바돈은 가벼운 한숨을 쉬었다. 처음 쟈밀의 비서가 될 당시의 그는 도저히 쟈밀이 그 정도의, 말 그대로 '산더미 같은' 양의 업무를 처리하고 있을 거라고는 전혀 상상도 못했던 것이다. 덕분에 쟈밀이 그 업무를 자신에게 떠넘기거나 하는 것이 아닌 자신이 처리하는 그 '일부' 만 해도 그 양이 장난이 아니었던 것이다.

"쟈밀 일 잘하지?"

"네? 아, 네."

한참 생각하고 있던 도중 조금은 갑작스럽게 말을 걸어온 덕에 아바돈은 잠시 우물거려야 했다. 그것은 그가 아직 라오를 무서워하기 때문이기도 했다.

"이히힛, 아마 우리 중에서 가장 일 많이 하고 가장 일 잘하는 건 아마 쟈밀일 거야. 덕분에 우리는 신나게 놀고 있을 때에도 쟈밀은 업무에 시달리고 있는 경우도 제법 많지."

"예에……."

"게다가 의외로 고집이랑 자존심이 세서 일단 자기가 한다고 맡은 건 루나 언니나 레디 언니, 아니면 알카드 오빠가 도와준다고 해도 자기가 다 할 거라면서 거절하거든."

"예에……."

라오의 이야기에 아바돈은 또다시 작게 한숨을 쉬었다. 그녀의 말대로
라면 앞으로도 자신은 이 괴물 같은 업무에 시달려야 하기 때문이다.

"그만큼 너의 경우는 참 의외란 말야."

"네?"

얼떨결에 자신이 이야기의 도마 위에 올라가게 된 아바돈은 의아한 시
선으로 라오를 바라보았다. 라오는 순간 눈을 동그랗게 뜨며 자신을 바라
보고 있는 아바돈의 모습에 '귀엽다' 라는 생각을 하며 눈웃음을 지었다.

"아무리 우리가 비서 하나 정도 두라고 해도 쟈밀은 도저히 우리들 말
을 들을 생각도 안 했거든? 그런데 네가 비서가 되겠다고 하니까 그 자리
에서 허락해 줬잖아."

"아……."

"너는 잘 모르는 거 같지만 우리들 중에서 쟈밀을 빼고는 다 부하나
비서 하나쯤은 있거든? 그런데 정작 우리들 중에서 거의 최연장자인 쟈
밀은 지금까지 조수 하나 없이 혼자서 일을 처리해 왔다 이거지."

"예에……."

아바돈은 라오가 하는 말을 이해하기는 했지만 정작 그녀가 무엇을 말
하고 싶어하는지는 이해하지 못한 채 저의 반사적으로 고개를 끄덕일 뿐이
었다. 그리고 지금 아바돈이 고개를 끄덕인 것이 아직 자신이 말하고자 하
는 바를 잘 모르면서도 한 행동이었다는 걸 알아챈 라오는 답답함에 열이
뻗쳤는지 두 눈을 부릅뜨며 아바돈을 노려보았다. 물론 겁많은(?) 아바돈
은 날카로워진 라오의 시선에 순식간에 주눅이 들어서는 어깨를 움츠렸다.

"헤휴, 그래도 아직 내가 하는 말의 의미를 모르겠냐? 쟈밀은 지금까
지 그 전례가 없던 '조수' 라는 존재를 둔 거라고. 그것도 널 말야!"

"아……!"

그제야 아바돈도 라오가 하려는 말의 의미를 알고는 작은 탄성을 내질

렀다. 그리고는 기분이 좋아진 듯 생긋 미소 짓는 아바돈의 모습에 라오 역시 미소 지으며 그를 응원해 주었다.

"그러니까 열심히 하라고. 쟈밀도 너를 꽤 예뻐해 주는 거 같으니까."

"네!"

문득 라오는 자신의 눈앞에 있는 이 아바돈이라는 악마를 보며 자신도 모르게 또다시 '귀엽다' 라는 생각을 가져 잠시 당황감을 느꼈다. 하지만 곧 스스로 납득한 듯 부드러운 미소를 지으며 그에게 자신의 얼굴을 가까이 가져갔다.

"이 누나도 응원해 줄 테니까 말야. 츄~"

쪽.

"……!!"

아바돈은 느닷없이 자신의 볼에 키스를 해주는 라오의 태도에 크게 놀라서 순간적으로 몸을 뒤로 뺐다. 그리고는 새빨갛게 달아오른 얼굴을 주체하지 못하고는 난감한 표정으로 고개를 이리저리 돌렸다.

"남자 녀석이 이 정도로 부끄러워하긴. 그럼 오늘은 여기서 안녕~ 내일 또 올게."

"네."

탁.

아바돈은 라오가 나가자마자 자신에 대해 놀라야 했다. 방금 전까지만 해도 일전의 그녀의 행동으로 인해 두려운 감정을 가지고 어깨를 움츠리고 있던 자신이 지금은 이렇게 환하게 웃으며 손을 흔들고 있었던 것이다.

"신기해……."

난생처음으로 느껴보는 기묘한 감정에 아바돈은 방금 전 라오가 키스했던 자신의 뺨에 손을 가져간 채 가만히 서 있었다.

“하암, 잘 잤다.”

정말 잘 잤다. 침대도 편하고 밤중에 아무 일(!)도 없었다. 그야말로 최고의 수면이었다고 할 만했다.

“흐음, 그럼 일단 옷을… 으히!”

막 옷을 갈아입기 위해 옷걸이로 가려고 하던 나는 순간 깜짝 놀랐다. 막 침대 위에서 내려가려고 바닥에 발을 디디려고 하는데 발밑에 무언가가 있는 것이다. 게다가 발바닥에 닿는 그것의 감촉은 매우 차가웠다.

“이, 이게 뭐지……?”

내 침대 밑에 있던 ‘그것’은 관이었다. 그것도 검은색의 돌 재질로 이루어진 상당히 고급스러워 보이는 관이었던 것이다.

“아… 이거…….”

아마도 티니의 관(!)일 것이다. 그런데 내가 자기 전까지 분명 이런 것은 없었는데? 언제 가져온 거지?

“에휴, 하여튼 내 옆에 붙어 자는 건 여전하군.”

이상하게 티니에게도 묘하게 고집이 있어서는 아무리 강제적인 명령을 해도 이것, 잘 때 내 옆에 붙어 자는 것만은 어쩔 수가 없었다. 그리고 그것은 내가 남자로 되돌아온 이후에도 여전히 내 옆에 찰싹 붙어서 자는 것이었다.

그리고 뱀파이어가 된 지금도 관을 내 침대 옆에 붙이는 한이 있어도 나와 같이 잠을 자려 했다.

덕분에 내가 꽤나 고역인 것이다. 생각해 보라, 자신이 자고 있는 침대 바로 옆에 큼직한 관이 하나 버티고 있는 것을.

“하지만 서로 자는 시간이 바뀌었으니…….”

하지만 뱀파이어는 대부분의 이들이 잠을 자는 밤이 활동하는 시간이다. 즉 내가 잠을 자고 있을 때 그녀는 깨어 있고, 내가 깨어 있을 때 그녀는 잠을 자고 있다는 이야기이다.

하지만 안타깝다고 해야 할까, 아니면 다행이라고 해야 할까? 그런 내 예상을 간단히 뒤집어엎어 버리겠다는 듯 내가 그 생각을 하자마자 관 뚜껑이 열리는 것이었다.

탈칵.

"후아아암……."

관 뚜껑을 옆으로 치우며 일어난 티니는 뱀파이어 이전 때처럼 양팔을 위로 죽 뻗은 채 귀엽게 하품을 하며 몸을 일으켰다. 그 모습은 그녀가 자고 일어난 장소가 침대 위이든, 관 속이었든 상관없이 똑같았다.

하지만 그 모습에는 한 가지 문제점이 있었다.

'솔직히 조금 무섭다…….'

사실 누가, 아무리 귀여운 여자 아이라고 하더라도 관 뚜껑 열고 나오는 걸 보면 기분이 어떻겠는가? 사실 지금으로서는 무섭다기보다 어처구니없다는 쪽에 가까웠지만 어찌 되었든 그런 감상을 입 밖으로 내었다가는 또 티니가 무슨 짓을 저지를지 모르기에 가만히 입 다물고 있었다.

"주인 오빠, 안녕히 주무셨어요?"

티니는 비록 지금은 뱀파이어가 되었지만 그전과 전혀 다를 것 없는 미소를 지으며 나에게 안부를 물어왔다.

"응, 티니도 잘 잤어?"

"네!"

외모에도 별 차이는 없었다. 다만 전에도 하얗던 피부가 이제는 창백하다고 할 정도가 되어버리고… 무엇보다…

살랑살랑.

그녀의 뒤에 꼬리가 달렸다는 것!

…이렇게 보니 꽤나 차이가 있잖아?!

"그런데 지금은 아침이잖아? 벌써 일어나도 괜찮은 거야?"

"네? 하지만 전 충분히 잠을 잤는데요? 게다가 지금은 아침이 아닌 것 같고요."

"응?"

나는 티니가 방금 한 '지금은 아침이 아닌 것 같고요' 의 의미를 이해하지 못한 채 잠시 미간을 찌푸렸다. 하지만 막 커튼을 걷어 과연 해가 얼마나 솟아 있는지 확인을 하려던 나는 굳이 그럴 필요가 없어지게 되었다.

탈칵.

"여튼간 란 오빠 늦잠 자는 버릇은 여전하네요. 침대 위에서 잠이 들면 도무지 일어날 생각을 하지 않으니 원……."

마침 때를 맞춰 세린이 들어온 것이었다. 이미 그녀도 나의 수면량에 대해 다 안다는 듯한 표정을 지었기에 나는 더 이상 할 말이 없었다. 하지만 내가 늦잠을 자는 건 정확히 말하면 '침대 위에서 잘 때' 가 아니라 그 '침대' 라는 단어 앞에 '고급' 이라는 단어를 추가해야 할 것이다. 적어도 내 집에 있는 침대 위에서 잘 때는 늦잠 잔 적이 없었으니까. 게다가 보통 수준의 여관에서 잘 때도 그랬고… 결국은 늦잠 잘 때의 대부분이 왕실의 침대에서 잘 때뿐이잖아?

"티니도 잘 잤어?"

"네. 언니는요?"

"나도 당연히 편히 잘 잤지."

막 티니와 세린이 이야기를 하려고 하는 순간 나는 무언가 한줄기 섬광과도 같이 내 머리 속에 스쳐 가는 한 가지 생각이 떠올랐다. 그것은…

'저러다 티니가 세린과 눈이 마주치면……!'

거기까지 생각이 미치게 되자 내 머리 속은 순식간에 수많은 단어들로 채워지기 시작했다. …복잡해졌다는 것이다.

그리고 간신히 그 수많은 단어들이 정리되자 내 머리 속에는 '말려야 한다!' 라는 한 가지 생각만이 남게 되었다.

"역시 티니는 귀여워~"

"헤헷~"

세린은 티니의 이마에 자신의 이마를 대고는 좌우로 부비는 행동을 했고 그러는 와중에 나는 더 이상 봐서는 안 되는 광경을 보고 말았다.

'마주치고… 말았다!!'

세린은 티니의 눈동자를 빤~히 쳐다본 것이었다. 그것도 대략 3초 정도를.

"아…….."

순간 티니가 작은 탄성을 내질렀다. 설마 벌써 세린에게 사랑의 고백(?)을 하려는 것은 아닌가 하는 생각에 나는 은근히 불안해지기 시작했다.

"와아, 언니 눈동자 색 굉장히 예뻐요."

"호호호, 티니 눈동자 색도 예뻐."

하지만 그것은 아무래도 과한 생각이었는 듯하였다. 둘은 서로의 눈동자 색을 칭찬하며 호호 웃으면서 잡담을 나누기 시작했다.

저렇게 되었다는 것은 두 가지 가설을 세워볼 수 있을 것이다. 첫째, 사실 세린은 티니에게 그다지 호감이 없었다. 둘째, 티니에게는 세린의 챠밍 아이에 대한 내성이 있다.

…그리고 억지로 하나 더 추가하자면 '작가의 농간' 정도일까?

"설마요. 언니의 에메랄드 빛 눈동자는 정말 예뻐요. 최고예요."

"티니는 안 그런가? 전의 눈동자 색도 예뻤지만 지금의 붉은색 눈동자도 예쁜걸?"

"그런데 왜 우리들 지금까지 서로의 눈동자 색을 모르고 있었을까요?"

"사실 그러고 보니까 우리들 이렇게 오래 같이 있었으면서도 눈동자

마주친 일이 한 번도 없었구나."

그것을 시작으로 둘은 이야기꽃을 피우며 대화에 빠져들었고 더 이상 가만히 서 있다가는 왠지 소외될 듯한 생각이 들었다. 덕분에 나도 조금은 급하게 이야기에 끼어들었다.

"아, 티니, 그러고 보니 어제는 뭘 배운 거야?"

"아, 그거는요……."

다행히(?) 티니는 내 질문에 곧바로 반응하며 어제 있었던 일에 대해 설명해 주었다.

지금은 주인이 개인적인 일(…)로 인해 자리를 비운 채 없는 쟈밀의 집무실, 그곳에서는 그 집무실의 주인인 쟈밀의 비서, 아바돈 혼자만이 집무실에서 자신의 일을 처리하고 있었다.

"후아, 이걸로 오늘 할 일은 끝."

자신에게 맡겨진 분의 서류를 모두 처리한 아바돈은 크게 기지개를 켜며 활짝 웃었다. 이내 그는 자신이 처리한 서류들을 정돈한 뒤 탁자 쪽으로 걸어갔다. 그는 그 위에 놓여진, 아까 전에 올려놓아 이제는 물이 펄펄 끓고 있는 주전자에 넣을 찻잎을 꺼내기 위해 옆에 놓인 찻잎 주머니를 집어 들었다.

달칵.

"야호! 아바돈, 나 왔어."

"흐꺅!"

막 아바돈이 주전자에 찻잎을 집어넣을 무렵에 맞추어 집무실의 문이 열렸다. 조금은 거칠게 문을 열어젖히며 들어온 라오는 들어오자마자 아바돈을 발견하고는 다짜고자 그에게 달려들어 허리를 끌어안았다.

"아바돈, 나 보고 싶었지? 보고 싶었다고 해!"

“저, 저기… 라오님, 주, 주전자가……..”

좌악!

깡!

하지만 그의 말은 너무 늦은 상태였다. 이미 라오가 기습적으로 아바돈을 껴안을 때부터 그의 손을 떠난 주전자는 잠시 허공을 날더니 곧 둘의 머리 위로 뜨거운 물을 끼얹어 버린 것이다. 그리고 용케도 내용물을 모두 쏟아낸 주전자는 정확히 아바돈의 머리 위로 떨어짐으로써 마지막까지 그를 괴롭혔다.

“아, 아뜨뜨뜨!!”×2

막 펄펄 끓기 시작한 뜨거운 물을 아무 방비 없이, 그것도 정확히 머리 위에 뒤집어쓴 둘은 그 뜨거움에 집무실 안 이곳저곳으로 펄펄 뛰며 난리를 쳤고 덕분에 상당한 부수적 피해가 발생하게 되었다.

와장창창—

쨍그랑쨍그랑—

쿠쾅쾅쾅—

특히 비교적 얌전하게(…) 바닥을 구르기만 하던 아바돈과 달리 방 이곳저곳으로 마치 고삐 풀린 망아지마냥(…) 펄쩍펄쩍 날뛰던 라오에 의해 집무실 안의 집기들은 엉망이 되고 말았다. 책장은 넘어지고, 그 안에 꽂혀 있던 책들은 집무실 여기저기에 흩어졌으며 술병과 접시는 깨지고 가구의 일부가 파손되기도 했으며 사방으로 서류들이 흩날렸다.

“이, 이걸 어째……..”

돌이킬 수 없는 사태의 발생에 아바돈은 크게 당황하며 안절부절못했다. 그리고 다른 것은 몰라도 이미 깨지고 부서진 것은 어쩔 수 없다는 결론이 난 아바돈은 이후 쟈밀이 돌아온 뒤 자신이 듣게 될 야단에 울상을 지었다. 특이 깨진 술병 중에 ‘레비넌스’와 ‘댄싱 드래곤’, ‘임페리

얼 임펙트' 등등은 쟈밀이 자주 즐기거나 매우 아끼는 술들이었기에 그의 불안함은 한층 더 가중되었다.

"어쩌지… 어쩌지……? 훌쩍."

그는 쟈밀에게 혼나는 것 자체를 걱정하지는 않았다. 다만 이 일로 인해 그가 자신을 미워하거나 두 번 다시 자신을 보고 싶지 않다고 하며 자신을 쫓아낼 것 같은 생각에 불안한 것이었다. 어찌 보면 과대한 피해망상적인 생각이었지만 어릴 때부터 마음이 약하고 소심한 아바돈에게는 그런 예상이 오히려 보통 일이었다.

"훌쩍, 훌쩍."

"야! 너 또 울래?!"

전혀 남자답지 못한 아바돈의 모습에 또다시 짜증이 난 라오는 신경질적으로 소리를 질러 버렸고 그것은 아바돈의 울음을 더욱 부채질하고 말았다.

"흑, 흑. 흐아아앙~"

"야, 야… 또 울면 어떻게 해……."

'내 살다살다 이런 황당한 악마는 처음이야…….'

라오는 속으로 절규했다. 악마는커녕 천사 중에서도 저 아바돈이라는 녀석같이 울보 찔찔이인 녀석은 지금까지 본 적이 없었던 그녀였다. 비록 그렇게까지 오래 산 것은 아니지만 적어도 웬만한 타입의 천사, 악마는 모두 만나보았다고 생각한 라오에게 있어 그것은 나름대로 새로운 충격(…)이기도 했다.

"흐아아앙, 흐앙, 흐아앙~"

"야, 야. 울지 말라니까. 왜 자꾸 울고 난리야."

"흐아아앙~"

하지만 도저히 말로 해서는 아바돈의 울음을 달랠 기미가 보이지 않았다. 그러던 도중 이리저리 계속해서 아바돈을 바라보던 라오는 문득 이런 생각을 했다.

'강아지 같아……'

동글동글한 얼굴에 똘망똘망한 눈동자, 전체적으로 자신—참고로 라오의 키는 164이다—과 비슷하거나 조금 더 작은 키, 그리고 축축하고 뽀얀 피부와 부드러운 살결 등은 전체적으로 아바돈의 이미지를 더욱더 귀엽게 만들어주고 있었다.

"자아, 착하지? 울지 마."

"……!!"

순간 아바돈은 물론이고 라오 자신도 크게 놀랐다. 아바돈의 경우는 방금 전까지만 해도 눈을 날카롭게 뜬 채 윽박지르던 라오가 돌연 부드럽게 자신을 감싸 안아주었기 때문에, 그리고 라오의 경우에는 자신도 모르는 사이 어느새 아바돈을 껴안아주고 있다는 사실에 믿기지 않아 하고 있었다.

"착하지? 그만 울어. 알았지?"

"히꾹, 네에. 훌쩍."

하지만 라오는 아바돈을 껴안아주고 있다는 사실을 이미 인지하고 있으면서도 왠지 기분이 나쁘지는 않았기에 그 상태로 계속 껴안아준 채 그의 등을 다독거리며 달래주었다. 그리고 아바돈 역시 비록 상대가 아무리 무서운 이라고는 하지만 적어도 그녀가 자신을 안아주고 있는 지금은 오히려 푸근한 느낌이 들었기에 별 소리 없이 그녀의 품에 안겨 있었다. 그리고 그 덕분에 아바돈의 울음소리는 점차 잦아들어 갔다.

"히꾹, 딸꾹."

몇 번의 딸꾹질을 끝으로 아바돈의 울음소리가 완전히 멎었다. 그의 울음이 멈추자 지금까지 그를 끌어안고 있던 라오 역시 그를 놓아주며 뒤로 물러났다.

"자, 진정됐니?"

“…네.”

터져 나오던 울음을 간신히 진정시킨 아바돈은 곧 어질러진 집무실 안을 치우기 시작했다. 이미 부서지거나 깨진 것은 어쩔 수 없이 치워두는 식으로 처리해 놓았지만 일단은 최대한 원상 복구를 시켜두었다. 아직 비서 일을 한 지 얼마 되지 않은 아바돈이었지만 그는 마치 평생 동안 이 일에만 종사했던 것 이상으로 능숙하게 방 정리를 끝내었다(근데 이쯤 되면 비서가 아니고 하인 아닌가?). 평정심을 찾은 아바돈의 모습에 라오는 안도하면서 소파 위에 앉으며 아바돈에게 부탁했다.

“아바돈, 나 차 좀 끓여줘.”

“네.”

방 정리를 마친 아바돈은 곧 다시 차를 끓이기 시작했다. 주전자에 물을 채워 램프 위에 올린 뒤 알맞은 온도까지 물이 데워지자 타이밍을 잘 맞춰서 찻잎을 집어넣는다. 그렇게 완성된 차를 찻잔에 따라 접시를 밑에 받친 뒤 쟁반 위에 올려 테이블로 가져간 뒤 라오 앞의 테이블에 찻잔을 내려놓았다.

“흐음, 빠르네?”

오늘 처음으로 아바돈이 차를 내오는 과정을 끝까지 지켜본 라오는 작은 탄성을 내지르며 찻잔을 들어 올려 차 맛을 음미해 보았다.

“맛있어. 이거 민트 차로구나.”

“네. 전에 라오님께 민트 차를 내어드렸을 때 가장 좋아하시던 것 같아서요.”

아바돈은 마치 수많은 접대(…) 끝에 알아낸 것이라는 듯 말하고 있었지만 사실 라오가 아바돈이 쟈밀의 집무실에서 일하게 된 후 이곳에 온 것은 두 손으로 꼽을 정도밖에 되지 않았다. 게다가 자신이 아바돈에게 민트 차를 얻어 마신 것은 고작 두 번뿐이었다.

‘이 녀석, 생각보다 능력있는 녀석일 수도……’

라오는 문득 이 아바돈이라는 녀석이 자신이 생각하던 ‘딱지만 상급 악마인 멍청이’가 아니라는 생각을 하게 되었다. 게다가 원래 그것이 목적은 아니었지만 놀러 오는 겸 아바돈에 대한 이야기도 들을 생각을 하고 있던 라오였기에 이 참에 그것에 대해 들어보기로 했다.

“이봐, 아바돈.”

“네? 뭔가 마음에 안 드시는 거라도…….”

“그게 아니고, 이리 와서 앉아봐.”

“네?”

“빨리 안 오고 뭐 해?”

“네…….”

이미 라오에게 잔뜩 주눅이 들어버린 아바돈은 또다시 라오의 말투가 신경질적이 되려는 기색이 보이자 잽싸게 그녀의 맞은편 소파에 가서 앉았다. 하지만 역시나 이번에도 상당히 겁을 먹은 상태였는지 소파에 앉아 있는 그의 모습은 상당히 움츠러들어 있는 모습이었다.

“이야기 좀 해봐, 너에 대해서.”

“네……?”

갑작스러운 라오의 질문에 아바돈은 의아한 표정을 지었다. 하지만 곧 그녀가 묻는 의도를 알고는 서서히 이야기를 시작했다.

“네. 하지만 별로 재미는 없을 거예요.”

“재미있는지 없는지는 내가 정하니까 일단은 빨리 이야기해 봐.”

“네. 우선… 저의 이름이 아바돈인 건 아시죠? 그리고 저는 사실 노티파이 가문의 여섯 번째 아들로 태어났어요.”

“에에엑?! 노티파이 가무운?!”

초반부터 상상도 하지 못한 내용으로 이야기가 전개되자 라오는 일전에도 한 적이 있던 높은 톤의 목소리를 외치며 자리에서 일어섰다. 하지만 아바돈은 그런 그녀의 모습이 이해가 간다는 듯 힘없이 웃으며 고개를 끄덕였다.

"하긴 어이가 없으시겠죠. 그 유명한 노티파이 가문에서 저 같은 녀석이 나왔다는 게……."

"아, 아니… 그게 아니고……."

너무나도 힘이 빠진 목소리로 말을 하는 아바돈의 모습에 라오는 기분이 묘해졌다. 멍청이가 아닐까 하고 생각할 정도로 언제나 밝게 배실배실 웃던 아바돈은 어디에도 없고 지금 이곳에는 얼굴 한가득 자조적인 미소를 띤 채 모든 것을 포기한 듯한 모습을 보이는 아바돈만이 남아 있었다.

"아버님이나 어머님, 그리고 형님들이나 누님들, 심지어는 동생들까지 저를 미워했죠. 가문의 수치라고 경멸했어요. 대대로 전투마 가문이었던 저희 집안에서 인큐버스인 제가 태어났으니까요."

"이, 인큐버스?"

인큐버스, 그들은 몽마 중 거의 최고급의 존재로 남자인 경우 인큐버스, 여자인 경우 서큐버스라고 한다. 매우 아름답고 유혹적인 외모를 가진 그들은 주로 상대의 꿈속에 침입하거나 잠을 자고 있던 상대의 정신을 몽롱하게 하는 식으로 유혹하여 상대 남성(서큐버스의 경우), 여성(인큐버스의 경우)과의 성행위를 통해서 그들의 정기를 빼앗아간다. 또한 그들의 능력 자체가 이미 유혹이나 환상 계열에 있어 거의 최고 수준을 자랑하는지라 환상과 유혹에 관한 면역력 역시 최강이었다. 덕분에 대부분의 환상 마법이나 유혹 마법은 전혀 통하지 않는다. 하지만 그렇게 훌륭한 최면 능력 등을 제외한 전투 능력 등은 같은 급수의 악마들에 비해 형편없을 정도로 낮았기에 그들은 대체로 다른 동료 악마들에게 천대받는 편이다. 악마들은 물리적인 전투 능력을 제일로 쳐주기 때문에 생기는

일이다. 게다가 소위 '뼈대있는' 악마 가문 중에는 자식 중에 인큐버스
나 서큐버스가 나올 경우에는 자식으로 생각하지 않고 쫓아버리거나 심
지어는 죽여 버리는 경우도 적지 않았다.

"그럼 넌 인큐버스라는 소리야? 하지만……."

"네, 그 인큐버스 중에서도 이렇게 한심한 인큐버스는 없었겠죠. 다른
인큐버스 분들은 다 요염미가 있다고들 하시는데… 저는 사실 아직도 동
정이에요. 말이 인큐버스지 아직도 경험이 한 번도 없는 거죠. 어딜 봐도
멍청이죠."

"아니… 내 말은 그게 아니라……."

라오가 하려는 말은 그녀의 말대로 그것이 아니었다. 그녀는 지금 자
신이 인큐버스 종류의 악마라고 밝히는 아바돈의 말을 믿을 수 없었기
때문이다. 첫째로 그가 말한 대로 인큐버스라고 하기에는 하나도 요염하
지 않았고, 둘째로 도저히 인큐버스라고는 생각할 수 없을 정도의 전투
능력이 그에게 존재하는 것을 알아챘기 때문이다.

"그래서 처음에는 많이 노력도 했어요. 남들 모르게 속성술도 연마해
보고 격투술 연습도 하고 여러 가지 공부도 했죠. 하지만 그 누구도 저를
돌봐주지 않더군요. 이전부터 저를 돌봐주시던 셋째 형님만이 가끔씩이
나마 저를 보러 와주셨지만 역시 그것뿐이었어요. 셋째 형님도 저는 안
되는 녀석이라 생각하시고 저를 돌봐주겠다고만 생각하신 거죠."

"아바돈……."

"셋째 형님을 원망하진 않아요. 비록 동정이었다고 한다 쳐도 저에게
관심을 가져주신 첫 번째 분이시니까요."

전혀 유쾌하지 않은 과거였지만 그래도 그중에는 최소한의 삶의 희망
을 주는 일도 있었기에 그는 아직까지 있을 수 있었다. 하지만 라오는 문
득 아바돈에게 관심을 가져주었다는 '셋째 형님'에 대해서 어느 부분에

생각이 미치자 얼굴색이 변하였다.

"그런데… 너희 집안에서 셋째라면……."

"…네. 아브렘트 형님이세요."

아브렘트, 그 이름이라면 라오 역시 기억하고 있었다. 악마들 사이에서 그 뛰어난 실력과 아직도 개발되지 않은 엄청난 잠재 능력에 칭찬과 존경, 질투와 시기가 교차했던 악마이다. 하지만 보통의 악마들과는 달리 온화하고 조용한 것을 좋아하는 성품을 가져서 그다지 눈에 띄는 일을 벌이지는 않았던 악마이기도 했다.

"하지만 아브렘트는……."

"네… 이미 돌아가셨죠……."

아바돈의 표정이 침울해졌다. 비록 그가 자신에게 보인 따뜻한 모습이 사실은 위선이나 동정이었을지도 모른다. 하지만 그에게 있어 관심을 가져준 것은 유일하게 그 하나뿐이었으므로 그에게는 그것이 위선일지라도 소중한 것이었다.

"이미… 오래전에……."

아바돈은 두 주먹을 굳게 쥐었다. 지금의 이야기로 인해 또다시 떠올리기 싫은 기억이 떠오른 것이었다.

"파괴신에게… 돌아가셨어요."

"파괴신……."

라오는 목에 힘이 들어가는 것을 느꼈다. 파괴신, 그것은 자신들에게 있어서도 큰 의미를 가져다 주는 것이기 때문이다.

"아, 죄송해요. 이런 이야기를 하려던 것이 아니었을 텐데……."

분명 아바돈은 또다시 떠올려 버린 안 좋은 기억 때문에 마음이 아플 것이다. 하지만 그는 자신의 감정을 제어하기 힘든 와중에까지 애써 라오를 배려하며 어색하게나마 헤헤 웃으면서 어두운 분위기를 넘기려고 하였다.

"그, 그래. 네가 또 멍청한 짓을 한 건 잘 아는구나. 그럼 다시 본론을 이야기해 봐."

라오 역시 더 이상 분위기를 어둡게 하고 싶지 않았는 데다가 슬플 터인데도 억지로 웃음을 지으며 자신을 배려해 주는 아바돈을 위해서라도 다시금 예의 표정으로 돌아왔다. 하지만 둘 모두 역시 꽤나 허전한 모습인 것은 어쩔 수 없었다.

"저희 악마들은 천사들이 날개 숫자가 늘어가는 것처럼 성장할수록 뿔이 커지죠. 이미 모두들 포기한 채 내놓은 자식 취급을 당했지만 저도 열심히 연습하고 공부를 하니까 뿔이 커지더군요. 하지만 그래도 부모님과 형제들은 저를 비웃기만 했어요. 심지어 넷째 형님은 이런 말까지 하셨어요, '저놈 뿔 크기를 보니까 역대 인큐버스 최강이다. 분명 저렇게 얼빠진 얼굴을 하면서도 사실은 이미 엄청난 색마에 변태일 것이다' 라고. 덕분에 모두들 더욱 저를 경멸하고 피했지요."

하지만 본론을 이야기해도 분위기가 밝아지지 않는 것은 매한가지였다. 전혀 즐거운 이야기가 없었기 때문이다. 억지로 계속 힘없는 웃음이나마 유지하며 이야기를 진행하는 아바돈도, 억지로 여전 태연한 척하며 아바돈의 이야기를 들어주고 있는 라오도 이미 속마음은 침울해진 상태였다.

"게다가 왜인지 그 다음부터는 아무것도 하지 않았는데도 점점 능력이 상승하는 거였어요. 덕분에 주변 분들의 비웃음은 점점 더 커져 갔죠. 그래서 저는 집을 나왔어요. 그리고 인간으로 변장한 채 중간계를 돌아다니며 여행을 했죠. 그리고……."

"그때 쟈밀을 만난 거로구나?"

쟈밀의 이야기가 나오자 조금이나마 아바돈의 얼굴이 밝아졌다. 그는 조금은 나아진 웃음을 지으며 고개를 끄덕였다.

"네. 이곳저곳을 떠돌던 저는 어느 여행자들을 만나게 되었어요. 그리고 어떻게 해서 그들과 함께 여행을 하다가 쟈밀님을 만나게 되었어요. 그리고……."

하지만 밝아진 그의 웃음은 순간이었다. 그는 또다시 어두워진 표정으로 고개를 숙였다. 이윽고 그의 뺨을 타고 한줄기 눈물이 흘러내렸다.

"그, 그리고 또 뭐야? 뭐가 어떻게 됐는데?"

"그때… 제가 가출한 걸 알고 셋째 형님이… 절… 찾으러 중간계에 오셨다가… 그만……."

"……."

"그만… 파괴신에게… 흐윽……!"

결국 또다시 아바돈의 입에서 울음소리가 흘러나왔다. 하지만 터져 나오는 울음을 최대한 막으려 한다는 것이 아까와 달랐다.

"저 때문에… 저 때문에……."

"아바돈……."

문득 라오는 아바돈이 측은하다고 생각하였다. 그녀는 자리에서 일어나 아바돈 옆으로 가 앉으며 살며시 그를 끌어안아 주었다.

"네 잘못이 아냐."

"……."

"누가 그런 엄청난 사건이 벌어질 줄 알고나 있었겠어? 모든 것을 네 잘못으로 탓하려 하지 마. 그렇게 해봐야 결국은 슬픔밖에 남지 않아."

"하지만… 하지만……."

아바돈의 눈가에 눈물방울들이 글썽였다. 라오는 점점 더 울먹이는 정도가 심해지려는 아바돈을 꼬옥 끌어안아 주고, 뒷머리를 쓰다듬어 주었다.

"아바돈은 착한 아이야. 지금도 이렇게 이미 죽은 형을 위해서 울어주고 있잖아. 그러니까 아바돈은 나쁘지 않아."

"……."

"지금은 울어. 그리고 다음부터는 네 형을 위해서라도 밝게 웃으면 되는 거야. 웃어야 해. 알았지?"

"네… 훌쩍… 흐윽!"

아바돈은 더 이상 참지 못하고 자신도 강하게 라오를 끌어안았다. 그리고는 그녀의 가슴에 자신의 얼굴을 묻은 채 크게 흐느껴 울기 시작했다.

"크흐흐흑, 어흐흑, 흐아아아앙!!"

"아바돈……."

아바돈이 계속해서 울고 있는 동안 라오는 계속해서 그의 머리를 쓰다듬어 주고 있었다.

"…그런데 그때 케라트웬이 저에게 한마디 했던 게 이상하게 신경 쓰여요."

"뭔데?"

지금 티니는 고양이로 변신한 채 내 무릎 위에서 몸을 웅크리고 있었다.

그녀가 어제 케라트웬에게 배운 것 중 한 가지는 바로 변신이었다. 중급 이상의 뱀파이어라면 누구나 할 수 있는 능력이었기에 티니 역시 별 어려움 없이 그 능력을 습득할 수 있었다. 그녀는 나와 세린 앞에서 직접 박쥐, 늑대, 안개, 고양이로 변신해 보였는데 내가 고양이로 변신한 티니를 보고 귀엽다고 하며 그 상태의 그녀를 끌어안아 주자 그녀는 변신을 풀지 않고 여전 내 무릎 위에 웅크리고 있는 것이다.

신기한 점 중 하나는 그녀의 옷에 대한 것이었다. 보통 폴리모프를 해도 자신이 장비하거나 착용했던 것은 그대로이다. 심지어 일전에 있던 사건 중에는 프로튼의 근위대에 속해 있던 한 기사(프로튼의 근위대는 검술뿐만 아니라 마법도 쓸 줄 알아야 한다. 게다가 그 기사는 의외로 마법에 재능이 있었다고 한다)가 플레이트 메일을 그대로 착용한 채 오우거로 변신하는 주문을 외웠다가 자기 갑옷에 찡겨 죽을 뻔했다는 이야기도 있었다(죽지는 않았지만 근육이 완전히 맛이 가서 그날로 기사 은퇴했다고 한다. 레미엘이 해준 이야기다).

그런데 티니의 경우에는 변신하자 소지품과 옷까지 같이 변하는 것이었다. 물론 뱀파이어의 변신은 폴리모프와는 조금 다른 데다가 소지품까지 묶어서 변신하는 것은 상당히 고위의 뱀파이어들만이 가능하다고 하지만 그것이 상당히 신기한 것임에는 틀림없었다. 물론 그 '소지품'에도 같이 변신하는 데에 한계가 있는 것은 당연하지만.

그리고 티니 같은 최고위의 뱀파이어는 자신의 몸을 분리하는 것이 가능하다고 한다. 일전의 그 리히터라는 자의 경우에도 나와 싸울 때 몸을 수십 마리의 박쥐로 변형시키거나, 수마리의 늑대로 변형시키고 했는데 티니도 그것이 가능하다고 한다. 다만 아직은 분리라는 행동이 너무 생소하다 보니 분리된 몸의 컨트롤이 잘되지 않는다고 한다. 실제로 티니는 자신의 몸을 두 마리의 박쥐로 분열(…)시켜 보였는데 그녀 말대로 컨트롤이 잘 안 돼서인지 연신 허공에서 비틀거렸다. 한 마리가 잘 날고 있으려고 하면 다른 한 마리는 비틀거리거나 추락하려 했던 것이다.

"저에게서 뱀파이어의 것이 아닌 묘한 색기가 느껴진다 하더라고요."

"색기?"

색기라고 하면 성적 매력으로 상대방을 유혹하는 힘이다. 어느 정도 능력이 높은 뱀파이어에게도 눈빛으로 상대를 현혹하는 능력이 있기는 하다. 하지만 그것은 성적 능력과는 별개의 이야기였고 지금 티니가 이야기하는 '색기'는 케라트웬의 말로 뱀파이어의 것과는 다르다고 하니(나름대로 색기가 있는 뱀파이어도 있다고 한다) 또 그것에도 관심이 생기는 나였다. 물론 세린역시 상당히 호기심 어린 눈빛으로 내 무릎 위에 있는 티니를 바라보았다.

"네. 저도 아직 잘 모르겠지만… 뱀파이어의 매혹 능력과 다른, 그게… 마치 몽마 계열의 성적 유혹 능력과 비슷하다고 하던데요?”

“에엣?!” ×2

티니의 말에 나와 세린은 고개를 갸웃했다. 사실 몽마라고 해도 성적 매혹 능력을 가진 것은 거의 서큐버스, 인큐버스뿐이다. 다른 계열 중에도 있기는 있지만 일단 대표적인 성적 유혹 능력을 가진 몽마라면 보통 이들뿐이 없다는 것이 내 생각이었다.

“그리고 그것 말고도 몇 가지 고위 악마의 힘이 섞여 있는 것 같다고도 하더라고요.”

“고위… 악마?”

“네. 아무래도 제가 뱀파이어가 될 때 누군가 저에게 힘을 부여한 존재가 있는 것 같다고 했어요.”

이야기가 진행될수록 나는 점점 티니가 어둠의 세력 힘으로 채워지고 있다는 것을 알 수 있었다. 하지만 다행히 그녀는 그다지 심각한 반응을 보이지 않고 있었다. 나의 단 한 마디, ‘티니는 지금 이 상태로도 충분히 예쁘고 사랑스러워’ 에 그녀는 이미 모든 걱정을 떠나보낸 뒤였던 것이다. 적어도 내가 보기에는 그랬다.

…하지만 아마 농담으로라도 ‘너의 그런 사악한 모습 정말 싫어’ 라는 식의 말을 했다가는 아마 티니는 자살할지도 모른다. 특히 일전의 일처럼 오해로라도 그녀에게 내가 그녀를 싫어한다는 식의 말이 들어갔다가는 무슨 일이 일어날지 모르기에 주의를 기울여야 했다.

“하지만 그것에 대해서는 케라트웬도 잘 모른다고 했고, 저도 아직은 잘 모르겠어요.”

“흐음……..”

한마디로 레이너드가 그녀를 뱀파이어로 되살릴 때 무언가 더 추가된게 있다는 이야기인데…

왠지 수상한 냄새가 나는 거 같기도 하지만… 아직은 뭐가 뭔지 알 길이 없군. 게다가 그녀에게 해가 되지만 않으면 별로 문제 삼을 것은 없고.

"그럼 그래서 어제는 변신 같은 기본 능력 사용과 기초 예법 등에 대해서 배운 거야?"

"네, 의외로 쉬워서 다 배울 수 있었어요."

아무래도 티니 역시 그녀 나름대로 바빴다고 한다. 비록 난데없이라고 해도 그녀는 이제 뱀파이어 로드였고 그녀에게 따를 의두 역시 상당할 것이다. 물론 그로 인해 거의 모든 뱀파이어가 그녀의 밑에 무릎을 꿇게 되겠지만 말이다.

…가만. 티니는 지금 내 노예(…)를 자처하고 있고 뱀파이어는 그런 티니의 부하(…) 내지는 일종의 가신이 되는 거니까 비록 티니를 통한 간접 방식이라고 해도 내가 뱀파이어들을 부려먹을 수(…) 있다는 건가?

이걸 좋다고 해야 하나, 나는……?

그런 생각을 하고 있을 즈음, 세린이 티니에게 조금은 곤란한 질문을 했다.

"그럼 티니는 흡혈도 해봤어?"

"그때는 아버지도 저를 나무라셨어요. '너 때문에 아브렘트가 죽은 거다!' 라고. 그리고 이런 말도 하셨어요. '나약한 인큐버스 주제에 가문에 폐만 끼치다니, 너 따위는 없는 게 더 낫다. 내 눈앞에서 사라져 버려라!' 라고……. 그래서 그때의 저는 거의 모든 걸 포기하고 인큐버스들의 무리에 섞였던 적도 있었죠. 하지만 그것도 쉽지 않았어요. 저같이… 멍청한 녀석과 같이 어울릴 인큐버스나 서큐버스는 한 명도 없었으니까요."

아바돈의 말은 여전 자조적이었다. 하지만 이번에 아바돈이 한 말로 인해 라오의 표정은 대번에 일그러졌다. 그녀는 아까 전 아바돈을 부드

럽게 끌어안아 줄 때와는 달리 험악하게 일그러진 표정을 한 채 그에게
다가갔다. 물론 아바돈은 그런 그녀의 모습에 공포를 느끼며 도망치려고
하였으나 정말로 도망쳤다가는 더 죽어날 것이라는 것을 이미 알고 있기
에 어쩔 수 없이 가만히 있었다.

"야, 이 한심한 놈아!"

따악!

"으악!"

라오는 손에 종이 뭉치―어디에서 나온 건지는 모르겠지만―를 들고는 강
하게 아바돈의 뒤통수를 후려쳤다. 갑작스럽게 뒤통수로부터 전해지는 충
격에 아바돈은 짧은 비명을 지르며 앞으로 고꾸라지고 말았다.

"야, 이 한심아! 자기 자신을 멍청하다고 하면 어쩌자는 거야?!"

"라, 라오님……."

"너는 너 자신마저 포기하려는 거야?! 모든 이들이 너를 포기하더라도
너 자신은 너를 포기하면 안 되는 거야. 자기 자신을 멍청이라고 하고 있
는데 누가 너를 좋게 보겠어?!"

"하지만……."

"하지만이 어디 있어?! 자신감을 좀 가지란 말야!"

"하지만……."

라오는 흥분해서 크게 윽박질렀으나 아바돈은 연신 중얼거리듯 '하지
만'이라고만 할 뿐 별다른 반응이 없었다. 오히려 라오가 그를 야단칠수
록 점점 그의 표정은 더욱 어두워갔다.

"안 되겠어. 너 따라와 봐!"

"네? 어, 어디… 으어어어!"

라오는 더 이상 아바돈의 말에 귀를 기울이지 않겠다는 듯 강제로 아
바돈의 손을 잡아끌며 집무실을 나섰다. 물론 그녀에게 손을 잡힌 아바

돈 역시 그녀에 의해 밖으로 끌려가 버렸다.

"흡혈… 이요?"

티니의 표정이 굳어졌다. 질문을 한 세린의 표정도 좋지는 않았다. 세린 역시 짐짓 진중한 자세로 그녀에게 질문하고 있었다.

"그래, 흡혈. 아, 괜찮아. 나나 란 오빠나 너에게 뭐라고 할 생각은 전혀 없어. 정 싫으면 대답 안 해도 돼."

"그래, 괜찮아. 그리고 우리는 지금 티니가 걱정되어서 묻는 거야."

"걱정……?"

티니는 고개를 들어 나를 올려다보았다. 비록 지금은 고양이의 모습을 하고 있다고 해도 그녀의 눈빛은 '무엇을 걱정하는 건가요?' 라는 질문을 하고 있었다.

"괜찮아. 이제 티니에게 그것은 식사잖아. 나는 티니가 식사를 거른 건가 걱정이 되는 거야."

흡혈, 사실 그 행위에 불쾌함을 느끼지 않았다고 하면 거짓말이다. 지금이야 티니를 위해서 아무 상관 없다는 듯 미소까지 짓고 있었지만 티니가 상대의 목에 자신의 이빨을 박고 흡혈하는 모습을 상상하면 내심 섬뜩하기는 했다. 물론 보통의 인간들처럼 흡혈을 사악한 행위라고 생각한 적은 없었다. 그들도 생존을 위해 흡혈을 하는 것이지 인간들의 어떤 사교 집단처럼 말도 안 되는 의미의 흡혈을 하거나 하는 것은 아니었으니까. 게다가 인간들이나 드워프들이 주로 먹는 고기도 사실은 동물들을 잔인하게 죽여 그 시체의 몸뚱이를 먹는 게 아닌가? 그렇게 생각한다면 뱀파이어의 흡혈이라는 행위도 사실은 그리 혐오스러운 행동은 아니다. 그리고 이런 것보다는 자신의 이득을 위해 같은 인간마저도 거리낌없이 죽이는 인간들의 모습이 더 혐오스러우리라.

"해… 봤어요."

결국 내가 말해서 그런지 티니는 대답을 하였다. 티니는 내 말이라면 무엇이든 들어주니까(결코 이상한 뜻으로 한 말이 아니다). 하지만 내가 자신이 흡혈을 했다는 사실을 알게 되었다는 것이 창피한 듯 그녀는 나의 시선을 피한 채 고개를 옆으로 비스듬하게 숙이고 있었다.

"괜찮아, 티니. 더 이상 아무것도 묻지 않을게."

나는 그녀의 등을 쓰다듬어 주었다. 조금은 갑작스러운 내 손길에 티니는 잠시 움찔 몸을 떨었지만 곧 다시금 내 무릎 위에 엎드리며 등을 쓰다듬어 주는 내 손길을 받아들였다.

"나는 아무리 티니가 변해도 계속 너를 사랑해 줄 테니까 걱정하지 않아도 돼."

순간 지금까지 조금은 떨리고 있던 티니의 몸이 얌전해졌다. 아무래도 그녀는 어떤 상황이 되더라도 나에 대한 것이 가장 먼저인 듯하였다. 그녀는 그만큼 나를 사랑해 주고 있었던 것이리라.

"호오, 티니를 사랑해 준다고요오~?!"

순간 내 옆으로부터 무언가 서늘한, 아니, 싸늘? 어쨌든 엄청 차가운 느낌이 전해져 왔다. 물론 그 차가운 느낌의 근원이 세린이라는 것은 두 말할 나위가 없는 일이었다.

"뭐, 좋아요. 티니를 사랑한다고 나에 대한 사랑이 어디 가는 것은 아니니까. 하지만!"

세린은 양손으로 내 얼굴을 잡더니 곧 자신의 얼굴 앞에 들이댔다. 그리고는 제법 엄한 표정으로, 그리고 제법 엄한 목소리로 나에게 질문해 왔다.

"나와 티니, 어느 쪽이 더 사랑스러운 거죠?"

"그, 그건……."

물론 이럴 때는 '세린이 더 사랑스러워' 라고 답하는 것이 가장 살아남기 좋은 방법일 것이다. 티니도 그다지 뭐라고 하지 않을 테고 말이다. 하지만 왠지 그 대답을 하는 것이 망설여졌다. 결국은 내가 무언가 대답을 하기 전에 티니가 대신 그녀의 말에 대답을 하는 결과를 만들어내고 말았다.

"괜찮아요, 란 오빠. 저는 란 오빠가 저를 사랑해 주신다는 사실만으로 너무 기뻐요. 저는 란 오빠 곁에서 오빠의 사랑을 받을 수만 있으면 좋아요. 그 다음은 제가 오빠의 첩이나 노예이든, 노리개이든, 아니면 애완 동물이 되는 것이라도 상관없어요."

"그, 그렇게까지 말할 것까지는……." ×2

아무래도 세린도, 나도 티니의 어처구니없을 정도의 대답에 기가 죽어버린 듯했다. 그리고 그런 티니의 말에 더 이상 세린이 뭐라고 할 수 있는 여지를 남기지 않게 되어버렸다.

그렇게 나와 세린이 반쯤 얼이 빠진 채 당황감 담긴 시선으로 티니를 바라보고 있을 때 다시 티니의 입이 열렸다.

"란 오빠……."

"응?"

"저… 안아주세요."

"……."

이건 조금 정도가 아니다. 엄청 당황스러웠다. 하지만 티니는 그런 내 심정을 아는지 모르는지 계속 간곡한 말투로 나에게 부탁해 왔다.

"네? 제발요. 한 번만이라도 좋으니까 절 안아주세요."

"그, 그렇게 말한다고 해도……."

나는 거의 반사적으로 세린을 돌아보았다. 지금 내 심정을 말하자면…

바람피우다 부인에게 걸린 남편 정도? 차이점이라면 그 '부인' 이라고 할 수 있는 세린이 나에 대한 티니의 사랑과 티니에 대한 내 사랑을 자신을 더 우선시해 준다는 조건부로 승인해 주었다는 점… 이라고 할까나?

“괜찮아요. 이미 제가 선수를 친 상태이니까.”

“…아하하.”

문득 그때의 기억… 악몽이라고 해야 할까? 내가 세린에게 처절하게 유린(…)당하던 그날의 밤을… 하지만 그렇다고 싫은… 건 아니지만…….

“그럼 이 전쟁이 끝나면 오빠와 저, 그리고 티니. 이렇게 셋이서 결혼을 하겠군요.”

“…세린.”

“뭐… 저도 티니가 싫지는 않으니까요. 하지만 기억해 둬요! 티니 너도 마찬가지고. 어디까지나 첫 번째는 바로 나야. 알았지?”

이것은 사실상 허락의 말이라고 해야 할 것이다. 물론 그 말을 들은 티니는 활짝 웃음을 지으며 연신 세린에게 감사하다는 말을 하고 있었다. 에휴. 이걸 다행이라고 해야 하나, 아니면 불행이라고 해야 하나? 일부다처제라는 일을 저지른 엘프는 아마 내가 최초일 것이다. ‘대체 어쩌자고 내가 동시에 두 여자를 사랑하게 되었는지…’ 라는 생각이 들기도 했지만 그렇다고 해서 후회하거나 하는 감정은 없었다.

똑똑.

그때 막 누군가가 우리가 있던 방의 문을 두드리는 소리가 났다. 하지만 기척으로 보건대 레미엘은 아닌 것 같았다. 세린 역시 익숙치 않은 인물이 들어오려는 것을 알고는 고양이 모습에서 원래의 엘프 모습으로 바꾸었다.

“들어오세요.”

달칵.

문을 열고 들어온 것은 시녀였다. 그녀는 세린에게 용건이 있는 듯 그녀를 향해 허리를 숙이며 정중한 말투로 그에게 말을 전했다.

“레아시아 벨자크 소브런 공주 전하십니까?”

“네. 맞습니다.”

“전하께 손님이 찾아오셨습니다. 중요한 용무가 있다고 하셨습니다.”

“손님? 저한테요?”

“네.”

누군가 세린을 찾아왔다는 시녀의 말에 세린은 고개를 갸웃하며 ‘날 찾아올 사람이 있을 터가 없는데…’ 라고 중얼거렸다. 하지만 일단 시녀의 말이 그러했으니 그녀는 고개를 갸웃하면서도 고개를 끄덕였다.

“알았어요. 들여보내세요.”

“알겠습니다.”

곧 시녀는 밖으로 나갔고 밖에서 우리를, 정확히는 세린을 만나기 위해 온 이들이 모습을 드러내었다. 그들은 세린과 나에게 매우(?) 익숙했고 티니도 본 적이 있던 이들이었다.

“여어, 오랜만이군.”

“그래, 잘 먹고 잘살고 있었냐? 망할 놈아.”

“잘 지냈나?”

그들은 들어오자마자 세린보다 나를 향해 먼저 한마디씩 하였다. 그들은 각각 금색, 붉은색, 푸른색의 머리카락을 하고 있었다. 표정은 각각 달랐고 복장도 달랐지만 그들에게는 묘한 동질감이 느껴지고 있었다.

“아, 리크 형과 마그루라님, 그리고 제르카테스님이시군요.”

“시끄러! 그런 식으로 부르지 마!”

나는 반갑게 그들을 맞아주었지만 마그루라는 뭐가 불만인지 나를 향해 버럭 소리를 질렀다. 하지만 그와는 반대로 나를 보는 리크 형과 제르카테스의 얼굴에는 묘한 웃음이 섞여 있었다.

“너, 너 말야.”

“네.”

“너, 리크와 의형제를 맺었다고?”

“네.”

왠지 그의 기분이 좋지 않은 듯하였기에 나는 조금은 조심스럽게 고개를 끄덕였다. 그리고 그런 내 모습에 티니는 경계심을 가졌는지 어느새 언제라도 그를 공격할 준비를 하고 있었다. 아무래도 티니의 관심사는 오직 나뿐인 것 같다는 생각이 처절하게 드는 또 하나의 모습이었다.

“그럼 이제 그런 긴 이름 부르지 말고 말야… 우리도 그냥 마그, 제르라고 부르면 돼. 어차피 우리와 리크 녀석은 전부터 의형제였으니까 나나 제르 녀석한테도 동생이야. 알았냐?”

“마그루라님…….”

“젠장! 내가 왜 이런 말을 해야 하냐고, 굴러들어 온 돌덩이한테. 어쨌든 그렇게 되었으니까 우리보고 형이라 불러, 알았어?”

“네!”

덕분에 순식간에 드래곤 형이 셋으로 늘어나 버리는 순간이었다. 그러는 와중에도 마그루라, 아니, 마그 형은 아직도 멋쩍은 듯 연신 뒤통수를 거칠게 긁으며 ‘쳇, 쳇’ 을 연발하고 있었고 제르 형 역시 조금은 떨떠름한 표정으로 나를 바라보고 있었다.

“쳇! 리크, 너는 무슨 생각으로 저런 녀석을 의동생으로 받아들인 거야?!”

“아까도 말했잖아, 마음에 들어서라고. 또 잊어버린 거냐?”

“이런 녀석이 맘에 든다고?! 하아, 네 취미도 참 별나다.”

“너도 조금만 같이 있어봐. 얼마나 귀여운데?”

“웃기지도 않아.”

“아직까지도 세린 때문에 그러는 거냐? 이제 좀 순순히 포기하고 둘이 잘되길 기원 좀 해줘라.”

“죽어도 포기 못해!”

아까 전부터 계속 툴툴대면서 으르렁대던 마그 형은 결국 리크 형과

말싸움을 벌이기 시작했고 그 와중에 제르 형이 세린에게 와 그들이 이
곳에 온 용건을 전했다.

"세린, 프라임 미팅 소집령이 떨어졌다."

"네? 프라임 미팅이요?"

세린의 표정이 의아함으로 가득해졌다. 하지만 제르 형은 여전 침착한
표정으로 그녀에게 설명을 해주었다.

"하이 엘프에 대한 일이다. 그 점에 대해서는 일전에 리크에게 들은
것으로 알고 있는데."

"프라임 미팅… 이라."

제르 형의 말에 세린은 잠시 무언가를 생각하는 듯하였다. 그녀는 턱
에 손을 댄 채 무언가를 골똘히 생각하는 듯하더니 곧 고개를 끄덕이며
제르 형에게 대답하였다.

"…알았어요. 가도록 하죠."

"그럼, 지금 당장……."

"잠깐만요."

막 제르 형이 세린을 데리고 어딘가로 가려고 할 때 내가 그를 불러 세
웠다. 제르 형은 내 부름에 잠시 발걸음을 멈추고는 고개를 돌려 나를 바
라보았다.

"저기, 하이 엘프에 관한 거라면… 저도 같이 가면 안 될까요?"

"안 돼. 하이 엘프가 관계된 거라고 하지만 이건 어디까지나 우리 드
래곤들의 일이다."

"……."

곧 제르 형은 세린을 데리고는 리크 형과 마그 형이 싸우고 있는 곳으
로 갔다. 그리고는 여전 목에 핏대까지 세워가며 말싸움을 하는 마그 형
과 그와는 반대로 느긋한 표정으로 그에게 반격을 가하고 있는 리크 형

의 뒤통수를 한 대씩 후려쳐 그들을 말린 뒤 곧 어딘가로 사라졌다.

"하이 엘프에 관한 일… 인가?"

아마도 리크 형이 드래곤을 설득하기 시작한 듯하였다. 하이 엘프들을 끌어들이기 위해서.

"저기요, 주인 오빠, 하이 엘프에 관한 이야기라는 게 무엇이죠?"

티니가 내 팔을 잡아당기며 질문해 왔다. 그녀는 아직 이 일에 대한 일은커녕 하이 엘프의 정체조차 모를 테니 당연히 궁금할 것이다. 게다가 아무래도 나 역시 그 문제의 '하이 엘프' 에 속한다는 것이 더욱 그녀의 궁금증을 유발시켰을 것이다.

"아, 그건 말이지……."

결국 나는 며칠 전에 리크 형과 함께 한 이야기를 대강 요약해서 티니에게 설명해 주었다. 이야기가 진행될수록 티니의 표정은 묘하게 바뀌었고 실제 하이 엘프의 정체를 이야기해 주는 부분에서는 '아!' 하며 작은 탄성을 지르기도 하였다.

"그렇기 때문에 드래곤들이 이번 일에 끼어들지도 모르게 되었다는 거야."

"그렇군요."

티니는 이해하겠다는 듯 고개를 끄덕였다. 그리고는 돌연 무언가 할 말이 있는 듯 내 옆에 서서는 입을 우물거리는 것이었다.

"응? 무슨 할 말 있니, 티니?"

"에? 아… 저기……."

그녀는 말을 하고 싶으면서도 쑥스러운 듯 몸을 이리저리 흔들며 손가락을 꼼지락대었다. 그 상태로 잠시 동안 말을 하지 못하던 티니는 시간이 지나서야 말할 결심이 확고하게 선 듯 내 얼굴을 정면으로 바라보며 입을 열었다.

“저기… 저는 오빠에게 도움이 되는 건가요?”

“응?”

“하다못해 폐가 되는 건 아니겠죠?”

그녀의 얼굴에는 약간의 불안감마저 어려 있었다. 티니는 아무래도 그녀를 위해 내가 이곳저곳 돌아다닐 때의 일을 생각하며 미안해하는 것 같았다.

“그러니까… 저 때문에… 오빠를 힘들게 하는 건…….”

“무슨 소리 하는 거야?!”

어느새 자신을 나무라고 있는 티니의 모습에 당황한 나는 순간적으로 흥분한 나머지 그녀의 양 어깨를 잡으며 버럭 소리를 질러 버렸다.

“주인… 오빠?”

“무슨 소리 하는 거야? 티니는 전혀 방해되지 않아. 언제나 티니가 내 곁에 있다는 게 얼마나 행복한 일인데?”

“란 오빠…….”

“그러니까 그런 소리 하지 마. 난 티니가 좋아. 좋아하는 이가 옆에 있다는 것만으로도 큰 도움이고, 티니는 언제나 나를 도와주려 노력하고 있고, 또 도와주고 있잖아.”

내 입에서 내가 생각해도 상당히 낯 뜨거워지는 말이 튀어나왔고 나의 그 말에 티니는 얼굴을 붉히면서도 마음은 기쁜 듯 입가에는 곡선이 그려져 있었다. 이윽고는 상당히 묘한 미소와 함께 내 품에 안겨오는 것이었다.

“주인 오빠, 사랑해요. 정말로 사랑해요. 제가 오빠를 사랑해도 괜찮은 거죠?”

“그럼. 나도 티니를 사랑해.”

또다시 뜨거운 대사와 분위기의 연속이었다. 내가 말하고도 말했다는 사실이 믿어지지 않았다. 게다가 세린에게만 하던 이 대사를 티니에게까지 하고 있자니 조금은 기분이 묘해지기도 했다.

“오빠를 돕고 싶어요. 제가 어떻게 되더라도 오빠를 위해 있고 싶어요.”

“고마워…….”

“제 머리 끝부터 발끝까지… 그리고 마음까지 모든 것이 오빠의 것. 저는 주인 오빠의 노예이니까요.”

“……(아하하하).”

이미 티니가 나의 노예를 자처하고 있다는 것도, 그녀의 이런 대담을 뛰어넘어 충격적이기까지 한 대사를 들으면서 내가 무엇을 하겠는가? 그저 어색하게라도 허허 웃어줄 수밖에.

그런데 그때부터 또 문제가 시작되었다. 잠시 티니의 눈동자에 무언가 묘한 느낌이 든다는 생각을 하는 순간 왠지 모르게 기분이 이상해지는 것이었다.

'갑자기 왜 이렇게 정신이 몽롱해지지?

“전 너무 행복해요. 오빠가 제 마음을 받아주셔서. 전 이제 주인 오빠를 위해 뭐라도 할 수 있어요.”

정신이 몽롱해지기는 했지만 그렇다고 눈앞이 어지러워지거나 하지는 않았다. 오히려 더욱 뚜렷하게 보이는 것이 있기까지 했다. 그 '뚜렷하게 보이는 대상' 은 바로…

“이, 이거… 이상한데?”

바로 티니였다. 분명 티니는 아까 전과 별다를 것이 없는 모습이었고 지금도 역시 그러했다. 다만 꽤나 상기된 모습으로 자신의 사랑을 허락해 준 나에게 연신 감사하다는 말을 하고 있다는 것이 차이점일 뿐이었다.

“티니…….”

손을 뻗어 그녀의 뺨을 어루만졌다. 내 손길에 그녀는 기분이 좋은 듯 그녀의 뺨을 쓰다듬는 나의 손길을 가만히 느끼고 있었다.

‘갑자기 왜 이렇게…….’

몽롱한 정신은 어느새 내 머리 속을, 그리고 가슴속을 뜨겁게 하고 있었다. 그리고 내 앞에 있는 티니라는 소녀는 더욱더 아름다운 소녀가 되어 내 앞에 서 있었다. 아무것도 달라진 것이 없었음에도, 그리고 이렇게 계속 그녀를 쓰다듬고 있는 지금에도 내 눈앞에 있는 티니라는 소녀의 아름다움은 점점 더 그 빛을 발해가고 있었던 것이다.

그녀의 머리를 잡아 내 쪽으로 끌어당겼다. 그리고 나 역시 자세를 낮추어 그녀와 높이를 맞추었다.

“흐음…….”

곧 나와 그녀의 입술이 맞닿았다. 세린과 키스할 때와는 다른 느낌이었지만 어떻게 보면 같은 기분이었다.

“티니, 좋아해.”

“주인 오빠…….”

티니가 나를 끌어안았다. 나 역시 강하게 그녀를 끌어안았다.

분명 내가 생각해도 지금의 내 정신 상태는 보통의 상태가 아니었다. 하지만 일전에 가르테론트에 의해 최음제를 먹게 되었을 때와는 또 느낌이 달랐다. 그때는 단순히 몸이 뜨거워지는 것이었지만 지금의 이 기분은 나의 머리 속까지 점령한 채 다른 것은 전혀 이상없었으면서도 오직 지금 내 품에 안긴 티니라는 소녀만을 아름답게 해주고 있었다.

‘갖고 싶다.’

내 손길이 그녀를 스쳐 지나간다. 이 부드러운 금색 머리, 이 가냘픈 몸, 가는 팔과 다리, 꼬리까지…

그리고 그 마음까지.

‘모두 내 것으로 하고 싶다.’

그것은 강렬한 유혹이었다. 사랑받고 싶다는, 그리고 나도 사랑하고

싶다는 생각을 하게 하는 세린의 것과는 이질적으로 다른 강한 유혹이었
다. 내심 나에게도 이런 생각이 있다는 것에 놀랄 정도였다.

"으음… 티니……."

이미 우리 둘은 침대 위에 올라와 있었다. 더 이상은 안 되겠다는 생
각도 들었지만 그것은 이미 머리 속을 지배하고 있던 수많은 생각들에
의해 묻혀 버렸다. 그리고 그 이전부터 존재했던 생각, 티니를 갖고 싶다
는 생각은 어느새 점점 실행에 옮겨지고 있었다.

이미 쟈밀의 추적을 따돌린 레이는 루나와 함께 프로튼의 상공에서 라
니오스를 지켜보고 있었다. 그는 막 티니의 작은 가슴을 핥아주는 라니
오스에서 루나의 얼굴로 시선을 돌리며 중얼거리듯이 말하였다.

"이거, 아무래도 라니오스 군도 고생깨나 하는군요."

"그러게 말이에요."

루나 역시 레이의 말에 동의한다는 듯 고개를 끄덕였다. 하지만 그녀
의 입가에는 난처한 미소가 걸려 있었다.

"하아, 역시 라니오스 군의 속성이 문제인 것이겠죠?"

"뭐, 라니오스 군의 속성이 '순수' 인만큼 이런 경우에는 상당한 문제
이겠죠. 아무래도 순수할수록 잘 흔들릴 테니까요."

문득 레이가 너털웃음을 지었다. 그는 평소에는 뜬 것인지 감은 것인
지 모를 정도로 가는 선으로밖에 보이지 않던 눈을 뜨며 라니오스를 바
라보고 있었다. 입가에는 그 의미를 정확히 알 수 없는 미소를 띤 채.

"이거 생각해 보면 참 웃긴 일입니다. 예전에만 해도 저희가 하이 엘
프를 돌보아준다는 것을 생각해 본 적이나 있었을까요?"

묘한 미소와 함께 눈웃음을 짓고 있는 레이의 모습에서는 상당히 섬뜩
한 기운이 함께 풍겨 나오고 있었다. 그것은 라니오스를 향한 것은 아니

었으나 그렇다고 해서 그와 관계가 없는 것은 아니었다. 레이가 그 섬뜩한 미소를 짓고 있는 대상은 라니오스의 종족인 하이 엘프였기 때문이다.

"하이 엘프라… 남겨진 것들… 그리고……."

부웅—

하지만 레이의 말은 더 이상 이어질 수가 없었다. 그도 그럴 것이 그의 옆에 쟈밀이 나타났으니 말이다.

"드디어 찾았다. 이 망할 녀석. 이번에야말로 확실하게 절단을 내주마!"

"아, 쟈밀, 잠시만요!"

"뭐가 잠시만이야!"

빠카카카캉—

쟈밀의 오른팔 전체에 보라색의 기운이 맺히는가 싶더니 그것은 곧 레이를 향해 휘둘러졌다. 물론 그것에 맞을 정도로 무른 레이가 아니었기에 그는 그리 어렵지 않게 쟈밀의 공격을 피해내었고 애꿎은 공간만이 뜯겨져 나갔다.

"저기, 저기 밑에 라니오스 군이 있다고요."

"뭐야? 란이?!"

레이의 말에 쟈밀은 곧 오른팔에 맺혀져 있던 보라빛의 기운을 거두고는 레이가 손가락으로 가리키는 곳을 바라보았다. 쟈밀은 그의 말대로 그곳에서 라니오스와 티니가 침대 위에서 무언가(?!)를 하고 있는 것을 볼 수 있었다.

"흐음. 이거 아무래도 정상적으로 관계를 하려는 게 아닌 것 같군……."

"맞아요, 라니오스는 지금……."

"티니 양에게 당했군요. 아니, 당하고 있다고 해야 하나요?"

"……."

레이의 흉계(?)로 인해 티니는 꼬리와 함께 아바돈이 가지고 있던 대부분의 능력들을, 비록 그 정도가 약하다고 하지만 그녀 역시 가지게 되었다. 그리고 그 능력 중 하나가 바로 서큐버스와 인큐버스가 가진 능력인 매혹 능력이었다. 지금 라니오스는 티니에게 매혹당한 상태인 것이다.

"하지만 아무래도 본의는 아닌 것 같죠? 무의식 중에 사용한 것 같군요."

"제가 봐도 본의는 아닌 것 같군요."

쟈밀과 레이, 그리고 루나는 좀 더 면밀히 라니오스와 티니를 관찰하기 시작했다. 물론 그들의 관심사가 둘이 지금 하고 있는 일(?)에 대한 선정성에 있는 것은 아니었다.

"하지만 저 티니라는 아이, 생각 외로 대단한 것 같은데요? 아무리 무의식적이라고는 하지만 벌써부터 자신에게 새로 주어진 능력을 저 정도로 활용하다니."

"그건 그렇군. 하지만 명색이 란의 색시 될 아이인데 그 정도야 당연한 것 아니겠어?"

"게다가 아바돈 군도 대단한 것 같군요. 지금 티니 양이 사용하고 있는 저 능력은 원래 아바돈 군의 것이니까요."

"그것도 그렇군."

그렇게 쟈밀이 팔장을 낀 채 고개를 끄덕이려는 무렵 루나가 그에게 자신의 의견을 말하였다.

"하지만 그것은 저 아이의 속성이 '순수' 이기 때문이기도 하잖아요? 이런 데에 대한 저항력이 기본적으로 다른 하이 엘프들에 비해 약하잖아요."

"그, 그렇기도 하겠지."

"그리고 앞으로도 계속 저렇게 되도록 할 수는 없잖아요. 무슨 대책을 세워두기는 해야죠. 저대로 놔두면 저 아이는 그 '색시' 들에게 휘둘릴지도 모른다고요."

순간 쟈밀은 두 눈이 번쩍 하는 듯한 착각에 휩싸였다. 루나의 말대로 라니오스를 저 상태로 방치해 두었다가는 후에 무슨 일이 일어날지 모르는 일이었기 때문이다. 게다가 지금의 라니오스는 '순수'의 속성을 가진 것뿐이 아니라 아직 나이가 어려서 그 경험과 능력이 보잘것없었기 때문이다.

"역시… 대책을 세워야겠군."

"저기… 쟈밀."

심각한 표정을 지은 채 턱에 손을 가져가며 라니오스를 바라보던 쟈밀을 향해 루나가 입을 열었다. 자신을 부른 이유에 대해 궁금해하는 표정을 짓는 쟈밀에게 그녀는 어색한 웃음과 함께 방금 전까지 레이가 있던 공간을 손가락으로 가리키며 말했다.

"저기… 레이는 이미 도망쳐 버렸는데요."

"크아아악!!"

그리고 이미 쟈밀의 머리 속에서 라니오스에 대한 대책 따위는 사라져 버린 지 오래였다. 그는 또다시 반쯤 이성을 상실한 채 레이를 찾기 위해 다른 공간으로 뛰어들었다.

"후우, 쟈밀도 참……."

결국 혼자 남겨진 루나는 양 어깨를 으쓱하며 쟈밀이 사라진 공간을 바라보았다. 그녀는 작게 한숨을 쉬며 다시금 라니오스를 바라보았다.

"역시… 내가 해주는 게 제일 좋겠지?"

라니오스를 바라보는 그녀의 시선은 매우 부드러웠다. 그리고 잠시 동안 계속해서 그를 바라보며 미소 짓던 그녀는 곧 어디론가 사라졌다.

〈제5권 끝〉

후기

개굴
개인적인 사정으로 그림이 이번에도 부실합니다.
봐주시는 분들께 죄송할 따름…….
의욕이 조금 식은 것 같습니다.
용두사미가 되지 않길 바라며
노력해야겠습니다.
잘 봐주세요.

AAKHS
4권에 이어 두 번째 부록 페이지입니다.
즐겁게 감상하셨는지 모르겠군요.
전에는 그렇다 쳐도 이번에는 뭔가 부실하다는 게 여실한 것이
영 뒤끝이 안 좋은 것도 같네요.
아무래도 연말연시와 함께 이것저것 겹치다 보니 소홀해진 듯합니다.
저나 개굴이나 둘 다 말이죠.
6권에도 개굴과 함께하는 부록 페이지는 멈추지 않습니다.
글의 내용과 함께, 이 페이지도 기대해 주세요
(그렇다고 이쪽을 더 기대해 주시면 그것 나름대로 슬픈데…).

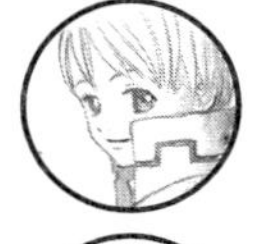

개굴 프로필
이름 : 이성호 · 건국대학교 디자인 휴학중 · 현재 소속팀 소프트 코어 캣(soft core cat) · 닉 네임 : 개굴

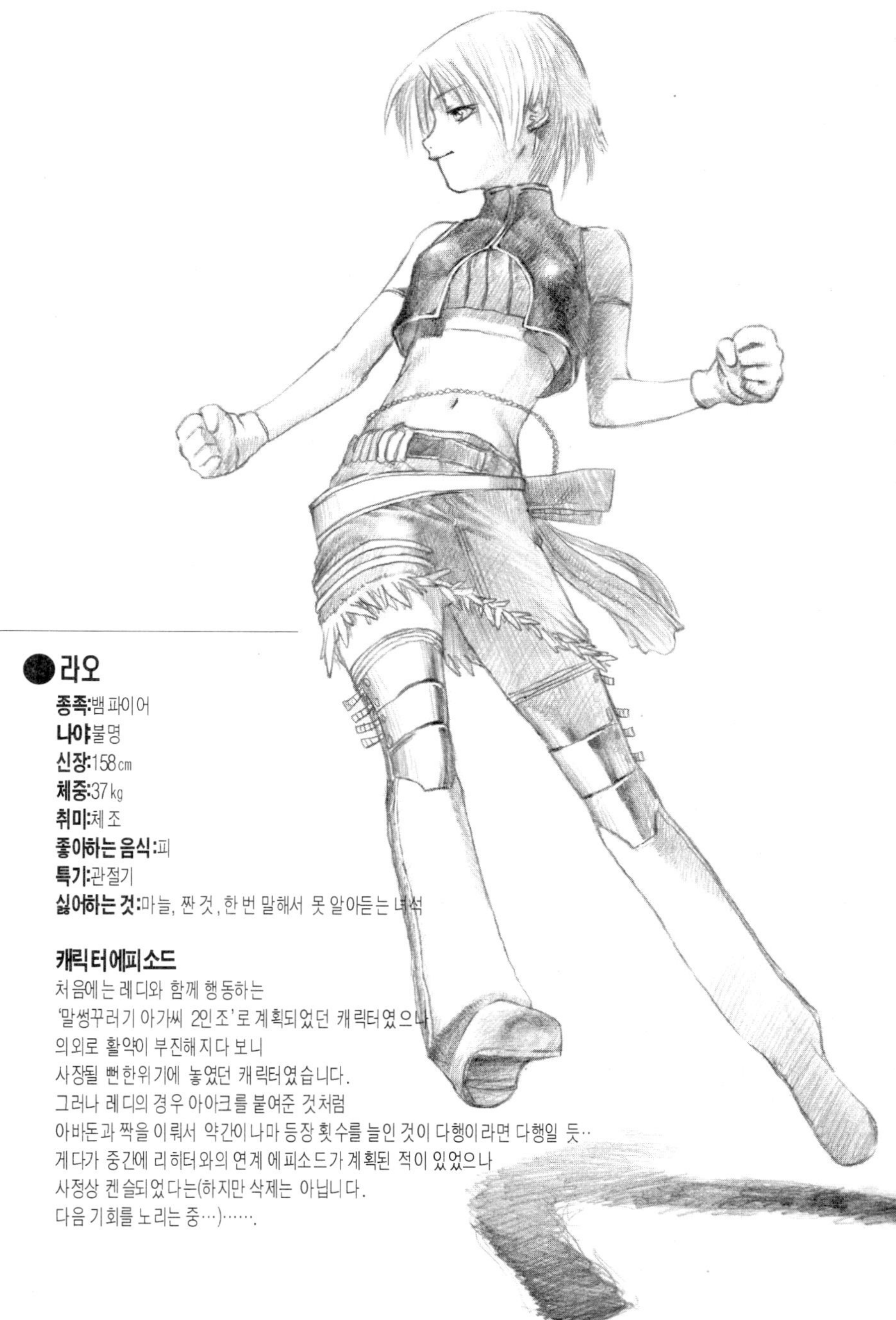

●라오

종족:뱀 파이어
나야:불명
신장:158㎝
체중:37㎏
취미:체조
좋아하는 음식:피
특기:관절기
싫어하는 것:마늘, 짠 것, 한 번 말해서 못 알아듣는 녀석

캐릭터 에피소드
처음에는 레디와 함께 행동하는
'말썽꾸러기 아가씨 2인조'로 계획되었던 캐릭터였으나
의외로 활약이 부진해지다 보니
사장될 뻔한 위기에 놓였던 캐릭터였습니다.
그러나 레디의 경우 아아크를 붙여준 것처럼
아바돈과 짝을 이뤄서 약간이나마 등장 횟수를 늘인 것이 다행이라면 다행일 듯‥
게다가 중간에 리 히터와의 연계 에피소드가 계획된 적이 있었으나
사정상 켄슬되었다는(하지만 삭제는 아닙니다.
다음 기회를 노리는 중…)……

●레디

종족:인간
나이:불명
신장:162㎝
체중:41㎏
취미:당구
좋아하는 음식:허브 티와 쇼콜라 쿠키
특기:사고치기
싫어하는 것:후추, 비린내나는 생선, 미끈미끈—물컹한 것

캐릭터 에피소드

영웅전설이라는, 본작 내의 세계에서는 누구라도,
심지어는 어린 꼬마애도 알고 있다는 설정의 전쟁을
이야기에 집어넣으면서 탄생된 캐릭터입니다.
내용을 보셨다면 아시겠지만
정체는 영웅전쟁의 가장 핵심적인 영웅 중 한 명인
대 마법사 에루리아 본인입니다.
원래 아아크를 그녀의 전 애인이었던
에아크 하스의 환생이라는 설정으로 했었으나
그렇게 하니 너무 진부한 패턴이 아닌가 해서
조금 설정을 바꾸었습니다.

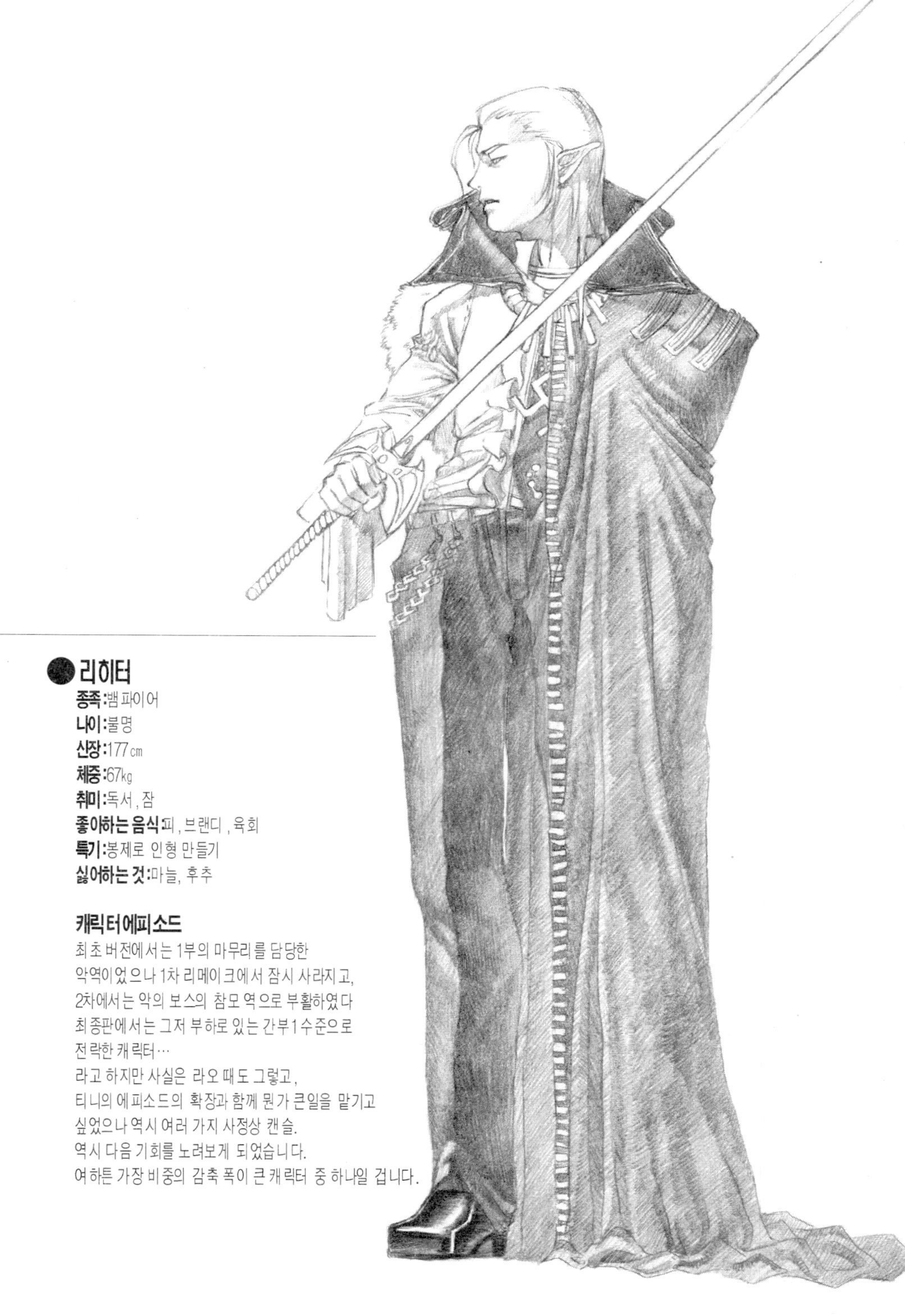

● 리히터

종족:뱀파이어
나이:불명
신장:177㎝
체중:67㎏
취미:독서 , 잠
좋아하는 음식:피 , 브랜디 , 육회
특기:봉제로 인형 만들기
싫어하는 것:마늘 , 후추

캐릭터 에피소드

최초 버전에서는 1부의 마무리를 담당한
악역이었으나 1차 리메이크에서 잠시 사라지고,
2차에서는 악의 보스의 참모 역으로 부활하였다
최종판에서는 그저 부하로 있는 간부1 수준으로
전락한 캐릭터…
라고 하지만 사실은 라오 때도 그렇고,
티니의 에피소드의 확장과 함께 뭔가 큰일을 맡기고
싶었으나 역시 여러 가지 사정상 캔슬.
역시 다음 기회를 노려보게 되었습니다.
여하튼 가장 비중의 감축 폭이 큰 캐릭터 중 하나일 겁니다.

●루나

종족:불명
나이:불명
신장:167㎝
체중:40㎏
취미:자수,보드 게임 외 여럿이서 함께 할 수 있는 게임
좋아하는 음식:닭 요리
특기:요리,기타 가사 전반
싫어하는 것:불결함, 얌전하지 못한 어른

캐릭터 에피소드

쟈밀의 상대역으로 붙여진 여성이지만
의외로 등장 횟수가 모자라…
다 못해 처절하기까지 한 비운의 캐릭터.
더불어 리메이크를 거듭할수록 그 등장 횟수는
점점 줄어 지금에 이르렀는데…
유감이지만 앞으로도
그다지 출연 비중은 없을 듯…….

● 아힌세르린

종족:드래곤(그린)
나이:약 2만 2천 세
이하 데이터는 엘프 형의 모습일 경우 전과동일.

캐릭터 에피소드

전혀 예정에도 없었던 레아시아의 본모습.
원인은 1차 리메이크 버전을 읽건 친구 G 모 군에 의한 것이었으니…
'히로인이라고 맨날 납치돼서 갇히거나 뒤에서 응원만 하면 좋겠냐?'
라는 말이 화근이었는데…
저의 개인적 센스가 조금 뒤틀린 방향으로 입력이 되다 보니
갈수록 폭주하여… 쿨럭!

● 리엔

종족:가디언
나이:10세
신장:163㎝
체중:30㎏
취미:게임, 독서
좋아하는 음식:회, 불고기
특기:응원, 사회자 역할
싫어하는 것:주인님 (히아스)이 싫어하는 것

캐릭터 에피소드

히아스의 보조역으로 들어간 캐릭터…
인데 어찌 된 게 그림은 히아스보다 먼저 나와 버렸네요
(개굴 이 녀석, 리엔이 여자니까 먼저 그릴 생각을 한 것이 틀림없을…)
단순히 보조역, 조금 과장해서 이야기하면
하인 정도 되는 역할이니만큼그다지 비중있는 역할은 없습니다.
그저 작가 취향으로 집어넣었다고 생각하시면 될… 퍼억!
그림에 대한 여담으로…
AAKHS :왜 브X가 없냐…?
개굴:훗. 아직 어리군. 정녕 몰라서 묻는 거냐?
AAKHS :…아하! 그런 것이었군.
개굴&AAKHS:바로 그런 것이다. 음 홧홧홧!!
이라는 의미심장한 대화가 있었다는…….

●아리나스,아시아스

종족:인간
나이:12세
신장:131㎝
체중:21㎏
취미:독서,그림
좋아하는 음식:쵸콜릿 케이크(단맛이 짙은 걸로), 요구르트
특기:동시에 같은 행동 취하기
싫어하는 것:집무(그래도 해야 하니까 한다)

캐릭터 에피소드

최종 버전에서야 짠 하고 등장한 쌍둥이 캐릭터. 처음에는 어린 나이에도 불구하고 매우 신비로운
분위기를 연출하는 차가운 소년들로 하려고 하였으나 중간에 계획을 변경하여 지금은 귀여운 꼬맹이
들로 변신… 게다가 귀여운 타입으로 변하면서 더욱 어리게 변해 버린…….
그들의 상대역인 모이른, 소레른과의 연계 에피소드는 이후 전개될 이야기어도 영향을 미칩니다.
여담이지만… 개굴 이렇게 어려 보이는 그림을 그린 것은 처음 본다는(개굴 이놈이 적당히 어린
녀석을 잘 못 그리는 거 같던데, 이 둘의 경우 작정하고 그린 듯…)…….

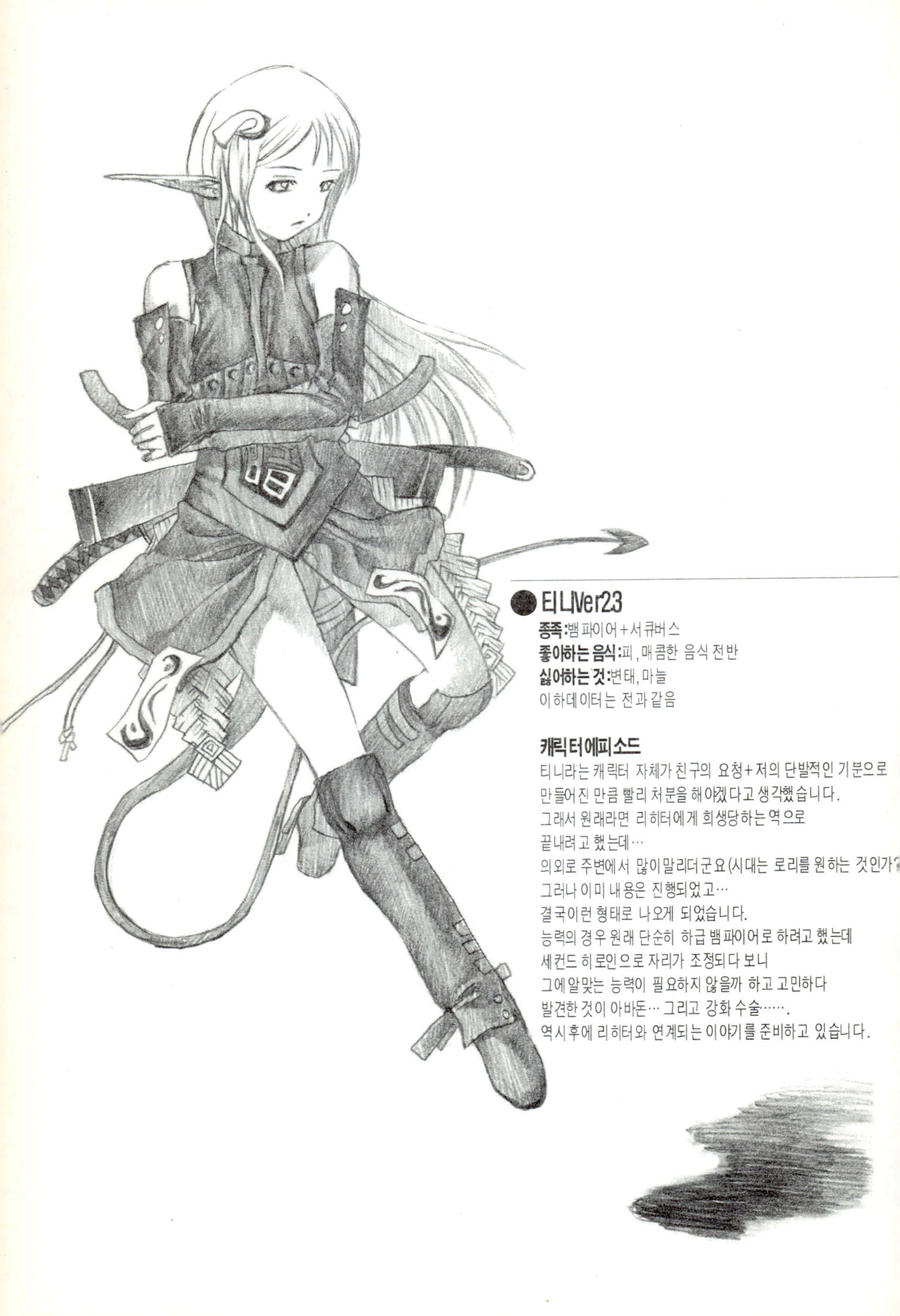

●티니Ver23
종족:뱀파이어＋서큐버스
좋아하는 음식:피, 매콤한 음식 전반
싫어하는 것:변태, 마늘
이하데이터는 전과 같음

캐릭터에피소드
티니라는 캐릭터 자체가 친구의 요청＋저의 단발적인 기분으로
만들어진 만큼 빨리 처분을 해야겠다고 생각했습니다.
그래서 원래라면 리 히터에게 희생당하는 역으로
끝내려고 했는데…
의외로 주변에서 많이 말리더군요 (시대는 로리를 원하는 것인가?
그러나 이미 내용은 진행되었고…
결국이런 형태로 나오게 되었습니다.
능력의 경우 원래 단순히 하급 뱀파이어로 하려고 했는데
세컨드 히로인으로 자리가 조정되다 보니
그에 알맞는 능력이 필요하지 않을까 하고 고민하다
발견한 것이 아바돈… 그리고 강화 수술…….
역시후에 리 히터와 연계되는 이야기를 준비하고 있습니다.